ムサシノ・F・エナガ
［ILLUSTRATION］
azuタロウ
2
俺だけが
魔法使い族の異世界
遺された予言と魔法使いの弟子

暗黒の猫を捜して
カーク
「ネコネコネットワークによれば、どうやらこの下ですね」
トーニャが猫を撫でながら伝えてくれる。
「や、やっぱり、僕は上で待っていようかな……」
カークは露骨に嫌な顔をして俺の背中に避難した。

「先を急ごう。
アルウの下校時刻までに
家に帰りたい」
『暗黒の猫』がこの地下に眠っている。
アルウが駆り出される前に、ここで片付ける。
アルバス・アーキントン

魔法剣フガル・アルバス
アルウ
アルウは無我夢中でそれを持ち上げる。
驚くほどに軽かった。
どうして魔法剣を自分が握っているのか。
理由はわからない。
アルウは大悪魔の頭へフガル・アルバスを突き刺した。

俺だけが魔法使い族の異世界

遺された予言と魔法使いの弟子

2

ムサシノ・F・エナガ

[ILLUSTRATION]
azuタロウ

本文・口絵イラスト：ａｚｕタロウ
デザイン：ＡＦＴＥＲＧＬＯＷ

CONTENTS

A DIFFERENT WORLD WHERE I AM
THE ONLY WIZARD TRIBE.

第一章　暗黒の羊

グランホーの終地を旅立ち、1カ月が経《た》った。

いくつかの村と街を経由し、バスコに着実に近づいている……のだと思う。

緩《ゆる》やかな丘陵《きゆうりよう》を越《こ》えた先にその街は忽然《こつぜん》と姿をあらわす。旅をする風たちは気の向くままにながれ、立ち並ぶ石造りの風車塔《とう》はくるくると羽根をまわす。羊たちがその下を呑気《のんき》に歩きまわり、赤茶けた屋根の建物たちが手前に見える。

風のニンギルという街らしい。グランホーの終地より治安は良さそうにみえる。しかも規模はこの街のほうがおおきい。陰《かげ》の街のような危険な地区も、事前に話を聞く限りでは存在しない。

もっとも良いのは城壁《じようへき》が街のまわりに築かれていることだ。

それも1枚じゃない。2枚もある。一番外側の城壁に関してはまだ建設途中《とちゆう》らしく、屈強《くつきよう》な男たちが資材を運んでは、えいさほいさと労働に励《はげ》んでいる。

風のニンギルには古い歴史があるのだろう。街の開発・発展にあわせて、その都度城壁が築きなおされる。城壁の枚数は信頼《しんらい》の証《あかし》だ。長い間、この街が存続してきたという安心をくれる。

安全にこだわりすぎて悪いということはない。モンスターという危険な生物のいる世界だ。セキュリティにはこだわってもらわないと困る。

「アルバス、見て。あれ、風車っていうんだよ」

鮮《あざ》やかな緑髪《みどりがみ》をした少女が、俺《おれ》の手をひっぱり、背の高い建物を指差して喜んでいる。

こいつはエルフ族の娘《むすめ》だ。名をアルウという。俺の奴隷《どれい》であり、最大の資産でもある。

御覧《ごらん》の通り、我《わ》が資産アルウは、こうして教育に悪い街を出て新しい景色に触れ経験を積むことで、人として健《すこ》やかに成長している。

いや、そうじゃない。勘違《かんちが》いしていたらいけないので、ここでひとつ訂正《ていせい》をしておこう。俺はあの奴隷なぞ別に健やかに育たなくてもいいと思っている。このアルバス・アーキントンは恐《おそ》ろしく冷徹《れいてつ》なことで有名だ。血は凍《こご》え、人の心はなく、どこまでも利己的な人間だ。

俺がこの奴隷エルフを宿に閉じ込《こ》めておかず、旅先の訪《おとず》れた街で自由に行動させているのにはそれなりの理由があるのだ。

聡明《そうめい》な者は気づいているだろう。そう、こやつの奴隷としての商品価値をあげるためである。様々な経験を積ませ、健やかに育てることで、人としての質があがる。知性、品性、教養が高まれば、必然、人身売買で売り払《はら》って換金《かんきん》するときの価格があがるというものなのだ。

だが、奴隷というのは愚《おろ》かなものだ。勘違いして俺のことを優《やさ》しい人間だと思いはじめてしまうこともままある。古い時代、権力者は恐怖《きょうふ》で下民を支配したという。恐怖は人間の根源的な首輪である。ゆえに俺はあの奴隷エルフが隙《すき》を見せれば、俺が主人で、やつが奴隷に過ぎないということを恐怖という手段を使って刻み付けることにしている。

「アルバス、風車ってすごく高い。登るのこわい」

それ見たことか、恐怖の時間である。

風車塔はなかなかに背が高い建物だ。アルウが恐《こわ》がるのも無理はない。

優しい人間ならそんな建物に無理やり彼女《かのじょ》を登らせることはしないだろう。

だが、このアルバス・アーキントンは違《ちが》う。

「アルウ、風車塔に登るぞ。これは決定事項《じこう》だ。口答えは許さない」

「うぅ、恐くて足がすくむのに、無理やり連れていかれる。アルバスは残酷《ざんこく》、人でなし‼」

アルウは言いながら俺の手を両手でぎゅっと握《にぎ》ってくる。焼きたてのパンみたいに温かい。

風車のなかで機構をあやつり小麦を製粉しているばばあに許可をとって、上に登らせてもらった。

小窓からの景色は悪くない。

「どうだ。アルウ。いい景色だと思……恐ろしくて震《ふる》えるか？」

「震えがとまらない。ぷるぷる」

調教完了《かんりょう》だ。またひとつアルウに恐怖を刻み付けることに成功した。

「貴公、厄介事《やっかいごと》だ。我々の力が必要とされている。ひと仕事頼《たの》めるだろうか」

風車塔から降りると筋骨隆々《きんこつりゅうりゅう》の大男が下で待っていた。

白を基調とした豪奢《ごうしゃ》な金属鎧《よろい》は常人なら重たくて動くこともかなわないだろうが、この大男が苦に感じているところは見たことがない。白神樹《びゃくしんじゅ》の描《えが》かれた厚手のマントを羽織り、腰《こし》には蒼《あお》い輝石《きせき》がはめられている大剣《たいけん》を差している。黄金の髪に蒼い瞳《ひとみ》、手入れを怠《おこた》らないちょび髭《ひげ》は彼《かれ》のこだわりか。なお左目には眼帯をしてる。どこかで怪我《けが》でもさせられたのだろうか。

この男はウィンダール。王都バスコより、俺の資産であるアルウを盗《ぬす》みにきた騎士《きし》隊長殿《どの》だ。

紆余曲折《うよきょくせつ》を経て、アルウの願いを聞き入れるかたちで、彼の隊に同行することになった。

「こんなバカみたいな人数で旅をしているから金がかかるんだ。アホ面《づら》から斬《き》り捨てて、そこらへんに埋《う》めてやれば、旅する先々でこき使われて働くこともなくなるだろうさ」

ウィンダール率いる白神樹の騎士隊は1年を超《こ》える長い捜索《そうさく》をおこなっていた。路銀が1年ももつはずもなく、彼らは旅先で補給しつつ、白神樹の騎士として労働をすることで路銀をまかなっていた。旅先ではもっぱらモンスター退治あたりを期待されるのだとか。

今回もそうしたこの街の人間が手を焼いているトラブルへの対応を拾ってきたのだろう。

「どうりで1年もかかるわけだ。非効率にすぎる」

「英雄《えいゆう》の器《うつわ》の捜索は、公《おおやけ》でなければならない。足取りが鈍《にぶ》くなろうとも、白神樹の騎士団が捜索をしているという情報が広まればよい。騎士に協力すればたいていは褒賞《ほうしょう》が得られると皆《みな》が期待する。だから、旅先での捜索がはかどるのだ。そして、白神樹の騎士は模範《もはん》でなければならない。人助けを喜んでする良い騎士であると、遠征《えんせい》先で伝えひろめることも、我々に課せられた仕事なのだよ」

「騎士というのも大変だな。そんなしっかり働かなくてもいいんじゃないのか。白教ってのはもと強硬《きょうこう》で傲慢《ごうまん》なことが売りなんだろう」

ウィンダールのデカい身体《からだ》の後方に控《ひか》える騎士たちが「ぁ」と声をもらした。

「アルバス殿、私は貴公の言いぐさに目くじらを立てることはない。貴公のことも、この1カ月ともに旅をしてきて、わかってきているつもりだ」

巨漢《きょかん》騎士は「だが」と、アクセントをおいて付け足す。

「白神樹を愚弄《ぐろう》する発言はするべきではない。白神樹の祝福によって星巡《めぐ》りの地に生きるすべての生命と種族が繁栄《はんえい》を謳歌《おうか》できているのは事実である」

「あんまりそうは感じないけどな」

「当たり前にあるものに人はありがたみを感じないものだ。星巡りの地は、今は安定しているといえる。この平和こそ白神樹の奇跡《きせき》、そうは考えられないか」

「考えられないな。都合がよすぎる。奇跡って言葉でなんでも片付けやがって」

俺は訳あって白教とか白神樹とかにあんまり好意的な感情をもっていない。

「はぁ、まあよい。貴公に教えを説くのはとっくに諦《あきら》めている。ただ忘れてはいけない。なんびとも白神樹のもたらした祝福とは無関係ではない。いまは口うるさくは言わないが、白神樹や白教を軽《かろ》んじる発言は聖職者の前で必ずトラブルを招くぞ」

この1カ月たびたび受けている、白教の騎士によるありがたい説教だ。

「それで貴公、ついてきてくれるのだろう？」

ウィンダールが腕《うで》を組み待機しはじめたので、俺はため息をついて、アルウへ向き直った。

このアルバス・アーキントンは、前世で死ぬほど働いた分、楽をして生きることを第二の人生の命題としている。労働をすること、ましてや他者に強要されるのは、我が人生哲学《てつがく》に反するが……どうせ仕事をしないと先へは進めないのだろう。シルクがなければ旅も続けられない。

「アルウ、仕事にいってくる。騎士どもといっしょにお留守番をしているんだ」

「やだ。私もいきたい」

アルウは鼻を鳴らして意気込んだ。相棒の馬ミルクパンの積荷に差してある剣をひっこぬくと、俺の前へ走って戻《もど》ってきて、鞘《さや》から刃《やいば》を抜《ぬ》いてみせた。

「むん！」

白刃《はくじん》は太陽のひかりを受けてキラリと輝《かがや》き……重みのままにアルウの身体をひっぱって、地面に切っ先を突《つ》き立てる。俺はつんのめるアルウを支えた。振《ふ》りかぶるだけでこの始末だ。

「……」

「アルウ、いいな、お留守番だ」

「……わかった」

アルウは不服そうにつぶやき、剣を鞘に納めると、トボトボと戻っていった。

「ウィンダール、もうひとまわりちいさい剣はないのか？　あれはうちの子にはおおきすぎる」

「あれはリドルの剣だ。彼女は騎士隊でもっとも体のちいさい騎士であるな」

デカい身体の背後、芋《いも》くさい少女がポニーテールを揺《ゆ》らしてぺこりと頭をさげてくる。騎士リドル。ウィンダール隊で唯一《ゆいいつ》の女騎士。気弱で、雑用係をよくこなしている。皆に好かれているようだ。見た目通りのお人好《ひとよ》し。ドジ。ヘラヘラしてる。前世の俺を見ているようで腹が立つ。

「あはは、ど、どうも……」

「なにを見ているんだ。俺の顔が面白《おもしろ》いのか？」

「い、いや、まさかそんなことは……‼」

「決めた、お前は挽肉《ひきにく》にしてまき散らす」

キリッと睨《にら》みつけてやると芋女は恐怖に染まり、顔から血の気がひいた。

「ひええ……っ、お気に障《さわ》ったのなら申し訳あっ、ありっ、ありませ、ど、どどど、どうかご慈悲《じひ》を、アーキントン様……‼」

「貴公、無闇《むやみ》に騎士を怖《こわ》がらせるのはやめてくれ」

「……ふん。んで、このクソちびアホ面の剣ですらデカいならどうすればいい」

「あれ以上ちいさいとなると短剣しかなくなる」

つまり、アルウが振れる剣はない、というわけだ。
肩《かた》をすくめるウィンダール。俺は口をへの字に曲げる。
アルウを見やる。ほっそりとしている。華奢《きやしゃ》だ。儚《はかな》い。
あの子が剣を握り、ふりまわし、戦っている姿を想像してみよう。
剣をぶつけあわせた瞬間《しゅんかん》、衝撃《しょうげき》に耐《た》えられず武器が弾《はじ》き飛ばされ、手が痺《しび》れて涙目《なみだめ》になってい
る間にずしゃりと無慈悲に斬り捨てられる――――あぁダメだ、まったく良い未来が見えない。
「なあウィンダール、アルウは英雄の器じゃなかったのか。あれでは戦いで活躍《かつやく》するなんてとても
無理だろう。すぐ死にそうだ。俺も経験豊富ってわけじゃないが、それくらいはわかる」
アルウはちいさい。背は低いし、厚さもないし、身体はすごく軽い。
出会ったときに比べれば、そりゃあ健康状態はよくなったさ。すっかりよくなったさ。
健康状態がよくなって、肉付きがよくなって、血色がよくなって、それでアレなのだ。
だからこそわかる。彼女の華奢さは元々そういうものなのだと。
人間の体格なんてそれぞれだ。人体は遺伝子に刻まれた設計に沿って形成されていくと聞いたこ
とがある。成長に大事なのはこの遺伝子の設計図だ。背が高くなる、背が低くなる、太りやすい、痩《や》
せやすい、そうした要因は生まれた時点で決まっている。
後天的な要因は環境《かんきょう》だ。成長期にたくさん寝《ね》たら背が伸《の》びるとか、牛乳飲んだら背が伸びるとか、
俺が子供の頃《ころ》はよく言われていた。そこに科学的な根拠《こんきょ》があったのかはさておき。
アルウは、見たところ十代前半くらいの見た目をしている。成長期の真っ只中《ただなか》だ。そんな時期に
奴隷として劣悪《れつあく》な環境にいた。

栄養学だとか、生物学だとか、そんなことに明るくない俺でも、アルウがおかれていた環境が、彼女の成長に悪影響《あくえいきよう》を及《およ》ぼしたであろうことは想像に難《かた》くない。

「アルウは戦えない。俺にはそう思える。あの子を戦わせるのは危険だ」

ウィンダールは顎《あご》をしごき、アルウを見つめ、目を細める。

「……。英雄の器であることは間違いないさ、貴公。世の中には光に目覚めるという現象がある。光に目覚めた者は、ほっそりした体格でも驚《おどろ》くほどの怪力《かいりき》をだすものだ」

蒼い瞳がこちらを見てくる。

「貴公や『桜ト血の騎士隊』は、まさしく光に目覚めた熟達の戦士といえるだろう」

「魔力《まりよく》に目覚めるだろ。なんだよ光に目覚めるって」

「そういう言い方もあるという話だ。とにかくこの光の目覚めは、熟練の戦士が戦いと鍛錬《たんれん》のなかで身につけるものだが……時に先天的に祝福をあたえられているやつがいる。白神樹の騎士団にはけっこういるし、白教の学院では、光を操《あやつ》れることで厄介者《やっかいもの》になってしまった子供たちを保護していたりもする。英雄や天才はこういう特殊《とくしゆ》なところから生まれてくるものだ」

先天的な才能か。アルウにそれがあるとは思えないが。

「もし体格に見合わない怪力を使いこなせるなら、華奢に見えても山のようにおおきな巨漢を投げ飛ばすこともできるかもしれないな」

「そうだろう。だから、きっとアルウ殿はそのタイプなのだろう」

「だが、先天性なら現時点で剣を振りまわしてもらわないと困る。よってその説はすでに打ち砕《くだ》かれる。もっとまともな可能性を示唆《しさ》してくれよ、脳みそまで筋肉なのか」

ウィンダールは口をへの字に曲げた。ちょび髭もしなびている気がする。

「遺憾《いかん》ながら貴公の言う通りだ。はぁ、困りものだな」

「それで片付けてもらっちゃ困るんだ。あんたがアルウに希望を持たせた。アルウに背負わせて、アルウをひっぱりだしたんだ。……クソ、これどうするんだよ」

俺とウィンダールはともに押《お》し黙《だま》ってしまった。

うちの子は英雄の器だというが……今のところは、あんまり向いてないと言わざるを得ない。

◆　◆　◆　◆

ウィンダールがもらってきた面倒事《めんどうごと》は、モンスター討伐《とうばつ》に関するものだった。

なんでも風のニンギルはただいま絶賛危機に直面しているところなのだとか。

「これは1年越《ご》しの依頼《いらい》なのだよ、貴公。ずいぶん依頼主を待たせてしまっている」

「1年？　ずいぶん気が長いやつがいたもんだな」

ことの発端《ほったん》は最初に風のニンギルを訪れた時のことだという。ウィンダールたちがこの街を通って東へ向かう時に、つまりグランホーの終地方面へ捜索を進めているとき、この街の領主にモンスター討伐を願われたらしい。その時、ウィンダールは依頼を断った。なぜなら、まだ英雄の器を捜索中だったからだ。風のニンギルにとどまれる時間は限られていたのだ。

ただし、戻ってきた時、まだその厄介事が残っていれば必ず対処すると約束をしたらしい。

「不運にも厄介事は生き残ってたわけだ」

「そういうことだよ、貴公。だが、幸運なこともある」

「どこに」

「今回は貴公がいる。このウィンダールに果たし合いで優《まさ》る豪傑《ごうけつ》だ」

「俺のことを働かせるのは高くつくと言ってあったと思うが」

「大丈夫《だいじょうぶ》、基本は我々で対処するつもりだ。貴公はあくまで保険。我々の力が至らなかった時の第二プラン。高くつくからな。だから、貴公の手を煩《わずら》わせないよう騎士隊は全力でのぞむつもりだ」

ウィンダールは澄《す》ましたウィンクをしてきた。

「領主殿はずいぶん疲《つか》れた様子だった。事態は深刻なようだ」

「なにが問題だっていうんだ」

街を歩きながら隣《となり》のウィンダールにたずねた。

彼は腕をひろげ「こーんなに大きなひつじだ」と要領を得ない返事をする。

「ひつじ？」

「あぁひつじだとも、貴公。ひつじなんだ」

「どういう意味だ。わかりやすく説明しろ。さもないとこっちの芋女がミンチになるぞ」

リドルを睨みつける。「ひえぇ……っ、なんで私なんですかぁ、ぁ」と情けない声が漏《も》れてくる。

「この地には古い碑文《ひぶん》が残されていてな、『水黒く濁《にご》る時、大地を埋め尽《つ》くす魔羊《まよう》が席巻《せっけん》す』と」

広場の真ん中でウィンダールは足をとめた。眼前のそれは精巧《せいこう》な彫刻《ちょうこく》があしらわれた噴水《ふんすい》だ。まるで芸術作品のようだ。風化の具合から数百年はこの地にありそうな威容《いよう》を誇《ほこ》っている。

噴水から湧《わ》きでる水は黒ずんでいる。墨汁《ぼくじゅう》を混ぜ込んだみたいに。

水から嫌《いや》な気配を感じる。威厳《いげん》ある噴水には見覚えがある気がする。

「この噴水は風のニンギルに古くからあるものでな。なんでも魔法使い族が残したものとされているらしい。この街に禍《わざわい》が近づけば、それを知らせる役割をもっているとか、いないとか」

俺は水をすくって顔を近づける。やはり嫌な感じがする。視覚的にもすでに邪悪《じゃあく》なものなのだが、それ以上に、感覚器官で「危険」と感じるのだ。よくない魔力を感じるというか……。

「さっきの碑文をなぞるなら、水が濁ってるから、次は魔羊が席巻しそうってわけか」

「そのとおりだ。噴水が濁りだし、領主は兵を動かし調査をした。のちに依頼をギルドにだしたらしい。羊が湧きでる地を見つけたんだ。古い文献《ぶんけん》を引っ張りだして伝承を確かめたらしくてな。問題が起きる前に根源を叩《たた》いてしまおうという魂胆《こんたん》だったわけだ」

「悪くない考えだ。なにかされる前に潰《つぶ》してしまうのが一番効率的だな」

それが危ないとわかっているのなら尚更《なおさら》だ。

「でかいギルドだな」

風のニンギルの冒険者《ぼうけんしゃ》ギルドは、グランホーの終地にあった冒険者ギルドよりずっと大きかった。それだけ酒場もでかいし、人の出入りも多い。冒険者どもが持ち帰った獲物《えもの》の角だとか、頭骨だとか、そういったものもこれみよがしに壁一面《かべいちめん》に飾《かざ》られている。

そんな立派なギルドのなかは、いまや怪我人《けがにん》であふれかえっていた。

ギルドの受付嬢《うけつけじょう》たちはせっせと怪我人を運び、包帯を巻いたり、薬草を塗《ぬ》りこんだり治療《ちりょう》をおこなっている。空になった治癒霊薬《ちゆれいやく》の瓶《びん》が木箱のなかに詰《つ》められ、それが積まれて端《はし》っこによせられているさまは、どれだけの傷と血がこの場にあったのかを雄弁《ゆうべん》に語っていた。

「どうだ、貴公、これを見てもまだ保険でいられるか」

「全然余裕《よゆう》だが？」

「心は痛まないのか？」

「あぁまったく痛まないな。俺は冷徹だと言っているだろう」

俺たちは怪我人たちの間をぬけて、血で汚《よご》れた包帯で顔半分が隠《かく》れている男のもとにきた。

男はこちらに気づくとベッドから腰をあげようとする。ウィンダールはそれを手で制止した。

「貴公が『風竜の峰《ふうりゆうみね》』のリンボル・アリックであっているだろうか」

「え、ええ、私がリンボルです……えっと、あなたたちは？」

まわりからの視線を感じる。ウィンダールを先頭に騎士たちがぞろぞろ入ってきているので、最初から注目はされていたが、いまはもう希望に満ちた眼差《まなざ》しに変わっている。

「まさか白神樹の……？　バスコから助けにきてくれたのですか？　救世主だ‼」

沸《わ》き立つ民衆。何人かこっちを見てきた。

「ひええ、殺人鬼《さつじんき》が背後に⁉」

「救世主に失礼なことをいうやつだ。見捨てられてえのか」

一歩踏《いっぽふ》み出すとウィンダールは俺と冒険者のあいだに割ってはいった。

「んっん、失礼、こちらの男は顔こそ殺人鬼なうえ、言動は悪逆非道、心は凍《い》てつき、歩く姿は血を求めて獲物をさがす獣《けもの》のようだが、悪人ではない。安心してほしい」

「悪人ではない、の一言で打ち消せないほど邪悪ではありませんか……⁉」

「おっと、事実を陳列《ちんれつ》しすぎたようだ」

この騎士隊長に俺を擁護《ようご》する気がないのはわかった。

ウィンダールは金色の髪をなでつけ片眉《かたまゆ》をあげ、情報提供者へ向きなおる。

「リンボル殿が討伐隊で魔羊を相手に活躍した冒険者パーティのリーダーだと聞いたのだが」

「もう胸を張れる肩書きではないですが、そうです、あってます」

リンボルを足先から頭のてっぺんまで見やる。

「ボコボコにされてるな」

「ええ、ボコボコにされました……『風竜の峰』は風のニンギル最大の冒険者パーティですし、鷲獅子等級《グリフォンランク》ですし、過去10年クエストに失敗したこともなかった。だからきっと大丈夫だって、そう驕《おご》っていたんです、うう、いまでも、あの悪魔たちのことを思い出すと、震えがとまらない」

瞳は怯《おび》えで染まっている。自分の身体がこの場にあることを確かめるようにそっと己《おのれ》を抱《いだ》く腕にぎゅっと力が込められ、指先は震えている。どれほど恐ろしい経験をしたというのか。

「大丈夫だ貴公。ここにその悪魔はいない。だから話してくれるか、その魔羊とやらについて、討伐隊と貴公のパーティ『風竜の峰』が経験したことを」

ウィンダールは憔悴《しょうすい》しきったリンボルから話を聞きだした。

内容はこうだ。討伐隊が組まれ、ここから半日の距離《きょり》にある遺跡《いせき》に向かった。そこは普段《ふだん》ならとりたてて珍《めずら》しいものもない、古い文明の跡地《あとち》にすぎないが、その日は違ったという。

近づくにつれ黒い瘴気《しょうき》があたりを包んでいく。天気もだんだん悪くなり、草木は暗く枯《か》れ、風は生ぬるく、酸《す》っぱいような不快な香《かお》りを放っていたという。

あらわれた怪物《かいぶつ》たちと討伐隊は戦った。だが、遺跡よりあふれだすそれらに対処することはかなわず……ボコボコにされ、多数の怪我人を連れて帰ってくるのが精いっぱいだったという。

「めぇ、めぇぇ、めぇぇぇぇ――――って鳴くんです。手で耳を塞《ふさ》いでも魂《たましい》に鳴き声が響《ひび》いてきて、遠くにいてもずっと聞こえていて、まるですぐ後ろにいるみたいに……勇敢《ゆうかん》なやつから狙《ねら》われるんです、斬りつければ耳をつんざくような声で鳴いて……あたりの羊たちがいっせいに向かってきて!!『風竜の峰』は一番勇敢に戦った、だから一番羊たちにボコボコにされました」

リンボルは頭をかかえ悲痛な涙を流しはじめた。

彼の仲間たちは命こそ取り留めたが、いまも意識を失ったままだという。

あれ？　思ったよりとんでもないのと戦わされそうになってないか？

おかしいな、ちょっとしたモンスター退治のつもりだったんだが？

鷲獅子等級がやられているんだって？　それって『桜ト血の騎士隊』と同ランク帯なんじゃないのか？　目の前で心折れているこの男はスーパーエリート冒険者なんだろう？　あれ？

俺は腕を組んで瞼《まぶた》を閉じ、思案し、結論をだし、ウィンダールの肩にそっと手を添《そ》えた。

「もういこう、この街は救えない」

「貴公、それでも人間か」

「あぁ人間だ。だからこそ理性で判断した」

「諦めるのがはやすぎるぞ」

「いいや早くない。めぇめぇ鳴く悪魔どもの遺跡はすぐそこにあるんだろ？　こんな危険な街にはいられない。のどかで平和だと思ったが残念だ。グランホーよりもホットな場所だったとは」

「それほどの剣技《けんぎ》をもっていて恐れるのか、貴公」

「冷静になれウィンダール、強い弱いじゃないだろう。戦いなんてものはいつだって紙一重《かみひとえ》だ。剣の太刀筋《たちすじ》を右へ避《よ》けるか、左へ避けるか、それだけで運命が決まるものだ」

二度目の人生における命題は、楽をして生きる、だ。可能な限り働かないのが大原則。

楽して生きるためには、そもそも生きていないといけない。命あっての物種。けれど異世界には危険がいっぱいだ。モンスター、人間、信用ならない衛生観念、治安の悪い街、悪徳の領主、禍の予言、まるで危険物のウィンドウショッピングをしている気分になる。

君子危《あや》うきに近寄らず。まず危ないことを避ける。生死が関《かか》わるイベントそのものを避ける。俺はたしかにちょっと強いし、ポリシーの都合上、他人と衝突《しょうとつ》することはある。でも、それは進んで危険に飛び込むのとはすこし意味がちがう。

「どんな剛《ごう》の者でもふとした時に死ぬ。ある戦国武将は戦では100戦100勝だったが、用を足すためトイレにいるところを襲《おそ》われ死んだという。つまりそういうことだ」

「どういうことだ、なんの話をしてる？」

「わからないかウィンダール、俺はめぇめぇ鳴くその怪物とやらとは戦わないって意味だ」

俺は言って、冒険者ギルドの出口へむかう。

周囲からは視線が集まっている。救世主とでも思ったか。

だが、残念、この俺はその場のノリで人助けに命をかけるほどお人好しではない。

「ウィンダール？　ウィンダールだって？」

「そうか、どこかで見たことあると思ったら、前にきたあの白神樹の騎士だ‼」

「北風のウィンダール‼　ルガーランドの懐刀《ふところがたな》‼」

騒《さわ》がしくなりはじめ、皆が黄色い声をあげる。ウィンダールは有名人なようだ。グランホーの終地でも、自分のネームバリューを存分に活《い》かして捜索していたみたいだし、この街でも同様に捜索をしていたのだろうか。あるいは元々名前が知れ渡《わた》るほどの人物なのか。

「ウィンダールが俺たちを助けてくれるのか？」

「王子の剣……バスコに仕える騎士たちならあるいは、やれるのか」

「それに比べあの恐ろしい顔のやつは人の心とかないのか……」

「白神樹の騎士といっしょに来たのに自分だけ戦わないって堂々と宣言しやがったぞ……」

「馬鹿《ばか》、やめとけ、聞かれたら臓物ひきずりまわされるぞ……‼」

ウィンダールの株があがる陰で、急速に俺の株がさがりまくっている。

だからどうということはない。他人からの好感度などどうでもいい。

俺は冷徹で利己的な人間だ。自分の利益を見極《みきわ》められるのだ。

「あ、アーキントン様、本当に、本当にいっしょに戦ってくださらないのですか……⁉」

騎士リドルが呼び止めてくる。

「戦わない。俺はこの街になんの思いいれもない。救う義理がない」

「そ、そんなぁ……‼」

「だが、貴公、騎士隊が全滅《ぜんめつ》したらどうする。バスコへアルウ殿を連れて向かってくれるのか」

「アルウ次第《しだい》だ。俺はそもそもバスコになんざ行かなくてもいいと思っている派だぞ」

「この街が滅《ほろ》ぶほどの危機だとしたら貴公の隠れる場所もないのでは」

「幸いデカい街だ。ほかが羊にしばきまわされている間に、逃《に》げるも隠れるも選び放題だ」

ウィンダールの騎士たちと、周辺の冒険者から冷たい軽蔑《けいべつ》の眼差しを向けられる。

「隊長、やっぱり、アルバス様は相当なクソ野郎《やろう》なのでは……？」

「人間性は顔にでるっていうが、まさにその通りだな」

「強いだけじゃねえか。他が終わってやがる」

ウィンダールは腕を組み、顎をしごき、半眼で見つめてくる。

「やれやれ、貴公という人間はどうしてそう……まぁよい、戦う気のない者に隣に立たれても困る。貴公はアルウ殿を守るつもりはあるのだろう。あれは貴公の大切な……そう、資産なのだからな。我々としては彼女さえ守ってもらえれば十分だ。もともと貴公はイレギュラーだ。労働力を勘定《かんじょう》にはいれないと約束し、世界の滅びさえどうでもいいと言い切った男だ。我々に貴公を無理に動かす道理はもとより存在しない。行きたまえ」

「当然、行かせてもらう」

「────」

俺は冒険者ギルドの扉《とびら》に手をかけた。誰《だれ》かが怪訝《けげん》な声をだした。

なにかが聞こえる。どこからか聞こえてくる。くぐもった、振動《しんどう》の塊《かたまり》のような。

それぞれが視線をあわせる。俺も耳を澄ませ、いちはやくその声の正体に感づいた。

まわりはまだ気がついていない。俺は周囲の表情がどう変わるのか観察してやることにした。

「────めえ」

「────めえ、めぇえ」

「──めえ、めえめえ、めぇめぇ〜」

「めぇめぇ、めぇめぇめぇめぇめぇ〜‼」

者どもの表情がみるみるうちに変わっていく。

それは悪魔の鳴き声の集合体だった。ひとつふたつどころじゃない。

怪我をした冒険者たちが、狂《くる》ったように声をあげ取り乱すのに時間はかからなかった。

◆　◆　◆　◆

ウィンダールたちと別れたのち、俺はアルウを迎《むか》えにいった。

この街には茶菓子屋《ちゃがしや》があると聞き及んだので、彼女を連れて行ってやることにした。

「アルバス、これすごく美味《おい》しい」

アルウは足の届かない椅子《いす》に座し、振り子のように両足をパタパタさせて絶賛する。

「甘《あま》い、べっこー飴《あめ》みたい」

甘味の比喩《ひゆ》対象がべっこー飴しかないことを嘆《なげ》くべきだろうか。

「でも、べっこー飴のほうが好き。すごく甘くて、ずっと甘かったから」

異世界におけるべっこー飴の強キャラ感は異常。

「ゲーチルの作ってくれたべっこー飴はおいしかったな」

俺はクッキーをぱくつきながらいう。うむ、まあ美味《うま》い。

二度目の人生がはじまってからなかなか味わえていない甘味だ。

甘さ自体はおそらくたいしたことはないのだろうが、普段から甘さに飢《う》えている分、ちょっとした甘味でもすごく美味しく感じる。

グランホーにはこんなおしゃれな店はなかった。バスコに近づくにつれ、豊かな村、豊かな街が増えていくのは気のせいではない。ひとつ前の村からは、質素ながら教会があった。そして今回はお菓子屋。お菓子は必需品《ひつじゅひん》ではない。つまりこの街には嗜好品《しこうひん》を楽しむ余裕があるということ。

白神樹の祝福やら奇跡はあながち間違いではないのかもしれないな。

「アルバス」

アルウが足をぶらぶらさせながら見上げてくる。

「アルバスはすごく優しいから、きっとわたしのために近くにいてくれてるんだよね」

彼女は申し訳なさそうに目を伏《ふ》せ、そんなことを口走った。

◆◆◆◆

めぇめぇと不吉《ふきつ》な鳴き声が聞こえたのち、ウィンダール率いる白神樹の騎士らは、冒険者と領主の兵を集め、城壁を守るために風のニンギルの最も外側へと駆《か》けていた。

ある程度は数もいるのだろうと想像していた。だから、最初は動揺《どうよう》することはなかった。

状況《じょうきょう》が変わったのは、平原を埋めつくす黒い羊の群れがあらわれてからだ。

唯一の幸運は、手で耳を塞いでも聞こえてくる「めぇめぇ」という鳴き声のおかげで、すでに戦《せん》闘《とう》区域の住民は城壁の内側へと避難《ひなん》を完了していることだ。

人々がいなくなった街に黒い羊たちが到達《とうたつ》した。平原を走破する勢いはさほど脅威《きょうい》ではないが、恐るべきはその暴力性だ。羊たちはまるでこの地に生きるすべての生物と、すべての建物を破壊《はかい》しつくさんばかりの勢いであった。風のニンギルの最も外側にある家屋にたどり着くなり、外壁《がいへき》に頭を押し付けていき、そのまま数十匹《ぴき》の馬力、否《いな》、羊力でもって圧壊させてしまった。

ウィンダールは城壁上からその様を観察していた。風に乗る匂《にお》いに鼻をひくひくさせる。

(死の香り……こいつら見た目通り邪悪な力に由来する怪物のようであるな)

魔羊たちが城壁にせまってくる。城壁外の家屋はほぼ壊滅《かいめつ》した。

城壁上から領主の兵らが弓矢を浴びせる。設置されたバリスタも放たれた。

それらは十分に効果を発揮し、大量の魔羊たちを死に至らしめた。

だが、群れのすべてを倒《たお》しきることは到底叶《とうていかな》わず。

あっという間に城壁の正面門に到達され、羊たちのスクラムによって扉を突き破られてしまう。

「ここを絶対に通すな‼　いくぞ‼」

ウィンダールたちは城門内部の幅狭《はばせま》な一本道にて無数の羊たちを喰《く》いとめた。

白神樹の騎士たちは精強だ。羊ごときに後《おく》れをとることはない。

そう思っていた時期が彼らにもあった。

なぜ『風竜の峰』率いる冒険者たちが敗れて、ボコボコにされたのか。

剣で叩いてみて、羊の頭突《ずつ》きを喰らってみて理解させられた。

魔羊は硬《かた》く、その突進《とつしん》は人間をたやすくぶっ飛ばすほどの威力《いりょく》をもっていたのだ。

「こいつらの羊毛、まるで鋼《はがね》のようだ‼」

「斬れない‼　斬れない‼　ならば刺《さ》せ、刺せ‼」

白神樹の騎士たちは近づくのは危険と判断し、ごく初歩的な奇跡の技を使うことにした。

『白光で以て傷をつける《スマルティア・コマルドウリン》』……‼」

数枚の光の硝子片《ガラスへん》をつくりだし、それを飛ばして、魔羊たちを喰いとめる。

聖騎士たる白神樹の精鋭《せいえい》たちの奇跡は、不浄《ふじょう》な魔羊たちにとても効果的だった。

「めぇぇぇぇぇ‼」

ただし、光の結晶《けっしょう》で同胞《どうほう》を失った羊たちは、怒《いか》りに狂い、より勢いを増した。

その結果、迎撃《げいげき》隊の負傷者もまた爆発《ばくはつ》的に増えた。互《たが》いに犠牲《ぎせい》を重ねる血みどろの争いだ。

「羊ども、少し生き急ぎすぎであるぞ」

ほかの者が致命傷《ちめいしょう》を受けるなか、ウィンダールは膂力《りょりょく》でもって羊を押しかえし、大剣の一太刀ごとに邪悪な怪物たちを屠《ほふ》っていく。まさしく英雄の戦いだ。

羊たちは屍《しかばね》を踏《ふ》み越えて、どんどん押し寄せた。

ウィンダールは足の踏み場がなくなりつつあることに焦《あせ》りを覚える。

(勢いを止められない。この怪物たちは死を恐れていない。否、死そのものか？)

城門内部の通路は縦に20ｍの長さがある。たとえ扉を突破《とっぱ》されても、横に狭い通路で敵の攻撃《こうげき》してくる箇所《かしょ》を限定し、迎撃できるようになっている。しかし、羊たちの猛攻《もうこう》はたやすく20ｍの距離を踏破《とうは》した。人間のか弱い抵抗《ていこう》などもろともせず、城門のなかへ入ってきてしまった。まさしく破竹の勢い。ウィンダールひとりでは群れを押し戻すことはできない。

皆がもうダメだ、風のニンギルはおしまいだ、そんな絶望に沈《しず》みそうになった時、一陣《いちじん》の氷雪の突風がみんなの頬《ほお》を撫《な》で、羊たちの群れを空高く打ちあげた。

冷たき風を操るのは一振りの大剣。銘《めい》はシュタイルミニスタという。

「諦めるな、皆の者」

ウィンダールは大剣を大きくふりまわし、まわりの騎士や冒険者を後方へ吹《ふ》っとばしながら、前からせまってくる羊たちを押しかえすように氷雪の嵐《あらし》をコントロールする。羊たちの突撃の第一波を完全に挫《くじ》くと、今度は広範囲《こうはんい》へ散らばっていた風をかき集め、シュタイルミニスタに纏《まと》わせた。

霊峰《れいほう》の凍てつく吹雪《ふぶき》は、一点に集まったことで本来の力、風と氷の威力を遺憾なく発揮する。

「北風よ、穿《うが》て」

束ねた凍てつく風は、勢いよく突き出された大剣により、行き先をいましがた突破された城門通路へ定めた。巨大《きょだい》な烈槍《れつそう》となった吹雪の奇跡による一撃は、魔羊たちを砕き、凍《こお》らせ、破砕《はさい》し、肉片と変え、刻み、潰し、狭い城門通路もろとも凍結《とうけつ》させてしまった。

「す、すごい……奇跡だ、奇跡の技だ」

「これが北風の剣ウィンダール……王子の懐刀か！」

風が止《や》んだ。シュタイルミニスタが大地に突き立てられる。

ウィンダールは手を横へビッとふりはらい大声で指示をだす。

「長くは保《も》たない、第二城壁まで撤退《てったい》だ!!」

羊たちの猛攻で負傷した冒険者らを、ほかの冒険者が運ぶ。城壁の上にいた兵士たちは、城壁上を駆け、急いで次なる防衛地点にさがっていく。

（領主がギルドに依頼をだし、冒険者たちが動いているが……風のニンギルで腕利《うでき》きとされているパーティはすでに負傷し、この戦場には参戦できていない。いまいるのは二軍以下。加えて魔羊た

ちのちからは想像以上だった。我々の奇跡は有効ではあるが……状況《じょうきょう》はかなり悪いな）

退却《たいきゃく》する皆のため、ウィンダールは殿《しんがり》としてゆったり退却する。シュタイルミニスタを見やる。

蒼い宝石の輝きが弱まっていた。

（シュタイルミニスタの光が減退している……あと1回の使用で限界を迎えるか）

ズドン‼ 轟音《ごうおん》が響きわたる。退却する冒険者も騎士も城壁上の兵士たちも皆が視線をそっちへやった。凍りついた城門通路が割れていた。氷にヒビが走り、大地にまで亀裂《きれつ》が伸びていく。

魔羊たちが宙を舞《ま》った。キラキラと輝く氷の粒《つぶ》とともに、ひと際《きわ》おおきな――それはおおきな黒い羊があらわれた。最も邪悪な姿をしていた。普通《ふつう》の羊より、二回り、三回りもおおきいそいつは、赤黒い瞳をしていて、ねじ曲がった黒角をもっていた。最大の特徴《とくちょう》は首が四つもあることだろう。

人間と同じすり潰すための平らな歯を生え揃《そろ》えた口はひん剥《む》かれ、怒りに食いしばられているようにみえる。それぞれの首が、その赤い瞳でウィンダールを捉《とら》えた。

「グロォォォ、ォォ、オマエ、カ、ワガコラ、ズイブン、コロシテ、クレタナ……」

「喋《しゃべ》るだと？ ふん、では問う。怪物よ、なぜそんなに怒《おこ》れる。なぜ街を襲う」

「グ、ロ、ロォォ、ォォォ、グ、ロッ、ロッロッ」

巨大魔羊は笑っていた。嘲笑《あざわら》っていた。質問への返答はなかった。

蹄《ひづめ》で石畳《いしだたみ》を割りながら、突進してくる。まわりの小さな魔羊も猛攻を再開した。

（こちらの意図には付き合わないということか、知性が高い）

ウィンダールは巨大魔羊と羊たちの群れを喰いとめた。

それは十分な時間であり、しかし、長すぎた。偉大《いだい》な英雄でさえ追い詰められるほどに。

ウィンダールは肩で息をし、傷の増えたシュタイルミニスタを地面についた。

美しい鎧は凹《へこ》み、ゆがみ、赤い血で汚れている。流れる金髪《きんぱつ》は崩《くず》れ、前髪《まえがみ》の毛束はしおれたように垂れ、その隙間《すきま》から射貫《いぬ》くような片瞳の蒼い視線が、巨大魔羊を睨みつける。

「グロ、ロロ、ナモシラヌ、キシ、ヨ。サイゴニ、ナノルガヨイ」

「………怪物にも、名乗りの礼節があるというのか？」

「グロロォ、ツワモノダ、ココデ、コロセテヨカッタ。ナマエ、クライ、オボエテ、ヤル」

（ここで殺せてよかった？　こいつらにはこの先の目的があるとでも？　なんなのだ、この異様な怪物は、何を目的にしているというのだ？）

「サア、ナノレ」

「……いや、私の名を覚える必要はないだろう。怪物よ、お前はここで死ぬのだ」

「……ツマラヌ、キョエイダ。デハ、シヌガヨイ、ナモシラヌ、キシ」

巨大魔羊は前脚《まえあし》をふりあげ、硬くおおきな蹄でウィンダールを潰した。

このおおきな凶器《きょうき》に踏みつぶされれば、圧殺は免《まぬが》れない。

そうであるはずなのに、蹄がふりおろされたあとも、ウィンダールの心臓は動いていた。

ウィンダールは死の間際までさして焦ってはいなかった。

この1カ月のあいだに様々な村で厄介事を解決してきた。

決まって彼はこういう風にいうのだ。「この俺がどうして働かなければならない」「お前たちで勝手に解決しろ」「俺は絶対に手を貸さない」「くだらない。どうでもいい」「村人が困ってようと俺はなにも感じない」「絶対に、絶対に、手助けなんかしないぞ」──と。

ウィンダール隊のほとんどは、まだ彼のことを正確に推《お》し量れてはいない。

しかし、多くの騎士をたばね、それぞれに寄り添い、個々人のパーソナリティを把握《はあく》し管理する──そういう風に普段から他人のことを分析《ぶんせき》・観察する能力を培《つちか》っている指揮官たるウィンダールには、彼のパーソナリティもだいたい掴《つか》めてきていた。

あの男が「絶対に手助けしない」という発言を有言実行した例《ためし》はないのである。

「あぁ、やっぱり来てくれると思っていたよ、貴公」

巨大魔羊の蹄が大地を潰して、深く地面に埋まっている……そのすぐ横、不機嫌《ふきげん》な顔をしているアルバス・アーキントンへ、ウィンダールは尻《しり》もちをつきながら苦笑いをむけた。

◆ ◆ ◆ ◆

アルウは自身の無力さを知っていた。

そのことをアルバスが気にかけていることもわかっていた。

いま風のニンギルには恐ろしい怪物が迫《せま》っているという。

だからだろう、人々は怯え、冒険者たちは殺気立ち、ウィンダールら白神樹の騎士たちは慌《あわ》ただしくどこかへ行ってしまった。仕事に行ってくると言って一度はどこかへ行ったアルバスも、いまはアルウのもとに戻ってきて、彼女のそばを離《はな》れないでいる。

アルウは聡《さと》かった。アルバスが自分を守るために、きっとみんなに必要とされているのに、まわりに嫌《きら》われながらも、そばにいてくれることを選んだのだろうと。

「アルバスはすごく優しいから、きっとわたしのために近くにいてくれているんだよね」

「この俺が優しいだと？　お前のためにここにいるだと？」

「あっ、違った。そう、アルバスは自分の資産を守ることばかり優先して、街のみんなのことなんかどうでもいいと考える悪逆非道なんだよね」

「危ない危ない、流石《さすが》の俺も今のはキレそうだったぞ。次から絶対に間違えるなよ、アルウ。俺のことを優しいなどと言ったあかつきには、こうッ、するからな。こうッ、だぞ？」

アルバスは拳《こぶし》を握りしめ、シュッとちいさく空を殴《なぐ》る。

「アルバス、ウィンダールたちが死んじゃったら、わたしは英雄になれないと思う」

「ウィンダールも騎士たちもこの1カ月ずっと働きぶりを見てきた。あいつらは高度に訓練された兵士たちだ。だから大丈夫だ。ここで待っていればゴタゴタは勝手に終わってるはずだ」

「アルバス、わたしは大丈夫だよ。ちいさい子供じゃないから」

アルウはクッキーをハンカチで包んでポケットにいれ、椅子からぴょんっと飛び降りる。

「おい、どこへ行く」

「教会。とても頑丈《がんじょう》な建物で、街のみんなが避難しているって」

「だめだ、そんな他人だらけのなかにポツンとお前ひとりいられるわけがない」

「リドルがいるんだ。避難民を落ち着かせるために白神樹の鎧をまとった騎士がいたほうが統制はとれるからって。だから、リドルにそばにいてもらうよ」

アルウはアルバスの手をぎゅっと握る。空を見上げた。轟音がたびたび響いている。

城壁の向こう側で怪物が暴れ、それを食い止めようとしている者たちが戦っているのだ。

「アルバス、みんなを助けてあげてほしい」

アルバスは瞼を閉じて考える。

大事な資産であるアルウをおいて、この街のために命を懸《か》けることに意味はあるのか。

(この場でアルウを守り続けることは俺の資産を直接守れる。だが、前線が崩壊《ほうかい》すればどうだろう。ここは城壁に囲まれている。だが、いつか門は突破される。怪物が流れ込んでくる。相手はもしかしたら大地を埋め尽くすほどの大群かもしれない。そうしたら瞬《また》く間に城壁より内側が羊でいっぱいになり逃げ場がなくなるかもしれない。相手の規模感がわかっていないと逃げる時に想定外もおこる。その時、アルウを守り切れるだろうか)

アルバスは己の行動原理をひとつずつ構築し、パチッとまぶたを持ちあげた。

「前線の様子をみてくる。勝てそうだったらすこし手助けしてくる。ちょっとだけな」

「うん！　ありがとう、アルバス。頑張《がんば》って」

アルウはぎゅーっと抱き着き無事を祈《いの》る。アルバスはちいさな背中を優しく抱きとめた。

◆　◆　◆　◆

アルウに言われて城壁の外に出てくれば、ウィンダールのやつめ、さっそくデカい羊に踏みつぶされそうになっていやがった。どうしていつも俺が最後には働くことになるのだろう。

「なにを羊なんぞに手こずっているんだ。王子の剣？　北風のウィンダール？　二つ名なんか名乗るんじゃねえ。呆《あき》れてものが言えない。お前は今日からただのウィンダールだ」

「貴公には面目《めんぼく》ない姿を見せてばかりだ。せめてこの片目が見えていればもう少しやれたのだが」

「また当てつけか？　もう1カ月も経っているだろ。いい加減に片目の世界に慣れろ」

とはいえ、ウィンダールの片目を奪《うば》ったのは事実だ。ずっと前から「距離《きょり》感がつかめなくなった、もう騎士は引退であるな」と俺のそばで聞こえるようにボヤいていたのも事実だ。

「マタ、ナモシラヌ、エイユウ、カ」

「んあ？　なんだ、このごわごわラム肉ケルベロスは。お喋りができるのか？」

「らしいな。……言っておくが、アレは手強《てごわ》いぞ」

黒い羊たちのなかでも、ひと際デカい喋る羊が「めぇぇぇぇぇぇ――‼」と空へ轟《とどろ》く鳴き声をあげた。途端《とたん》、周囲の羊たちがむかってくる。ウィンダールは重たそうに腰をあげ、後方へ飛びのいた。自力で避難できる程度には元気がある。あのデカい図体《ずうたい》を守ることにならなくて助かった。

俺は剣を抜き放つ。ちいさい魔羊を手始めにぶった斬る。手応《てごた》えありすぎ。羊毛が硬いのか？　でも、まあ別に斬れなくはない。それに羊たちも動きが素早《すばや》いわけじゃない。

どこら辺に手こずっていたのかわからないが、油断は禁物だ。俺はリスクを最小限におさえ、群れのなかにつっこまず、後ろへさがりながら、最接近してきたやつの首を叩き落としていく。

斬っていると段々、剣の切れ味が悪くなってきた。

そこへ巨大魔羊が突進をかましてきた。避けざまにその首を落とす……と思ったが、俺が使っているのはグドからもらった刃渡《はわた》り90㎝の騎士剣だ。度重《たびかさ》なる研磨《けんま》で刃は薄《うす》くなっている。

直観的に「この剣じゃこいつの太い首は落とせない」と感じ、４つ顔があるうちのひとつを斬りつけてやることにした。ペキン‼　剣が折れた。硬い。見た目よりずっと硬い。最悪だよ。

「グロ、ロロ、マヌケ」

俺は剣を失った状態で魔羊たちに取り囲まれてしまった。

「やむを得ないか」

『歪《ひず》みの時計』の針の位置を思いだす。今朝確認《かくにん》したかぎりでは短針は4時くらいを指していた気がする。十分に攻撃魔法を使う猶予《ゆうよ》はある。

周囲にはウィンダールがシュタイルミニスタの奇跡を解放した形跡《けいせき》がある。そしてここは城壁から多少距離があり、なにが起こっているのか悟《さと》られにくい。

ウィンダールにバレたくないが、剣もない状態で頑張って羊どもを一掃《いっそう》する気もない。普通に面倒だし、なにより危険にすぎる。絶対の自信でもない限り、近接戦闘は避けたい主義なんだ。

そうこうしているうちに魔羊たちが完全包囲網《ほういもう》を完成させた。

「キサマ、ソノカオ、ナゼダ、ドコカデ、ミタヨウナ……」

「おいおい、怪物にまで顔のこと言われるのかよ」

世知辛《せちがら》い世の中だ。さっさと片付けちまおう。俺は手をパンっと胸のまえで叩きあわせた。

法則に踏み入った。強大な魔力を感じる。時間が経つごとに、魔法を使うごとにすこしずつ俺は、俺の身体は、思い出しつつある、その使い方を。いまは前より無駄《むだ》な消費もなくなった。

叩き合わせたのち、手のひらで大地を思いきり叩いた。

符号《ふごう》は成った。『銀霜《ぎんしも》の魔法』が発動する。

俺の手元から巨大な質量を誇る氷塊《ひょうかい》があふれだし、鋭《するど》い氷柱となり、全方位に無数に、無慈悲に、無惨《むざん》に展開、魔羊たちは何が起こったか理解するまえに貫《つらぬ》かれ、血肉を瞬間凍結されていく。

デカいやつはちょっと遠い。もう魔力を展開しきってしまった。1時間消費のパフォーマンスはずいぶん向上したが、流石にあそこまで届かせるのは無理だ。少なくともいまの俺の技量では。

「デカブツ、少し待っていろよ。これやると体がすげえ冷えるんだ」

俺は深呼吸を繰《く》りかえし、白い息を吐《は》きだす。連続で使うと俺まで氷像になりそうだから、『銀霜の魔法』はあんまりバカスカ使わないほうがいい。

「アリ、エナイ……ナゼダ、ソレハ、マホウ……」

巨大魔羊は取り巻きをすべて失い、ただ一匹、後ずさり始める。逃げようとしているのか。

「アッテハ、ナラナイ、コトダ、フカノウナハズ、ダ‼」

巨大魔羊はふりかえって、来た道を引きかえしはじめた。全力疾走《しっそう》での逃亡《とうぼう》だ。

「おい、こら、逃げんな‼」

俺は再び、符号を形成し、大地を手のひらで叩いた。

地面とほぼ水平にビューンッと、一本の氷柱が伸び、逃げる巨体を捕《と》らえた。

命中の瞬間、やつはこちらをふりかえって怯えた表情をし——貫かれた。周囲もろとも凍結されていく。デカい身体ゆえ完全に凍り付くまで時間はかかるようで、すこし口元が動いていた。

「アァ、ソ、ウダ……、ソノカオ、オモイ、ダシタ………アル、バス、アーキン———」

冷たい死の御手《みて》がついに怪物を完全に包みこんだ。あたりすべては零《ぜろ》になり、漂《ただよ》う冷気だけがそれが動いていたことの限りある証拠《しょうこ》となるばかりだ。

こいつ最期《さいご》にアルバス・アーキントンと言いかけた。どうして俺の名前を知っているんだ。疑問が浮《う》かんだころには、すでにデカブツは息絶え、凍てついたオブジェになり果てていた。

「んあ？　なんだ、これ……」

激しい痛みが走ったと思い、腕を見やる。少なくない血が滴《したた》っていた。

どこかで切ってしまっていたのか？　気づかなかったが。いや、違う、この傷……どんどん大きくなっていきやがる。それになんだ傷口が凍りついていく。灼《や》けるような痛みが追撃してくる。

「クソ、なんだってんだ……この羊野郎の置きみやげか？」

「アルバス殿、アルバス殿‼　どこにいる‼　返事をするんだ‼」

俺が「こっちだ」と叫《さけ》ぶと、すぐのち氷岩の向こうからウィンダールが姿をあらわした。痛みはどんどん増していく。骨の髄《ずい》まで凍り付き、砕けるような——やがて俺の視界は暗くなった。

◆　◆　◆　◆

目が覚めたあと、近くにいた女性から諸々《もろもろ》の状況を聞かされた。

俺は治癒院という場所に運び込まれたらしい。ウィンダールが担《かつ》いでくれたようだ。

街は救われた。いまは羊に荒《あ》らされた区画の安全確認が行われている最中とのこと。

混乱はおさまりつつある。ただ、当該《とうがい》区画の避難民が街にあふれかえっているので、落ち着くのにはまだ時間がかかりそうだとのこと。

俺は自分の怪我を包帯の上からそっと撫でる。痛ってぇ。触《さわ》るんじゃなかった。

ひどい傷を負った原因は、十中八九あの黒いデカブツがなんらかの神秘を——それも質《たち》の悪い道連れとか呪《のろ》いとか、そういう性質のものを喰らわせてきたのだろうと推測している。

「やれやれ、あんな怪物もいる……とな。うかつにぶっ殺したら、こっちがぶっ殺されるとか」

幸い、命は助かった。治癒院には、先日の冒険者連合の敗北をきっかけに、風のニンギル中の使用可能な薬草や霊薬が集まっていたらしく、俺もその恩恵《おんけい》を受けることができたらしい。

「信じられない傷の治りですね……あなた光に目覚めているのですか？」

担当してくれた女性は、ひどく驚いた様子だった。

「魔力に目覚めていれば傷の治りははやいのか？」

「治癒霊薬は服用者の魔力や、光のちからを借りて、傷を癒《い》やしますから。高名な英雄はそもそも生命力が強いという話もありますし……でも、あなたのそれは、見たことがない早さです」

「そういうこともあるんだろうよ。助かった、ありがとな」

これも魔法使いの身体の恩恵なのだろうか。傷の治りが早いという恩恵は、いままであまり傷を負うことがなかったので実感していなかったが……魔法使いって便利なんだな。

しかし、あの気味の悪い羊め。よくもやってくれやがった。痛みで気絶するなんて初めてのことだ。俺のことを知っているようだったし、なんだか引っかかる。調査の必要がある。

「と、その前に、ウィンダール……いや、アルウを迎えにいくか」

たしか教会に放ってきたのだった。はやく行ってやらないと。

「何をしに来た、魔術師め‼　陰険《いんけん》な異端《いたん》の徒が、神聖なる教会に足を踏み入れるなぞ‼」

俺は白教というのが好きじゃない。理由の最たるは彼らが俺を好きじゃないからだ。

顔の話じゃない。彼らは俺が悪人顔じゃなくても嫌っていただろう。

歩いていれば罵声《ばせい》をあびせ、異端者と愚弄するだろう。

俺の目の前で顔を真っ赤にしているのは、風のニンギルにある教会の神父だ。

高名な神父なのか、あるいは聖職者としての階位が高いのか、彼はまわりにいる聖職者よりちょっといい感じの礼服に身をつつんでいる。俺を指差し、怒り心頭といった具合か。

「うるせぇぞクソじじぃ、内臓引きずり出して、その綺麗《きれい》な白いお洋服を赤く染めてやろうか」

神父の顔をつかんで、ほかの聖職者たちへパスしてやり、受け止めさせた。

「ぐおおお、投げ飛ばした……っ!?」

「あいつ、やはり、光に目覚めて……くそぉ」

「よせ、手を出すな、怪我するぞ……!!」

聖職者たちがおとなしくなった。

「最初から静かにしてれば俺だって何もしないんだ」

俺は野次馬《やじうま》に徹《てっ》している騎士リドルを見つける。目をあわせると彼女は口元を押さえ「ひい……!!お疲れ様です、アーキントン様……!!」と引きつった声をだした。

「アルバス、おかえり、街を救ったって聞いた。かっこいい！」

アルウは目を輝かせて胸のまえで両拳を握りしめた。

「ん。その怪我……アルバスが包帯巻いてるところ初めてみた、大丈夫？」

「かすり傷だ。このことはいい。行くぞ。この胸糞《むなくそ》悪い施設《しせつ》にいつまでもいられない」

俺が白教への好感度をマイナスにしているのにはもうひとつ別の理由がある。

そもそも白教とは、白神樹へ信仰《しんこう》をささげ、星巡りの地をおさめる王に仕えているやつらのことだ。アルウを英雄の器とし、禍と戦わせようとしているやつらでもある。まあここまではいい。

気に食わないのはこいつらが魔術師を排斥《はいせき》し、迫害《はくがい》し、かつては魔術師狩《が》りまで指導して、民衆を使って魔術に関連するすべてを滅ぼそうとしていたことだ。

俺はいま魔術師を名乗っている。その前は剣士を名乗っていたのだが、ウィンダール騎士隊と旅をともにするなかで、魔法の練習をこっそりしているところを騎士リドルに目撃《もくげき》されてしまった。

神秘の教養がない者に、魔術と魔法の違いはわからないだろうと思っての咄嗟《とっさ》の嘘《うそ》だったが、その推測は正しく、俺は魔術師アルバス・アーキントンとして騎士隊に認知されるようになった。

魔法使いであることを隠すための魔術師という隠れ蓑《みの》だったが、これが実のところさして優秀《ゆうしゅう》な肩書きではないことに気づいたのはすこし経ってからだった。

「アルバス殿、昨日教会で悶着《もんちゃく》があったようであるが？」

翌日、ウィンダールが渋い顔でやって来た。

「言ってなかったか？　腑抜《ふぬ》けたじじぃがいたから、しっかり立たせてやっただけだ」

「昨日はせっかく、貴公のことを風のニンギルを救った英雄として称《たた》えたのに、まさか治癒院を出て速攻でトラブルを起こしていたとはな。これでは民《たみ》も素直《すなお》に喜んでいいのかわからないぞ」

「英雄の役回りはあんたにやっただろうが。そのために気を使ってやったのに。わざわざいらねえ紹介《しょうかい》しやがって。トラブルになるのはわかっていたんだ」

「あの怪物を倒したのは貴公だ。貴公なのだよ、アルバス殿」

「それはそうだ。でも、俺が倒したことにしなくていい。俺には名誉《めいよ》など不要だ」

「私は貴公の卓越《たくえつ》した、否、常軌《じょうき》を逸《いっ》した魔術と、それに至るまでに積み上げたであろう研鑽《けんさん》に敬意をはらっている。名誉はしかるべき者のもとに、必然と向けられる眼差しである」

「迷惑《めいわく》な眼差しだな」

たびたびアルバス・アーキントンの日記を見返す。そこにある『探求と術理の時代は終わった。いまは信仰の時代のようだ。』という記述の意味が、いまでは薄《うす》らと理解できる。

日記を何度も読み返していると、アルバス・アーキントンが生きていた200年以上前の世界のことを、断片《だんぺん》的な記述からうかがい知ることができる。

察するに魔法使い族が生きていた頃は、当然のように魔術も素晴《すば》らしいものとして市民権を得ていたのだと思う。でも、最後の魔法使い族が姿を消して時間が経ち、なにかが変わった。

「てか、お前も白教だろう。いつも白教の導きだとかで、説教をするくせに、異端者である俺に敬意をはらうのか？　俺をしてあんなにアレルギー反応をされると思わなかった。多少は疎《うと》まれると は覚悟《かくご》していたが、あんな……拒絶《きょぜつ》されるとは」

「魔術は私たちからすれば異端の力だが、戦場に身をおけば、それがどんな力であろうと役に立つということを知る。誰でもだ。逆に純粋《じゅんすい》な聖職者は外と触《ふ》れあう機会が少ない。教義が彼らのすべてだ。白神樹信仰を誰よりもプライドをもって遂行《すいこう》している。仕方のないことだ」

魔術の扱《あつか》いがそもそも変わった。そこにどういう歴史的な変遷《へんせん》があるかは、いまいちわかっていない。わかっているのは、白教において魔術は忌避《きひ》されるものであることだ。

魔術師という存在があまりに少ないと思っていたのだ。グランホーの終地にはそれらしい者はいなかった。唯一いた魔術師も非常に陰湿《いんしつ》で、街のすみっこでみんなに避けられて暮らしていたし。あるいは自分からまわりを突き放していたのか。

まあというわけで俺は、今日における魔術師差別の被害者《ひがいしゃ》になっていたのだ。

日記でアルバスが『これからは魔術師たちは肩身が狭かろう。そして俺も。』と記していたのも納《なっ》得《とく》だ。グランホーの終地はそうとう辺境だったから、街を歩いているだけで差別されることはなかったが、もしかしたら魔術師ということを公然の事実にしていたら嫌われたのかもしれない。

「領主殿が直接感謝を述べたいと言ってきた。顔をだしておいたほうがいい」

「どうでもいい。感謝されたくてあの羊をしばいたわけじゃない。あんたが代わりにでておいてくれよ、ウィンダール。わかるだろ。いまの俺が領主に会いにいったら新しいトラブルを起こしそうだ。俺だってわざわざ面倒を生み出しにいくつもりはない」

「……。そうであるか。わかった、貴公が望むのならば、一旦《いったん》この場は祭りあげられる役割を負うことにする。貴公ほどの豪傑の手柄《てがら》を横取りしたようで、気分が良いものではないが」

「気にするなよ。そもそも、あんたが両目とも見えてればどうとでもなっただろう」

魔羊たちの席巻を喰いとめたあと、ウィンダールは英雄として祭りあげられ、しかし、ウィンダールはそれに納得せず、俺の名前をだし俺が卓越した魔術で仕留めたと流布《るふ》したらしい。結果、教会は俺を魔術師と認知し揉《も》め事が起きて、そのことでウィンダールともちょっと揉め、まあそんなこんなで風のニンギルでは怪物とも人間とも揉めに揉めた記憶《きおく》しか残っていない。

「アルバス・アーキントン様ですか？」

「おい、馬鹿、やめとけ、そいつは魔術師だぞ……っ、異端者だ、神父様が話してはいけないっておっしゃっていたじゃないか」

「うるさい、この街を救ってくれたのは神父じゃないだろう？　あいつは教会の奥《おく》で、震えていただけだ。あぁ、失礼、アルバス・アーキントン様、どうかこれをお受け取りください。ニンギルを救ってくださり、本当にありがとうございました」

実は俺に感謝をしてきたやつらはそこそこいた。述べられた言葉はいろいろだ。家族を守ったとか、先祖から代々受け継《つ》いでいる風車塔が壊れずに済んだとか……まあそんな感じだ。

魔術師と忌避する者もいれば、忌避しない者もいる。いつの世だって、この世のすべてが自分のことを嫌いなわけじゃない。思想は一枚岩なわけじゃない。まあ、当たり前のことなのだが。

◆　◆　◆　◆

領主の招待には応じなかったが、図書館に足を運ばせてもらっていた。

図書館といっても、領主の屋敷《やしき》の敷地内にある書庫のような場所だ。風のニンギルの中央にあり、ひと際おおきな壁《かべ》に囲まれており、身元のはっきりした者しか入れない。

ウィンダールに身元保証をしてもらい、俺は図書館に入れた。衛兵に聞いたところ、今はある史学者のために最も古い書庫も開放されており、此度《こたび》の魔羊に関する調査が行われているらしい。

扉が開いていたので、しれーっと入館。パッと見、受付とかはない。

読書用に設置されているだだっぴろい机に、ひとりの女性が座《すわ》っている。

白い髪の女性だ。ほっそりとしたシルエット。少女というには大人だが、立派なレディというにはやや若い。そんな外見。服装は小綺麗でぶわーっとした襞襟《ひだえり》の付け根に青色のブローチをつけている。黒い中折れ帽子《ぼうし》とステッキが近くにある。生活に余裕がありそうだ。おしゃれ好きなお嬢さんなのかな。気配を消したつもりはないが、思ったより背後に近づけてしまった。いきなり声をかけたら驚かれるかも、と思いつつ、俺はわざとちょっとおおきい声で話しかける。

「おいっ‼」

「ひんぎゅッつッつうあぁあああぁあぁ⁉」

仰天《ぎょうてん》した顔に桃色《ももいろ》の瞳をまん丸にしてのけ反った。想像の3乗はびっくりしている。

「あんたが史学者か？」

彼女は血の気が引いた顔でこちらへ振りむいた。

「あ、ぁあ、人間か……おっほん、やれやれ、いきなり背後から大声をだすとは。マナーがなっていないね。君はだれかな。初めてみるか、ぉ……顔？　ひええ、殺人鬼ぃいいい……⁉」

白い髪の女性は再びビクッとして肩を震わせた。襟元を手繰《たぐ》り寄せるように身体を縮こめる。襲い掛《か》かってくる獣からすこしでも身体を守ろうとしているかのようだ。失礼な娘だ。

「俺はこうみえて旅の学者なんだ。知的で、紳士《しんし》的だ。意外か？」

「そ、それは意外性がありすぎるね……ん？　なんだかその包帯、すごく血が滲《にじ》んでいるけど」

俺の左腕を指差して震える声がつぶやく。袖《そで》をまくってみると、ぐるぐる巻きにした包帯が赤く染まっていた。もう血はとまったと思ったのに。なかなか塞がらない傷だ。

「だ、大丈夫かい？」

「あぁ、平気だ。なんてことない」

俺は袖をおろして包帯を隠し、女性の手元をのぞきこむ。

彼女は虫眼鏡を片手に古びた本を読んでいた。

「羊たちのことを調べていたのか。なにかわかったことはあるか」

「旅の学者なのに、羊のことが気になるのかい？」

「世界中のいろんな羊のことを調べている。先日街に押し寄せた黒い羊は見たことがない」

「羊学者か。これはまた珍しいことに興味をもつんだね。専攻《せんこう》するのがそんなことでいいのかい？もっと意義のあることに人生の時間を使ったら？」

「余計なお世話だ。やりたいことは自分で決める」

白髪《はくはつ》の女は頭をかき、机の奥のほうに手を伸ばし、古い紙を手元にひっぱってきた。

古紙は霞《かす》んで色が落ちているが、黒く禍々《まがまが》しい羊の絵は見てとれる。

「あれらは魔羊、あるいは黒い羊と呼ばれているね。風のニンギルに古くからいる怪物だよ」

「地元の怪物、か。羊専門家の俺でさえ、よそじゃ見たことがないわけだ。よく出没《しゅつぼつ》するのか？」

「やつらの肉は美味しくないし、毛皮は硬くて使いづらい。白い羊よりもたくさん食べるから育てるのも大変だ。おまけにとても凶暴《きょうぼう》で牧羊犬にさえ噛《か》みつく。とにもかくにもあまり利点のない家《か》畜《ちく》らしいね。人間にも危害を加えてくるから、冒険者が討伐におもむくことも日常だとか」

「他人事だな」

「僕《ぼく》はしばらくこの街に滞在《たいざい》してるけど、元々よそから来ているからね。君と同じさ」

「旅の羊学者か」

「いや、史学者ね？」

「今回のは羊たちの叛逆《はんぎゃく》なんじゃないのか。人類への解放宣言をしたがっているように見えた」

俺は身《み》振《ぶ》り手振りで、羊たちの慟哭《どうこく》を表現する。

「面白い意見だね。それもありえる。でも、もっと信憑性《しんぴょうせい》のある話があるよ」

白髪の女は別の資料を探《さぐ》りはじめた。高層ビルの密集地のように重なりかたまっている本の群れから手に取ったのは『巨人戦争の恐るべき怪物』と書かれた朽《く》ちかけた本だ。

「僕は史学者として、歴史の真実を追いかけているのだよ。この本は魔法暦《れき》568年に終結した巨人戦争において、巨人王の軍勢に使役《しえき》された怪物について書かれているよ」

巨人戦争。グランホーの終地でもそれについて書かれた本を読んだ。

魔法使い族が諸族を率いて、巨人たちと戦った古戦だ。魔法使い族が滅ぶ原因にもなった。

「巨人戦争は巨人との戦いだったけど、同時に邪悪な死を使役する悪魔族との戦いでもあった」

「悪魔族？　聞いたことがないな」

「そうだろうね。今日では巨人族と同じくすでに滅び忘れられた、いにしえの種族だから」

『巨人戦争の恐るべき怪物』を開く。不思議なことにその大半のページは白紙であった。

何も書かれてない羊皮紙には年季ゆえの黄色いシミが広がっているだけだ。

「これは製作途中の本か」

「そのとおり。作製者は仕事を終えられなかったのだろう。それゆえ発刊された年もわからない代物《しろもの》だ。しかし、重要な歴史的資料ではある。これを見たまえよ、君」

女は胸を張って、自信満々に挿絵《さしえ》をしめす。右のページに黒い角のはえた人間と、それの傍《かたわ》らにいる黒い羊がいる。左ページには羊飼いやら暗黒の羊やらの記述がうかがえる。

「羊について知りたいと言っていたね。これが答えだよ。あれらは古い怪物たちなのだよ。巨人戦争において悪魔族が使役していた。あるいは悪魔族そのものともいえるだろう」

魔羊――暗黒の羊たちについてわかる情報は、彼らが羊飼いと呼ばれる大悪魔によって使役され、数千匹という群れを成して、かつてこの地域での戦役に投入されていたということだ。

恐ろしい被害《ひがい》をだし、この大悪魔が殺した人間は50万とも、100万とも言われている。

「彼らが通ったあとには、街の痕跡《こんせき》すら残らなかった……か。悪夢のような怪物だ」

「そうだろう？　まったく恐ろしい話さ」

女は肩をすくめて本をかえせと手を伸ばす。

その手を避けて、俺は本をキープし続ける。ちょっとムッとされた。

「ふん。暗黒の羊たちが出てきたあの遺跡もまた、巨人戦争時代のものだと思う」

「封印《ふういん》でもされていたのか？」

「そのようだね。巨人戦争の記録なんて、もうろくに残ってはいないけれど、ヒントは残されているのだよ、羊学者くん。当時、人間族は魔法使い族とともに戦線を築いたとされている。魔法使いたちは強大な魔法のちからでこの大悪魔を封印したとされているんだ」

白髪の女は挿絵の角の生えた人間を指でしめす。

「悪魔族の首魁《しゅかい》、暗黒の王と呼ばれた悪魔がいる。暗黒の王は、大悪魔たちに霊魂《れいこん》を一部分けあたえることで、ただでさえ強力な悪魔たちに万能《ばんのう》のちからを与《あた》えて無敵の存在につくりかえた！」

「無敵だったら倒せないじゃないか」

「そうだよ。だから、この大悪魔たち……いわゆる『暗黒の七獣』に対処するため、魔法使いたちは封印という手段をもちいたのだよ。暗黒の羊を率いた羊飼いは大悪魔のひとりだった。これは推測だけど、凍り付いて死に絶えたあの巨大な黒羊は、羊飼いだったんじゃないかな」

無敵のわりにはあっさり倒せたが、長いこと封印されていて弱っていたのだろうか。

あのデカブツが、かつての遺物なのだとしたら、俺が対処して正解だったのかもしれない。

いやむしろ俺しか対処できなかった可能性もある、のか？

「ほかのやつらもまだ封印されてるのか」

「おそらくはね。巨人戦争は星巡りの地を巻き込んだ戦いだったから。もしかしたら巨人とかも封印されているかもね？　そういう意味では、彼らは滅んでいないのかもしれない」

嫌な話だな。俺には関係のない話なのに。彼だって俺には関係がないことだと言ってくれたのに、なのに微妙《びみょう》に責任のようなものを感じるというか……はぁ、考えるのはやめよう。

「ところで君、ずいぶんな実力者のようだけど」

「この顔を見て言っているのか」

「いやそうじゃなくて。実は僕、見ていたんだよ、君が巨大な羊を倒したところを」

意外と目撃されているものだな。

「もしかして、君、魔法使いの弟子《でし》だったりするのかい？」

キリッとした鋭い目で俺をみてくる。どうして魔法使いではなく、その弟子だと思ったのか、いまいちピンとこない。俺は表情を変えず「残念だが違う」と正直に答えた。嘘はついてない。

「本当に？　そんなに強いのに？　君のあの魔術、尋常《じんじょう》ではなかったと思うんだけど」

「しかし、弟子、か。魔法使いは弟子をつくるものなんだな」

「話そらしてない？」

「いいや。まさか。どっちかというとそっちの方に違和《いわ》感があった」

「え？　僕？」

女は目を丸くして自分自身を手でしめす。

「俺の実力を高く評価してくれたなら、俺自身が魔法使い族だと思ったりはしないのか」

「そうは思わないよ。だって魔法使いはとっくに滅んでる。君、そんなことも知らないの？」

そこは確定している事実なのか。てか、腹立つな。

「知っているさ。言ってみただけだ」

「ふふふ、知らなかったんだ〜、強がっちゃってぇ、物知りな僕がいろいろ教えてあげようか？」

机をバンっと叩く。女は「びゃぁあ‼」と叫んで、のけ反り椅子から転げ落ちた。

「魔法使いの弟子たちはまだいるのか？」

「彼らのことが、き、気になるのかい？」

椅子に座り直し女は震えた声で聞きかえしてくる。

「興味はあるな。わりと」

俺、あるいは俺の同胞たちの直系。気になるっちゃ気になる。

「なら教えてあげよう。彼らは不安定で、独善的で、傲慢で、権威《けんい》的で、どうしようもない身勝手の果てにみんなに見放されて、最後には破滅《はめつ》した愚か者どもだよ」

「めっちゃいうな。お前もさては白教か？」

俺はちょっとムッとしていたのだと思う。白髪の女は露骨《ろこつ》に怯えだし、ビクッとして、それまで自信満々に語っていた口元を手で覆《おお》った。

「い、いいや、違う。僕はただの史学者だよ。これは史実だよ。だから、そんな恐い顔したって覆《くつがえ》ることはないんだから、あんまり、その、怒らないで聞いてくれると、いいなぁ……」

語尾《ごび》がどんどん弱くなっていく。怒っているわけじゃないんだけどな。

「怒ってない。俺も歴史に興味があるんだ。こうみえて専門家の話を聞けてけっこう楽しい」

「君は意外性の塊だ。血と暴力にしか興味なさそうなのに。――あっ、また怒った⁉　ひええ‼」

話が進まないので俺は白髪の女のほうを見ないことにした。

いろいろ話をした結果、さまざまな歴史のことを聞かせてくれた。

彼女は主に巨人戦争と、戦争後の激動の時代について調べてまとめているらしい。風のニンギルには1年前にやってきて、領主に迫りくる危機を伝えたのだとか。

白髪の女からは魔法使い族と魔術師たちの話と、巨人戦争の戦況の変化、魔術師狩りやら、白教の隆盛《りゅうせい》などもちょこちょこ聞きだすことができた。

巨人戦争の英雄だった魔法使い族が姿を消し、そののち星巡りの地の継承者《けいしょうしゃ》をめぐる争いが魔法使い族の弟子たちの間で引き起こされた。最後に平定したのは白教の祖・偉大なルガルニッシュ王だ。そして、傲慢な貴族と化して民をしいたげていた魔法使いの弟子たちは、時代に必要とされず、追いやられ、争い合い、今日ではついぞ滅びさった。

最後の魔法使い族として、悲しいような、怒りたいような……厳密には当事者ではないし、俺の弟子なのかどうかもわからないので、この感情がお門違《かどちが》いな気もするような……白髪の女の話を聞けば聞くほど「あんまり知りたくなかったなぁ」と、なんとも言えない気分になった。

彼も……アルバス・アーキントンも目覚め、世の中を見聞し、自分がいなくなってから200年後の世界を見た。同じようなことを思ったのだろうか。

「その迷惑極まりない魔法使いの弟子というのは、生き残っていたりするのか？」

「基本的にはもう生きていないね。魔法使い族の弟子というのは、すなわち直《じか》に教えを受けていた魔術師たちのことだ。処刑《しょけい》や迫害を逃《のが》れても、寿命《じゅみょう》を迎えてとっくに死んでいるよ」

なにやら含《ふく》みのある笑顔《えがお》で女はいう。

「ただ、彼らは魔法にもっとも近かった。もしかしたら誰も知らないような神秘の業《わざ》をもっていて、どこかでひっそり生き永らえているかも。君がそうだと思ったのだけど」

「なるほど。それじゃあ、落胆《らくたん》させてしまったな」

話を終える頃には、日が暮れていた。

別れ際、名前くらい聞いておこうという気になった。

「僕はカークだよ。まだ名乗ってなかった？　ん、というより君の名前も聞いていなかったか」

「アルバス・アーキントンだ」

「ほう。恐ろしく平凡《へいぼん》な名前だね」

「俺の名前を聞いた途端、全員がっかりしたような顔をしやがる。それ好きじゃないんだ」

「ごめんごめん。でも、偉大な名前ではあるよ、アルバス・アーキントン、だろ」

「どうしてそう思う」

「魔法使い族たちは名前がたくさんあって、名前から個人を特定することは難しいのだけれど、その名前だけは別なのだよ。それは魔法使い族の長《おさ》であったとされる魔法の王の名前だからね」

俺、魔法の王だったかもしれない。

「高名な名前というのは得てして人気なものだ。親が子に、御伽噺《おとぎばなし》からその名を引用してきて名付けるものだから、アルバス君や、アルバスちゃんや、アーキントン君や、アーキントンちゃんが多くなった。結果、平凡なんだ。いなくなって久しく、ほどよく古くて、ほどよく偉大で、男子でも女子でも使いやすい響きだからね」

たびたび名前をバカにされる理由がこんなところで判明するとは。収穫《しゅうかく》だな。

「そろそろ俺はいく。お前はまだいろいろ知ってそうだが……明日もここにいるのか？」

「いや、もうやるべきことは終わったから、出発しようと思っているよ。こう見えて僕は使命に追われる身なんでね。大事な大事な、それもう本当に大事なお役目なのだよ」

「そうか。それは残念だ」

「おや？　惜《お》しんでくれるのかい？　僕のことが好きになっちゃった？　それなら僕の助手にしてあげてもいいよ‼　実はずっと言おうか迷っていたんだ‼」

いきなりカークは目を輝かせはじめた。おかしな流れになってきたな。

「君、ちょっとあの魔術は凄《すご》すぎた。それだけの実力者ならば僕の助手にふさわしいよっ‼　こちらからぜひオファーしたい。そっちも僕に惚《ほ》れてしまったというのなら一石二鳥だろう？」

「勘違いするな。俺はお前のことを別に好きでもないし、助手になりたいとも思ってない」

「え？　違うの？」

カークは目をぱちぱちさせる。どれだけ自信家なんだ。

「俺も目的をもって旅をしている身だ。お前の助手とやらにはなれん。ほかをあたれ」

「うう、もったいない、それだけの力がありながら……本当にいいの？　この機会を逃したらもう二度とないよ？　僕についてくればきっと星巡りの地に名前を残す英雄になれるよ？」

カークが掴んでくる手をふりはらう。彼女は頬を膨《ふく》らませ「せっかく誘《さそ》ってあげたのに」と、俺が愚かな選択《せんたく》をしたとばかりに恨《うら》めしい視線を向けてくる。

「じゃあこれだけ聞かせて。君の師匠《ししょう》はだれなんだい？　あれほどの魔術を行使できる魔術師なんて、まずお目にかかれないレベルだもの。誰なの？　有名な魔術師？」

カークは興味津々《きょうみしんしん》に聞いてくる。俺の師匠。答えられるわけもない。

「師匠、か。まあ、考えうる師のなかで一番すごいと言っても過言じゃないかもな」

「名前は教えてくれないのかい？」

「個人情報だからな。俺の師匠は秘密主義者なんだ」

「絶対に有名な魔術師だと思うな。うーん、誰なんだろう……」

「だれだっていいだろ。他人の師匠なんて」

カークをここまで興味津々にさせてしまっていることは、ひとつの価値観を示唆している。俺が使った『銀霜の魔法』レベルの魔法ないし魔術は、大変に珍しい、ということだ。薄ら気づいていたが、やはり、魔法＝かなり高レベルの魔術、という認識は間違っていないのだろう。

「もうちょっと友情を深めたいな。魔術師仲間に会えるのは本当に貴重なことだし」

カークは藪《やぶ》から棒にそう言った。

「魔術師仲間？」

「ふふふ、なにを隠そうこの僕もまた魔術師なんだよ。超《ちょう》一流のね」

「そうだったのか、全然気づかなかった」

「オーラ出てないかな？」

「出てない」

「……コホン、まあよい！　お近づきの印に、僕のすごい秘密を教えてあげるよ。耳かして」

言いたくて仕方ないという顔だ。別に聞きたいなんて言っていないのだが。

ただ、あんまり無下にするのも可哀想《かわいそう》だ。俺は姿勢をさげて耳を傾《かたむ》けてやることにした。

「僕の師匠はね、なんと、魔法使いの弟子なんだよ‼　すごいでしょ‼」

「まじか。名前はなんていうんだ？」

「名前は……あれ？　名前なんだっけ？　あの人、なんていうんだろう……？」

一撃で嘘だとバレる反応だ。こいつは意味もなく嘘をつくタイプな気はしていたが、やはりそうだったか。自分をおおきく見せるために、作り話をしまくる。そういう性根《しょうね》が透《す》けて見える。

「いいだろう、それじゃあ俺もすごい秘密を教えてやる」

「え？　なになに！　教えて‼」

カークは目をキラキラさせて食いついてくる。

「俺は魔法使いなんだ。アルバス・アーキントン、本人だ」

「あぁ、なるほど、そう来たか。ふっふ、信じてあげよう」

信じてない顔だ。

「では、羊学者というのは嘘かい？」

「いいや？　それも本当だ。俺は本物の羊学者だし、本物の魔法使いだ」

「ははは。そっかそっか。君は恐ろしい人相だけれど、面白い人なんだね」

魔法使いの弟子の弟子を自称《じしょう》する超一流魔術師カークとはお別れとなった。広い世界、たぶん二度と会うことはない。もし俺の言葉を鵜呑《うの》みにしたとしても問題はない。いったい誰が、ずっと昔に終結した戦争で死んだアルバス・アーキントンが生きているなどと信じるだろうか。

翌日、一応、図書館にいってみたが、そこにもうカークの姿はなかった。

風のニンギルに到着《とうちゃく》した日から数えて4回目の朝、俺のほうも出発した。

目指すはまだ遠い都、純白の都市とうたわれる白神樹の麓《ふもと》——バスコ・エレトゥラーリアだ。

第二章　英雄《えいゆう》の器《うつわ》

風のニンギルを出発し、1カ月ほど経《た》った。

期せずして得た魔羊《まよう》の討伐褒賞《とうばつほうしょう》は、ウィンダール騎士《きし》隊をバスコまで迅速《じんそく》に旅させてくれた。

平原を越《こ》え、大地を馬で駆《か》けると、いつしか空には巨樹《きょじゅ》が見えはじめる。

たびたび聞き及《およ》んでいたので、見ればすぐに正体に気づくことができた。

白神樹《びゃくしんじゅ》。あれはそう呼ばれている。天を覆《おお》うようなデカい樹《き》だ。並の高さではない。太陽のひかりを遮《さえぎ》り、神聖な白い光をはなつ幹が、その周辺地域を永遠に照らしている。夜はこない。闇《やみ》におびえる必要はない。白神樹の麓《ふもと》ではすべてがその偉大《いだい》な祝福の庇護《ひご》下にある。

白神樹が見えはじめてから、さらに1週間ほど馬を走らせるとバスコにたどり着いた。

荘厳《そうごん》な白壁《しらかべ》に囲まれた巨大都市は、白神樹のすぐ麓に築かれており、長大な城壁《じょうへき》が二重三重になって、都市をそれぞれの区画に隔《へだ》て、段差を多重的につくりだしている。

「100年かけて現在の神殿《しんでん》はこれだけの規模になったとされている」

ウィンダールと馬で並走していると教えてくれた。

「神殿は具体的にはどの部分だ」

「白神樹のすぐ近く、背の高い尖塔《せんとう》群があるであろう。あれが神殿だ。まだ建設中で、完成は100年後と言われているな」

それって着工から数えて200年かかる計算なのだが。デカすぎんだろ。

旅がはじまる前からバスコのことは聞いていたが、実際に目にしてみるとみんなが口を揃《そろ》えて「偉大な都市」と形容する意味がわかろうというものだ。

バスコの巨大な城門が開放され、騎士隊はするりと都市に入ることができた。門番をしている衛兵たちは、ウィンダールの姿をみるなり駆け寄ってきて、労《ねぎら》いの言葉をかけたり、眼帯をしている目のことをひどく心配した。もしかしたら俺《おれ》のことを何か言われるのかと内心で身構えていたが、ウィンダールが眼帯と俺を結び付けて話すことはなかった。

代わりに俺の顔をみた衛兵たちは「ひええ!? な、なな、なんでありますか、この殺人鬼《さつじんき》は!?」「確実に堅気《かたぎ》じゃない顔だ……!!」「目がイってやがる!!」「どんな悪事を重ねればこんな凶器《きょうき》のような顔に!?」とさんざん恐《おそ》れられ、バスコでも殺人鬼・殺し屋あたりで認知《にんち》されることが確定してしまった。この悪人面《づら》への評価だけは、星巡《めぐ》りの地どこへいっても同じというわけだ。

◆　◆　◆　◆

バスコについた3日後。俺とアルウはウィンダールに連れられ神殿へと招かれていた。

静粛《せいしゆく》な空気が流れていた。幾何学《きかがく》的な凹凸《おうとつ》をもつ白壁に囲まれた高い天井《てんじよう》の間だ。バスコにある数多《あまた》の建物と同じようにここも白い石材を基調につくられている。

この場は人間の支配する領域ではない。俺の隣《となり》、俺の手を握《にぎ》るアルウは震《ふる》えている。

ぺたぺたぺた、と音が聞こえてくる。素足《すあし》がひんやりとした石床《いしゆか》を歩く音。

無駄《むだ》に広い空間の奥《おく》のほう、玉座の裏手からスッと人影《ひとかげ》があらわれた。

華奢《きやしや》な少年で、病弱そうともとれるほど細く、薄《うす》い。黄金に輝《かがや》く髪《かみ》は白を基調とした衣《ころも》にあっていて、神聖な雰囲気《ふんいき》を感じた。やや布面積が少ないというか簡易的すぎる服装で——あるいはドレスなのかもしれない——、勝手な想像だが古代ローマ人が着てそうな雰囲気だなと思った。金色の装飾品《そうしょくひん》を下品にならないように身に着けている。

輝く髪のあいだから、儚《はかな》げな蒼《あお》い眼差《まなざ》しをこちらへ通してくる。

ひと通り視線を動かして満足したのか、最後にはウィンダールのところで視線がとまる。

「ご苦労であった、ウィンダールよ」

ウィンダールはその場で片膝《かたひざ》を床《ゆか》について頭を垂れた。

アルウは合わせて慌《あわ》てて片膝をつこうとしたが、俺がそれを止めさせた。

「アルバス、空気読まないと……」

アルウにまで空気読めないと心配されてしまうとは。

「大丈夫《だいじょうぶ》だ、アルウ、俺は空気が読めないわけじゃあない」

「それじゃあ座《すわ》ろうよ……」

「座るんじゃない。これはかしずくという行為《こうい》だ。俺は別にかしずきに来たわけじゃない。アルウ、お前だってそうだ。俺たちはもてなされてしかるべきだ。何の義理もないのに、これから救済を与《あた》えてやるんだから」

このアルバス・アーキントン、前世では服従と遠慮《えんりょ》にまみれた人生だった。弱ければ死に方も選べないし、身のふるまいかたも選べない。幸い、俺はどうやら強い。だから、今生《こんじょう》は誰《だれ》にも服従しないし、遠慮もしないと決めている。たとえそれが神たる王の一族であろうとも。

こちらを見つめる蒼瞳《そうどう》と視線を交差させる。

「面白《おもしろ》い。たしかに私たちは救いをもとめて英雄の器を集めた。貴殿《きでん》の言う通りかもしれない」

「そう思ってくれるのなら良かった。価値観を共有できている」

「貴殿から絶対に服従しない、というような姿勢、あるいは心構えとでもいうのか……それとも違《ちが》うなにか。そう、貴殿はきっと服従させる側であり、服従するようにはできてないんだろう」

「？　なんの話をしてる？」

「ただ、そう思ったんだ。そんな気がしたんだよ」

神聖な雰囲気の金髪《きんぱつ》の少年は、ゆっくりと玉座をはなれる。少し高くなった段差の上から、俺たちと同じ高さの床の上へと、ペタペタと音をたてながらおりてくる。

身長差があるので、少年のほうが目線はずっと低くなった。

「これでどうかな」

「別に目線の高さをあわせれば対等というわけでもないだろう」

「はぁ、それじゃあ、ぼくはどうすればいいんだろうか」

「ルガーランド様、この男は天邪鬼《あまのじゃく》です。満足のいく答えを見つけるのは不可能に等しいかと」

「おい、そんな話の通じない相手でもないだろ、俺のことをなんだと思っている」

「そっか。ずいぶん面倒《めんどう》くさい人を連れてきてしまったんだね、ウィンダール」

そう言って少年は腰裏《こしうら》で手を組んだ。顎《あご》をクイッとちょっとあげ、やや斜《しゃ》に構える。

「自己紹介《しょうかい》が遅《おく》れたね、ぼくは王ルガルニッシュの第四の息子《むすこ》にして、バスコ・エレトゥラーリア第四の王子、ルガーランドだ。貴殿も名前を聞かせてくれるのかな」

「アルバス・アーキントンだ」

「伝統的な名前だね」

腕《うで》を組み、少年はしげしげといった風にうなずく。

「そうか。よくいる名前と馬鹿《ばか》にされることも多いが、あんたは優《やさ》しいんだな」

「いい名前だと思うよ。畏《おそ》れ多いとも言えるけれど」

少年は言って、しげしげと足の先から頭のてっぺんまで舐《な》めるように見てくる。

「貴殿はすでにずいぶん……あぁ、ずいぶんと強そうだね」

強いらしい。でも、大半は俺の力のようで、俺の力ではない。

「もはや英雄だ。器というより、英雄として完成しているような気さえする。ウィンダール、すごい逸材《いつざい》を見つけてきたんだね。ビバルニアの予言が正しかったなんて」

王子ルガーランドは大変に機嫌《きげん》がよさそうにウィンダールを見つめる。だが、ウィンダールのほうは気まずそうにずっと顔を伏《ふ》せている。

「というかいつまでかしずいているんだい。いつもみたいに楽にしてくれていいよ」

ウィンダールは遠慮気味に腰をあげる。さっきから思っていたが、だいぶフランクな王子だ。無礼も気にしない。もっとイカついやつを想像していた手前、想像の200倍くらい接しやすい。

「ルガーランド様、その、実は彼《かれ》は英雄の器ではありません」

「そうなのかい？　それじゃあ野生の英雄ということかな」

「はい、いかにも。この男は野生の英雄です」

適当な紹介をしているな。

「予言の英雄は、この恐ろしい顔の男ではなく、こちらのアルウ殿《どの》であります。ほら、予言は緑髪《みどりがみ》のエルフ、とのことだったはずでございましょう？」

「あぁ……そうだった。もうずいぶん前のことだから、抜《ぬ》け落ちていたよ、エルフだ。そう、貴殿らが探しに向かったのはエルフだった」

王子の瞳がアルウをとらえる。アルウはビクッとして俺の服の裾《すそ》をつかんだ。同じ目線だからこそ、威圧《いあつ》的に感じたのだろうか。

「貴女《あなた》がアルウか」

「そ、そうです……」

「うちのアルウが怯《おび》えている。同じ高さで話すな」

「貴殿の言っていることはめちゃくちゃだよ。対等に話せと言ったと思ったら、今度は同じ高さで話すな、だなんて。一体どうすれば貴殿は満足するのだろうか」

「うぅ、すごく正論……アルバス、もういい、恥《は》ずかしい、やめて、わたしは大丈夫だよ」

は、恥ずかしい？　アルウが初めて口にした言葉だった。俺はビクッとして背筋が凍《こお》り付く感覚に襲《おそ》われた。俺の言動がアルウに恥ずかしさを覚えさせてしまったのか……？

「彼はアルウの、親族なのだろうか。エルフには見えないが」

「アルウ殿はアルバス殿の奴隷《どれい》です。いつも決まって『俺の大事な資産』というふうに主張してきます。アルウ殿を英雄の器として召喚《しょうかん》しようとしたところ、資産を奪《うば》われるわけにはいかないとのことで彼も同行してくれることになったのです」

「ふむ、奴隷か。たしかに恐ろしい人相だ。アルウ、貴女がこの主《あるじ》のことを畏れているのなら、ぼくが解放してあげてもいい。英雄の器が奴隷の身分に甘《あま》んじて、眠《ねむ》っている可能性を腐《くさ》らせ、虐《しいた》げに身をやつすことなど、望んではいない。我《わ》が臣下が骨を折ってこの地へ召喚してくれたのだし」

「うんん、大丈夫です。わたしは不幸なんかじゃない。そうだよね、アルバス」

「んえ？　あぁ？　悪い、よく話を聞いてなかった」

アルウに恥ずかしいと言われたあたりから、意識が朦朧《もうろう》としていた気がする。何の話をしていたのだろう。アルウが俺の袖《そで》をぎゅっと握っているので、なにか聞かれた気がしたが。

「ふむふむ、そうか。介入《かいにゅう》する必要はないとみえるね」

ルガーランドは再び腰裏に手をまわし、薄い微笑《ほほえ》みをうかべて、背を向けた。

広々とした間、控《ひか》えていた使用人っぽいやつらが動きだす。

どこからともなく持ってきたのは武器棚《だな》だ。

おおきい剣《けん》からちいさい剣までたくさんある。槍《やり》や棍棒《こんぼう》、盾《たて》にグレイブ、フレイル、砲丸《ほうがん》などなど。

「英雄の器がもつという才能を感じてみたい。予言はどうして貴女のような者をバスコへ導いたのか。そこにどんな意味があるのか、戦いのなかで見いだせるかもしれない」

「アルウに武器を取って戦ってみせろ、とでもいうつもりか」

俺はきっとムッとしていたのだろう。ルガーランドは「そう恐《こわ》い顔しないで」といさめてきた。

ちいさな手がポケットから硝子《ガラス》を取りだす。何かが割れた破片《はへん》なのだろう。形状から察するに、手のひらサイズの、球体の硝子の破片……たとえば水晶玉《すいしょうだま》の欠片《かけら》だろうか。

「予言を得てから15年も経った。予言を復元し、信頼《しんらい》できる臣下を送り出してからは、1年と半年。

ようやくひとり目がやってきた。首を長くして待っていたんだよ。それなりに楽しみにして」

ひとり目？　英雄の器ってほかにもいるのかよ。

俺が呆《ほう》けていると、アルウは意を決した顔で、俺の袖を離《はな》し、武器棚のほうへいってしまう。

「アルバス、大丈夫だよ、ここにはすごくちいさい剣もある」

「馬鹿か、剣術の訓練もろくにできてないのに、いきなり武器を渡《わた》されてどうにかなるわけがないだろう。たとえようやく握れる剣が見つかっても、ただ見つかっただけだ。ようやくそこでスタート地点だ。アルウ、戦うな、無駄だ、無謀《むぼう》だ、あまりに意味がない」

アルウに怪我《けが》をしてほしくない。こんなの不毛すぎる。

「アルウ、なにしてる、なんで武器を選んでるんだ。やめろ」

アルウはムッとしてこちらを見上げてくる。ちょっと怯《ひる》む。

「わたし、自分になにができるかなんてわからない。でも、なにかしてみないと始まらないよ」

「……。それはそうだが、順序ってもんがある。足運びでわかる。あのルガーランドとかいうやつ、ずいぶんと心得ている。素人《しろうと》じゃ絶対に勝てない。いや、俺でも勝てないかもしれない。知らんが」

「それでもだよ。アルバスも、ウィンダールも、リドルも、騎士隊のみんな、最初は剣を一生懸命《いっしょうけんめい》教えてくれようとしてたけど、いつしかだれも剣を握らせようとすらしなくなった」

彼女《かのじょ》の声はわずかだが震えている。恐かったのだろうか。彼女は自分の無力を呪《のろ》ったのだろうか。あるいは価値があると信じている皆《みな》の期待に、応《こた》えられないことが悔《くや》しいのだろうか。

「でも、アルウ、それは、人には向き不向きがあってだな――」

「わたしは期待されてるの。禍《わざわい》に立ち向かうことを。眠ってる才能がなにかあると思うんだ」

「その可能性はおおいにある。だから、ゆっくり探していけばいい。俺は俺の資産を危険にさらしたくない。死んだらどう責任をとるんだ、アルウ、お前に言ってる。保証できないだろ？」

「その時は……ごめんなさい、というしかないかも……」

アルウは口をつぐみ、語尾《ごび》をちいさくし、ごく小さな剣とヒーターシールドを手に取った。

ヒーターシールドのほうはちいさくないし、金具があしらわれた丈夫《じょうぶ》なものだ。ずいぶん重量があるらしく、持つだけですでにふらついている。見ていられない。

でも、うちの子は頑固《がんこ》だ。グランホーの終地を出てくる時だってそうだった。

自分の信念をもっている。儚く、か弱い子には違いないが、確かな強さをもっている。

俺がこの子のためにできることは……なんだ？

「それで話はついたかな。貴殿の奴隷をすこし借りてもいいかい？」

ルガーランドは待ちくたびれたとでもいう風に肩《かた》をすくめた。

「あぁ。いい。さっさとやれ。俺は手出ししない」

「ありがとう。安心して、怪我はさせないから。これでもそれなりに剣は得意だから」

ルガーランドの手にはちいさく細い木剣《ぼっけん》が握られている。

少年と少女は向かい合う。ハラハラしながら俺は冷や汗《あせ》をかいて見守る。

片や木剣をゆるりと握る王子。

片や小さな直剣とヒーターシールドを持つので精一杯《せいいっぱい》なエルフ。

ルガーランドは「いくよ」と優しい声で言い、小走りで近づき、木剣をふりあげた。

アルウはビクッとして頑張《がんば》ってヒーターシールドを持ちあげる‼　あぁ持ち上がらない‼

無理に持ち上げようとしたせいでバランスを崩《くず》した!!　あぁあああ!!

「よっせぇえ――――!!」

気がついたら身体《からだ》が動いていた。アルウとルガーランドの間に割ってはいり、うちの子に近づいてくる脅威《きょうい》を足蹴《あしげ》にして吹《ふ》っ飛ばし排除《はいじょ》する。

「ぐへえ!?」

「あぁあああ!!　ルガーランド様ぁああ!?」

ウィンダールと周囲の付き人たちは吹っ飛んでいった王子に駆け寄り、俺は倒《たお》れそうになるアルウの身体を支えた。ふう、よかった、危ないところだった。

「あ、アルバス？」

「大丈夫か、いまバランスを崩していたぞ」

「だ、大丈夫だよ、別になんとも……いたたっ」

「足を捻挫《ねんざ》したのか？　そうか盾の重みで挫《くじ》いたんだな？」

重傷《じゅうしょう》だ。緊急《きんきゅう》手術が必要だ。最高級の治癒《ちゆ》霊薬《れいやく》を使わないと命に関《かか》わるだろう。

「ウィンダール、悪いが用事ができた。いますぐ錬金術師《れんきんじゅつし》を探す。治療《ちりょう》が必要だ」

「待てい、貴公!!　いま貴公がなにをしたのか、わかっているのか!!」

「ウィンダール、大丈夫、ぼくなら……平気だ」

ルガーランドは壁にめり込《こ》んだ身体をおこし、口端《こうたん》からしたたる血を腕でぬぐう。

しまった。アルウを守ろうと夢中になって蹴《け》り飛ばしてしまった。

「貴殿、手は出さないって話だったはずじゃないかな」

「ああ、あれは嘘《うそ》だ」

「そうか、貴殿はけっこう嘘つく感じなんだ」

「意外だろう。だが、嘘をつくつもりはなかったんだ。いまのは緊急事態だった」

「……そうかな？」

ルガーランドは臣下たちと顔を見合わせる。

やれやれ、仕方がないな。王子に怪我をさせてしまった。

俺も大人だ。こちらに非があるのなら許しを得る努力をしないといけない。

「悪かった。本当に間違えた。心から悪かったと思っている。超《ちょう》すごく反省している」

「とても不貞腐《ふてくさ》れているね。これほど謝《あやま》ろうという気持ちが伝わってこない謝罪ははじめてだよ」

ルガーランドは服についた埃《ほこり》を払《はら》いながら、アルウを見下ろす。

「アルウは怪我をしたのかい。ずいぶん慌てているみたいだけど」

「捻挫した。ひどい怪我だ。バスコで一番腕のいい錬金術師を紹介してくれないか」

「……うーん、捻挫というのは、つまり足をひねってしまった、ということかな」

「そう言っているだろ。こっちは重傷患者《かんじゃ》がいるんだ、余計な時間をとらせるんじゃあない」

「……。ふむ、ウィンダール、ぼくは大丈夫だよ。彼とアルウに錬金術師を紹介してあげて」

「あなたがそう言うのでしたら……わかりました。アルバス殿、ついてくるんだ」

「アルバス……わたし、恥ずかしいよ……」

「大丈夫だ、絶対に助けてやるからな。おとなしくしてろ、アルウ」

俺はアルウを抱《だ》っこして、ちょっと怒《おこ》っている感じのウィンダールについていった。

◆　◆　◆　◆

王子の部屋には白いふわふわのクッションがたんまりと並んでいた。

奥には大きな机があり、古びた紙と光る結晶《けっしょう》、たくさんの本が山のように積まれている。

この部屋に入ることを許されている者は少ない。

ルガーランドが信頼する臣下だけが、ここで彼に会うことを許される。

「ルガーランド様、アルバス殿とアルウ殿にレイモールド錬金術院を紹介してきました。付き人にはリドルとサリをつけてあります。今日はもう宿にもどって休むそうです」

「なるほど、たしかに豪傑《ごうけつ》の者、だよ」

ルガーランドは乾《かわ》いた笑みを浮《う》かべる。少年が浮かべるには年季のはいった表情だ。

椅子《いす》に深くもたれかかり、彼は楽な姿勢をとる。

「アルバス・アーキントンと、あのエルフ、アルウ。彼らとはどこで出会ったんだ」

「遥《はる》か南、深き地のヒスイドル、森林の手前にあるグランホーの終地と呼ばれる辺境です」

「グランホーの終地……ヒスイドルのどのあたりだい？」

ウィンダールは地図で指差しては、その場所にあった街の歴史をさかのぼっていく。少年は目を閉じ、脳裏《のうり》に刻まれた長き時間のなかから、かすかに聞き覚えのある街の情景をひっぱりだす。

「あぁ、あそこ、か。ヒスイドル戦役《せんえき》で駐屯地《ちゆうとんち》があった場所だね。荒野《こうや》族の末裔《まつえい》たちが住んでいたちいさな村だったけど、今は街と呼べるほど大きくなっているのだね」

「死の香《かお》りのする街でした。あまり長居したくないような」

「まあ、そうだろうね。荒野族がいっぱいいるのなら、死の秘術がまだ残っているのだろうさ。興味深い街だ。いつか行ってみたいものだね」

ペン先を走らせ、ルガーランドは粗末《そまつ》な紙に「ヒスイドル、グランホーの終地、陰《かげ》の街、死の痕《こん》跡《せき》？」と記した。彼はこうしていつかのために備忘録《びぼうろく》を残すくせがあった。

「アルバス・アーキントンはすでに完成されている。アルウもどれだけ成長するのか楽しみだ」

「アルウ殿に成長の余地を感じましたか？」

「その聞き方では、貴殿はなにも期待していないと？」

「私ではなぜアルウ殿が英雄の器なのか、その理由を見つけることができなかったのです」

「森のエルフ族たちは弓の名手であることで有名だ。人間族にはない鋭《するど》い聴覚《ちょうかく》は、森のなかで獲物《えもの》の気配を感じ取るのに優《すぐ》れている。尺度と環境《かんきょう》、武器や敵、それらが変われば戦士の評価も変わるものだろう？　だから、心配はしていないよ。きっとアルウ殿には才能があるんだろう。あの老婆《ろうば》はうさんくさいが、その予言はたしかなのだから信じようじゃないか」

ルガーランドはそう言い、楽観的な姿勢を示した。

翌日、アルウは召喚され、第四王子ルガーランド直々《じきじき》にその才能発掘《はっくつ》が行われはじめた。

◆　◆　◆　◆

バスコ・エレトゥラーリア。星巡りの地におけるもっとも重要な場所とされる王都。

煌《きら》びやかで、夜も明るい。バスコにはないものは、世界にない。

そんな誇大《こだい》な言い分もきっと正しいのだろう、そう思えるほどの人と物の数たるや。

俺たちがいたグランホーの終地はクソ田舎《いなか》だったらしいと思い知らされる。

バスコでの生活には満足している。英雄の器という賓客《ひんきゃく》……の保有者として、俺の生活は保障されている。俺の懐《ふところ》にはすでに大量のシルクが入っているのだ。具体的にいえば6万シルクもの生活費をリドルからもらっている。これで王都での生活基盤《きばん》を作るまで繋《つな》げ、とのことだ。

バスコは巨大な都市であり、分厚い城壁に囲まれている。怪物《かいぶつ》の姿を目にする機会すらないだろう。上下水道も整備されていて、道端《みちばた》に糞尿《ふんにょう》がまき散らされてもいないし、大通りから見える路地に死体が転がっていることもない。

グランホーに比べればここは雰囲気もあいまって天国みたいな場所だ。仕事もせず、暇《ひま》を持て余し、屋台で好きなものを買って食う。まさに俺が望んでいた生活が手にはいった。

そして2週間が経った。アルウは毎日、鍛錬《たんれん》と可能性の模索《もさく》に励《はげ》んでいる。

俺は白神樹の騎士団本部、その修練場のひとつへ足を運ぶ。ここにアルウがいる。

見学席に腰をおろす。隣にデカいやつが座ってきた。

「アルバス殿、今日も来ているのか」

「俺は財産の管理はしっかりやるんだ。アルウを見捨てたあのガキ王子と違ってな」

「よせ、アルバス殿。ルガーランド様への侮辱《ぶじょく》は冗談《じょうだん》では済まされない」

ウィンダールはムッとする。俺は表情を崩さず、彼から視線をずらし、グラウンドで教官が腕組《うでぐ》みをしているすぐ横で、一生懸命に剣を素振《すぶ》りするアルウを見つめる。

「はぁ、貴公の言葉は危《あや》うすぎてかなわない」

「そんなことどうでもいいだろ」

「貴公の態度は心配にすぎる。ルガーランド様はもっともお優しい半神である。貴公がアルウ殿の主人であり、私をくだした実力者だからこそ、その無礼をお許し下さっているのだ。ほかの方々ではまずこうはいかない。絶対にその態度はやめるべきだ」

「わかった、気が向いたら直す」

俺は顔を手で覆い、深くため息をつく。

「貴公、以前よりずいぶん、なんというか投げやりになったな」

俺は答えない。ウィンダールの言葉は、誰でもわかる推理をいち早く口にだす探偵《たんてい》のようだ。

「……彼がルガーランド様に謁見《えっけん》した。剣を抜きかけた」

顔を覆っていた手をずらし、目元だけだしてウィンダールを見る。彼は俺から視線を逸《そ》らしアルウのほうを見続けている。

「彼？　もしやあの品性のないホッセ・ハフマンとかいうクソガキのことか？　あいつ、まだバスコにいるのか。一発教育してやったのに」

「ホッセ殿は問題のある人格だが、英雄の器だ。明らかに才能がある。素養は末恐《すえおそ》ろしい域といえる。貴公とて不意打ちをしなければいけないと判断したほどなのだろう？」

先週の酒場でちょっとしたトラブルがあった。アルウはここのところ黒コショウベーコンにはまっている。グランホーでは手に入らなかった黒コショウをふんだんに使った大都会特有の食べ物で、アルウはそれがいたく気に入っているのだ。ウィンダールが紹介してくれた美味《おい》しい黒コショウベーコンを食べることができる店こそ、件《くだん》の酒場なのだが……そこで英雄の器のひとりと鉢合《はちあ》わせてしまった。相手の態度が悪いので、俺はひとつ理解させたというわけだ。

「いや、あれは気がついたら手が出ていたんだ」

「先週から貴公のことを探しているらしい。お礼がしたい、と」

「なんだ、まだ殴《なぐ》らせてくれるのか。いや、もういっそ埋《う》めるか」

「アルバス殿、彼を殺さないでいただきたい」

「あんなカスなら死んでも誰も文句は言わないだろう。あれほどの腹が立つイキリ野郎《やろう》は久しく見てなかった。気持ちよくぶちのめすのが世のためだ。世界が平和になる」

「ここはバスコだ。それに彼は重要人物だ。死なれても、都市を出ていかれても困る」

ウィンダールは指を３つ立てる。

「そして、また英雄の器がたどり着いた。新しい……３名だ」

「１＋１＋３で５なんだが。この２週間で集合か？　捜索隊《そうさくたい》は予定合わせでもしているのか？」

「すべては偶然《ぐうぜん》の示しあわせ……否《いな》、これこそ白神樹がもたらした祝福の導きなのだ」

１年半前にルガーランドが送り出した捜索隊たちが、ほぼ同時期にバスコに帰ってきた。

確かに運命だとか、導きだとか、言いたくなる気持ちもわかる気がしてしまう。

「英雄の器が揃ったことに兄王様が興味をもたれたようだ」

「今まで弟にすべて任せていたのに、プロジェクトが完了《かんりよう》したらにじり寄ってくるか。神族というのも案外、人間っぽいんだな」

「アルバス殿、頼《たの》むからその牙《きば》をおさえてくれ。ホッセ殿への殺意をおさえこんで我慢《がまん》を重ね、腐って、心が荒《すさ》んでいるのも、理解をしてやれるが、神族への侮辱は本当によせ」

声をちいさくしてウィンダールは注意してくる。その顔があまりに真剣《しんけん》だったので、俺はしぶしぶ「わかった。悪かった」と謝っておくことにした。ウィンダールは俺とバスコを繋ぐ関節だ。俺が問題を起こせば、彼の迷惑《めいわく》になるのだろう。別にこいつのことは好きじゃないし、ただ単に2カ月以上の長旅をいっしょにしただけの関係だし、いや、本当にどうでもいいのだが、まあ、すこしくらいはメンツとか、体裁《ていさい》とか、そういうのに気を使ってやることも、やぶさかではない。

◆　◆　◆　◆

神殿は大きくわけて2つの層からなっている。

上層と下層だ。2つの層には明確な違いがある。

下層は白教の本部になっている。聖職者や聖騎士らがうろちょろしている。神殿の大部分はこの下層であり、目に見えているほとんどの建物はこの下層だ。

上層は神の一族が住まう場所である。当然だが、誰でも入れるわけではない。選ばれた聖職者と身の回りの世話をする人間だけが足を運べる。建物は白神樹の幹を削《けず》りだした空間へ繋がっており、白教においてもっとも神聖で重要な場所とされているとか。知らんけど。

「リドル、サリよ。いまのアルバス殿は知っての通り、見た者、聞いた者、触《ふ》れた者すべてに噛《か》みつき、切り刻む危険な刃《やいば》のような状態だ。刺激《しげき》を与えないように気を付けるのだ」

「ひええ、普段《ふだん》から顔面凶器で、悪口の市場だというのに……!!」

「……尽力《じんりょく》します」

「普通《ふつう》、俺の聞こえないところでそういうのやらないか？」

俺とアルウは、ウィンダールと、彼の右腕《みぎうで》サリ、お人好《ひとよ》しのリドルとともに、神殿下層にある大聖堂前広場にやってきていた。広場の奥には門があり、それはすでに開け放たれ、扉《とびら》のずーっと奥に暖色と寒色が、目が痛くなるような配色であわされたステンドグラスが見えている。

広場にはいくつか影《かげ》がある。どいつもこいつもむさくるしいやつらだ。

目につくのはひげもじゃのずんぐりむっくりしたドワーフ族のおっさん。あとはウィンダールに劣《おと》らないくらいの体躯《たいく》をしている狼《おおかみ》頭《あたま》の獣人《じゅうじん》。それと頭に角、背中に翼《つばさ》、腰の付け根からトカゲみたいな尻尾《しっぽ》を生やしている……あいつ……あれが噂《うわさ》の竜人《りゅうじん》族っていうやつだろうな。

この3名が新しく到着《とうちゃく》したという英雄の器っぽいな。

「うお～集まってるじゃねぇか、強そうな野郎どもがよぉ」

ある青年が遅れて広場にはいってくる。気弱そうな騎士がそのあとに続く。

蒼い髪をしていて、爽《さわ》やかな顔立ちをしている。肩幅《かたはば》がひろく、筋肉質だ。腰には剣をさげており、剣帯ベルトの反対側にはさらにもう1本、計2本の剣をひっさげている。

「あっ、エルフのがきんちょだぁ～」

青年が軽薄《けいはく》な声でそういうと、現場に緊張《きんちょう》感が走った。主にリドルとサリ、そしてウィンダールが俺のほうを見てくる。ひとりは怯え、ひとりは眉《まゆ》をひそめ、ひとりは顔をちいさく横にふる。

「そんな警戒《けいかい》しなくたっていい。俺だって大人だ。ガキの喧嘩《けんか》なんざわざわざ買わないさ」

「先週、見事に購入《こうにゅう》して、流血沙汰《ざた》になったから我々がこんな気を使っているのです」

サリは表情を変えず、まっとうな意見をいってくる。

「俺は正論が好きじゃない」

俺は腕を組んで、心頭滅却《しんとうめつきやく》する。心を落ち着かせれば、腹が立つこともない。

苛立《いらだ》ったからってすべてを暴力で片付けるわけにはいかない。

やり方は心得ている。かつては我慢こそ俺の一番の得意技《わざ》だったからな。

「女で、貧相《ひんそう》で、ガキで、んで奴隷。これが英雄の器？　なんの冗談なんだ～？」

青年は演説でもするようにくるくる回りながら、酔《よ》っぱらいみたいな足取りで俺の目のまえにくる。青年はえくぼを浮かばせた笑顔で「へへ」と喉《のど》の奥から嗄《か》れたような声をだす。

「ホッセ殿、普段からそうして目についた者に挑発《ちようはつ》を行っているのかね？」

ウィンダールは問う。蒼い髪の青年――ホッセは俺から視線を外し、ウィンダールへ向き直る。

「いいや？　俺はさ、弱い者いじめが好きなんだよ。強いやつのプライドを折って、俺に服従させるのはもっと好きだけどさ」

ホッセは俺のほうを睨《にら》んで露骨《ろこつ》に威嚇《いかく》してくる。

「おい、お前に言ってんだよ、悪人面《づら》、先週の借りかえしてやるよぉ」

ホッセは剣の鍔口《つばぐち》をカチカチ鳴らした。

「どうしたクソガキ、剣でおままごとでもしたいのか？　やるならそっちから斬《き》りかかってこい。そうしたら俺だって気持ちよくお前を血祭りにしてやれる。２秒でバラバラにしてやるぞ」

「アルバス殿‼」

「かっちーん、あぁ流石《さすが》にブチ切れちまったぜぇ、なぁああ、おい⁉」

　ホッセは剣をほとんど抜きかけ、踏《ふ》み込みかけ――直後、ウィンダールが俺とホッセの間に身体をはさんだ。手でホッセの剣の柄頭《つかがしら》を上から押《お》さえつけ、抜剣《ばっけん》も防ぐ。

「ホッセ殿、どうか落ち着かれよ」

「どけよ、北風のウィンダール。おまえはメインディッシュだ。あとにとっといてやる」

「戦うことしか興味がないのかね？」

「俺のいたところのルールは、強いやつが偉《えら》い、だ。俺に命令するなら、その残った目も見えなくしてやってもいいんだぜぇ？」

　ウィンダールの表情が変わる。おや？　ムッとしているな？

「貴公は口が過ぎる。英雄の器は力だけでなれるものではない。貴公は身の程《ほど》を弁《わきま》え、まずその汚《きたな》らしい品性を整えるところからはじめるべきだ。私がその教育を受けもってもいい」

　ウィンダールさん？　俺のことは止めといて、自分は行っちゃう感じなのか？

「隊長、まずいですよ」

　サリは上司へ語りかける。ウィンダールは渋《しぶ》い顔をしながら「わかってる」と答える。たぶんわかってない。そういや、こいつグランホーの終地にくるなり腕試《うでだめ》しとか言って、俺を呼びつけて拳《こぶし》で語ろうとしていたやつだった。落ち着いているように見えるが、本性《ほんしょう》は血の気が多いわけだ。

「けっはっはっは。面白れぇじゃん、こいつ。ケビンくんより全然おもしれぇや」

　ホッセが視線をやった先は彼の背後だ。そこに弱々しそうな男がいる。ウィンダールと似た聖騎士の鎧《よろい》を着けて、白神樹のマントを羽織っている。おそらくはこのホッセとかいう薄汚《うすぎたな》い野良犬《のらいぬ》を見つけてきてしまった不幸な捜索隊のリーダーなのだろう。

ホッセは引き笑いしながら、突然《とつぜん》、剣を抜き、ウィンダールの首筋にあてた。速い。腰で抜いている。明確に剣の心得がある者の身のこなしだ。

ウィンダールは微動《びどう》だにせず、動じることなく、ホッセの目を冷ややかに見下ろしている。

「やっちゃってもいいけどなぁ～」

「私を殺すと、君はかなりまずいことになる。意味のない威嚇行為だ」

「本当にそうかな？　俺みたいなやつをわざわざ神聖な神殿に招いてくれたんだろ？　たーくさん探してくれてさ。俺が必要だからだ。予言の英雄だもんなぁ。あんたより、俺の命のほうが値段が高いと思うけど～？」

「ケビン殿、彼を離してくれ。この馬鹿を斬り殺してしまいそうだ」

「うぅ、ウィンダール様、わかりました。……ホッセ様、いきましょう、それはまずいです……」

「俺に命令するの～？　本当に？　俺より弱いのに～？　泣いて命乞《いのちご》いしてたのにぃ？」

「う……」

騎士ケビンはこのクソイキリ野郎のことをコントロールできていないようだ。

「さっきからやかましいぞ‼　この人間のガキ‼」

ほかの場所から怒声《どせい》があがった。ずんぐりむっくりした髭《ひげ》もじゃのおっさんが、顔を不愉快《ふゆかい》に歪《ゆが》めホッセに詰《つ》めよる。身長は150cm程度。180cmあるホッセに比べて目線はかなり下だ。

しかし、その圧力はまるで負けていない。全身が分厚い。腕も脚《あし》も太い。すべて筋肉でできているかのようだ。肩に担《かつ》いでいる戦斧《せんぷ》の迫力《はくりょく》も相まって、むしろかなり恐めである。

「なんだぁ？　いきなり出てきやがって、ドワーフ風情《ふぜい》がよぉ、死にてえのかよぉ」

「わしのほうがずっと先にここに来てたわい。いきなり出てきてキャンキャン鳴きだしたのはそっちじゃわ。教育のなってないガキが、粋《いき》がりおって、その頭叩《たた》き落としてやってもいいぞ‼」

ドワーフは誰よりも短気だった。まさかホッセもこんな速度で、これみよがしに肩に担いでいる戦斧が使われることになるとは思っていなかったようで、びっくりした顔で慌ててのけ反った。同時に周囲の騎士たち——ウィンダールも含《ふく》めて——が、それぞれを引き離しにかかった。

アルウはそれまで掴《つか》んでいた俺のローブを離して、軽薄な声で第一声から癪《しやく》にさわってきた挑戦《ちようせん》者《しや》を迎《むか》え撃《う》つ構えをみせた。キリッとしている。堂々としている。

「ま、まわりに迷惑かけるのは、許さないよ、文句があるなら、わたしが相手になる……‼」

うーん、アルウ、勇敢《ゆうかん》だ。しかし、勇敢すぎる。

「あん？」

ホッセが睨みをきかせる。アルウは引きつった悲鳴をあげ、一歩のけ反った。騎士たちに押さえられている状況《じようきよう》に便乗して、ちょっと強がってみたが、怯んでしまったようだ。ナイストライ。

「これは何の騒《さわ》ぎだね」

大聖堂のほうから偉そうな礼服をきたおっさんたちがやってくる。

あーもう現場はめちゃくちゃだ。俺は拳を握りしめ、ホッセの横顔を力強く殴りつけた。

彼の恵《めぐ》まれた体躯はとっさの攻撃《こうげき》に踏ん張りを利《き》かせようとしたが、半秒とて持ちこたえられず、吹っとび、切りもみ回転しながら広場の隅《すみ》へ墜落《ついらく》した。

「いやいや‼　なにをやっているのですかアルバス殿⁉」

「え？　あぁいや、これだけわちゃわちゃしているなら殴ってもバレないと思って」

ダメだったか。今の流れはいっても大丈夫なやつだと思ったのだが。

奇妙《きみよう》な気配を感じた。俺は大聖堂の奥を見つめる。人影が2つ近づいてくる。

背後に騎士をひきつれているやつら。ふたりのうち片方は俺も知っているやつだ。幼いがゆえに中性的な印象をもつ美少年、ルガーランド、ウィンダールの御主人様《ごしゆじんさま》であり神様である。

その隣のやつは知らない。でも、おそらくは神族なのだろう。煌《きら》びやかに輝く黄金の長髪をなびかせているところにルガーランドと同じ雰囲気を感じる。

ルガーランドよりずっと背が高く、おそらくは身長2mを超《こ》えているのだろう。筋肉質な体躯をおしげもなく晒《さら》す格好《かつこう》だ。片肩に金具で留められている白い布を巻くローマ人スタイルの服装を着こなす。彫《ほ》りが深く、鼻が高い、極《きわ》めて整った顔立ちをしており、見た目年齢《ねんれい》は40代前半くらい。渋く、聡明《そうめい》な眼差しは、長い年月を生きているがゆえのものだろうか。

「第一王子、ルガルゾデア様だ」

ウィンダールのささやきに俺は噂と実物を結びつける。あれがルガルゾデアか。軍神だとか。白神樹の軍勢をひきいて、幾《いく》たびも戦争をおこしては、バスコと白神樹を勝利へ導いてきた神。半神の兄弟たちの長兄《ちようけい》であり、ルガルニッシュ王をのぞけば、最も古い神である。

ルガーランドとルガルゾデアの出現を、大聖堂前広場の皆が認知した途端《とたん》、多くの騎士と聖職者は恭《うやうや》しく頭をさげ、かしずき、脇《わき》にはけた。彼らに敬意を払った行動にでなかったのは、俺やドワーフ、そして向こうにいる獣人と竜人だ。習慣がないんだろう。

「皆、元気なようだ」

ルガルゾデアは厳《おごそ》かな声でつぶやいた。耳に心地《ここち》好い、けれど力に満ちた声音《こわね》だ。

「英雄とはえてして型破りなものだよ。そのほうがいいでしょう？」

ルガーランドは楽しそうな笑みを浮かべ、広場を睥睨《へいげい》する。

「しかし、不愉快だ。こんな者たちが、キューブの導きを得るというのか」

「兄様？」

男の周囲に風が吹きはじめる。それは力の波動だった。

純白が燃えあがるように湧《わ》きだし、広場に揺《ゆ》れが伝播《でんぱ》する。

聖職者たちは畏《おそ》れ、騎士たちは後ずさり、アルウは俺の後ろに隠《かく》れた。

白く輝くオーラが収束し、安定し、美しく強靭《きょうじん》な肉体に光をまとう。髪の毛がゆらゆら揺らめいている。このうえなく神聖で力強く、ひとたびそれが振《ふ》り下ろされれば神の怒《いか》りが顕現《けんげん》する。

「そなたらに導きが見えているのか、いないのか、我には判断できぬ」

男は手をかざす。純白のオーラが凝縮《ぎょうしゅく》され、槌《つち》があらわれた。光で編まれたハンマーだ。片手で振りまわせるサイズのそれは、奇怪《きかい》な文字の集合体であり、巨大な力を内包している。文字は絶えず流動して、力が爆発《ばくはつ》しないように槌という形状を維持《いじ》しているように見えた。

男は片手槌を軽くふる。風が巻き起こり、聖職者は転げ、騎士たちは圧に耐《た》える。

「だが、武勇はこれではかれよう。力こそ英雄の証《あかし》よ」

「兄様、どうかご加減を」

「努めよう」

聖職者と騎士たちは慌てて、広場の隅っこのほうへ走っていく。

他方、勇敢なドワーフは斧《おの》を両手で握りしめ「フン‼」と鼻を鳴らした。

「あれがルガルゾデアか……まさかわしが手合わせできるとは」

前へ歩みでて、大声で名乗りをあげた。

「わしは父祖ドン・グラドの末裔にして、黒鉄鋼のドン・レックスの息子!! わが名は洞窟砕《どうくつくだ》きのドン・エゾフィル!! 軍神に勇気を示そうッ!!」

「ドワーフの英雄」

ルガルゾデアは厳かな眼差しを横へ向ける。獣人が背中に背負っている巨大な剣を手に取り、重心をわずかに落としていた。ウィンダールの剣より分厚く、武骨で、洗練という言葉からはかけ離れた鉄塊《てつかい》は、しかし、獣人のたくましい片腕で握られ、水平に保たれている。

「フリックだ。軍神と戦うなんて聞いてないが……貴重な機会ではありそうだな」

「獣人族の英雄」

ルガルゾデアの視線は獣人――フリックの隣にいる竜人へ向けられる。このなかだと正直一番強そう。角とか、翼とか、尻尾とか、竜要素とか、いろんな点において格が違う感じがあるやつだ。だってそうだろう。ドワーフとか、獣人とかより、竜人のほうが格高そうだろ。

「ふぇえ……」

その竜人の……少女は目に涙《なみだ》をためて、尻尾を胸のまえで抱きしめ、フリックの背後へ逃《に》げるように隠れる。ぷるぷると震えている。いまにも失禁するんじゃないか、というくらい怯えている。

「は、はわぁ、ぁあぁ、あの、こん、ここ、こんなの、全然、聞いてない……です……っ!!」

「……竜人族か」

厳かな眼差しがゆっくりと俺のほうへ向いた。――と、その時だった。

隅の植え込みからパッと影が飛びだした。あの野良犬ガキのホッセだ。二振りの剣を手に、ルガルゾデアへ斬りかかっていく。その太刀筋《たちすじ》は鋭く、躊躇《ためら》いがない。不意打ちに慣れた者の剣だ。

「よかろう、では、始めるとしよう」

ルガルゾデアは素早くふりむき、片手槌を持っていないほうの腕を伸《の》ばした。並の人間では目線の高さがあわない高身長だ。リーチもそれだけ長い。ホッセが剣を振りおろすよりはやく、神の手が不敬者の顔面をガシッと掴み、指が顔に食い込むほど強く掴むなり、ぶん投げた。

ホッセの身体が勢いよく飛んでいき、大聖堂の外壁《がいへき》に背中からぶつかった。凄《すさ》まじい物音とともに、外壁が崩れ、野良犬の身体はボロ雑巾《ぞうきん》のように地面に落ちた。一撃でノックアウトだ。

「うぉぉおおお‼」

ドン・エゾフィルは咆哮《ほうこう》をあげながら戦斧をふりあげ、力強く叩きつける。純白の文字で編まれた片手槌が振られ、斧の刃とぶつかった。ドン・エゾフィルのずんぐりむっくりした身体が弾《はじ》かれ、広場の端《はし》っこ、ベンチと外周を覆う壁を割って、向こう側に消えた。これでもう2人消えた。

フリックは地面と水平に跳躍《ちょうやく》し、大上段から大剣を振りおろしたが、片手槌を横にされ、重厚《じゅうこう》な刃を受け止められてしまう。ガゴンッ‼　と激しい音がして、火花が散る。

ルガルゾデアは槌で刃を受け止めつつ、もう片方の長い腕をフリックへ伸ばす。

大剣の刃が槌の柄のうえで滑《すべ》り、柄を握りしめているルガルゾデアの指を狙《ねら》う。えげつない攻撃だが、決まればあの大剣の重みが、神の指を無惨《むざん》にちぎるだろう。

ルガルゾデアは槌の傾《かたむ》きを変化させ、大剣に狙われた手元を外させた。繊細《せんさい》な技だ。

神の腕が獣人の首を掴み、一度高く持ちあげると、屈強《くっきょう》な身体を地面に叩きつけた。間髪《かんはつ》をいれず、純白の片手槌が狼頭を叩き潰《つぶ》すべくふりあげられ、容赦《ようしゃ》なく振りおろされた。片手槌は獣人の顔横の地面に深く陥没《かんぼつ》して埋まっていた。生殺与奪《せいさつよだつ》を握られた者は目を見開き、呼吸を繰《く》りかえし、ゆっくりと遠ざかる自分を殺していたであろう槌の頭を見つめる。もう3人目か。

ルガルゾデアは竜人の少女のほうを見やる。ビクッとして震え「はぁ、ぁあ、ぁぁ、ぁ」と声にもならない声をだす竜人の少女。ルガルゾデアは興味を失《な》くし、今度は俺のほうを見てきた。

意志なき者は見逃《みのが》す感じだ。アルウを見れば彼女が、ほかの英雄の器と違って——というより、あの竜人の少女と同じように戦う意志がないことは明白だ。襲ってはこないだろう。

「名乗りもせぬか。不敬な戦士だ」

「？」

「っ、ちがう、アルバス殿逃げろ‼」

なんでか大声で叫《さけ》ぶウィンダール。ルガルゾデアは地面をチョンっと蹴って、その動作からは考えられないほどの速力でせまってくる。俺は理解する。俺のことを攻撃しようとしてね、と。

俺はアルウを背後へ押し、隣で俺を守ろうと手を伸ばしてくるウィンダールを蹴り飛ばし、代わりに彼の腰に差してある大剣シュタイルミニスタに手を伸ばした。

蹴り飛ばした勢いでウィンダールの巨体はあっちに行ってもらって、剣だけ鞘《さや》から抜いてもらっておき、抜いたままの勢いで、ルガルゾデアが振り下ろしてくる片手槌を大剣で受け止める。

分厚く丈夫な剣だが、もしや砕け散ったか？　そう思うほどの衝撃《しょうげき》が手に伝わってきた。幸い、重みを剣身から感じるので、北風の名剣は見事に神さまの一撃に耐えてくれた。

俺はルガルゾデアを蹴り飛ばす。『怪腕《かいわん》の魔法』5分の脚力《きゃくりょく》だ。だが、グランホーにいた頃《ころ》の5

分とはわけが違う。使えば使うほど。上達――あるいは元に戻《もど》っている――しているのか、魔法は同じ歪み時間の消費でも、その操作性や、規模、威力《いりょく》が大きく向上しているのだ。

5分の前蹴りはルガルゾデアの彫刻家《ちょうこくか》の傑作《けっさく》がごとき肉体を、大聖堂の扉前まで押し戻した。ただ、これは意外な結果だった。本当はもっと蹴っ飛ばして、あのステンドグラスくらいまでの片道切符《きっぷ》を押し付けてやろうと思ったのだが……重たいし、踏ん張りがすごい。

周囲の聖職者と騎士がざわめきだす。俺の反撃に驚《おどろ》いているようだった。蹴ったんだ。無礼ではあるか。本当なら先に斬りかかってきたやつなんて、首を叩き落としているところだ。少なくともグランホーの終地ではそれが正しかった。斬っていいのは斬られる覚悟《かくご》のあるやつだけだ。でも、ここは訳が違う。ここはグランホーの無法の法は通用しない。

何より相手は神だ。しかも、軍神とうたわれているらしい。冷静に考えて勝てる相手じゃない。この俺とて身の程を弁えることはある。服従するわけじゃないが……俺だって死にたくない。

俺は剣先を地面すれすれまでおろし、努めて優しい声でいう。

「俺は英雄の器じゃない。人違いだ」

「そ、そうであります、ルガルゾデア様っ‼　彼は卓越《たくえつ》した剣士ですが、導きの英雄として、この場にいるわけではありません‼」

ウィンダールは冷や汗をダラダラ流して進言する。

「兄様、ウィンダールの言っている通りだよ。勘違《かんちが》いするのも無理ないけど」

「……。我の間違いか」

ルガルゾデアは蹴られた腹を押さえ、俺へ視線をもどす。怒ったかな。神罰《しんばつ》が下るのか？

「早とちりをした。すまぬな。しかし、素晴《すば》らしい戦士だ。名を聞いておこう」

「……アルバス・アーキントン」

「それは魔法使い族の名前だ。よもや本物か？」

魔法使い族って神にも認知されているのだな。ところでなんて返せばいいのだろう。

んなわけあるかーい、ってツッコむか？　気安いな。

まだ生きているとでも思っているのか、って問い返すか？　これはちょっと高圧的か。

普通に喋《しゃべ》る方法を忘れてしまった。乱暴な世界の、乱暴な法に染まってしまったせいだろうか。

「冗談だ。御伽《おとぎ》が生きているはずもない」

「ぁぁ、冗談……」

「我とてそれくらいいう」

ルガルゾデアは全然笑っていない顔でそういう。親しくない上司にダルがらみされた気分だ。

「導きの英雄は5人いると聞いたが」

「えーっと、あの子が、5人目かな。というより、最初にバスコに来たんだけどね」

ルガーランドは俺の背後を指差す。俺も視線を向ける。

アルウが寄る辺なく、ちいさな身体で直立している。

表情はすっかり怯え切っている。神の恐るべき力を目撃してショックを受けているのだろうか。

「エルフ……か」

「あ、ぁ、あの……あぅ」

ルガルゾデアはすぐに興味を失くしたようで、背中を向けた。

「ふさわしくない者もいる。名もひとりも聞いたことがない」

ルガルゾデアは純白の光をほどき、片手槌を霧散《むさん》させる。

「だが、まだ何も成していないだけか。導きが見えるのなら、何かを成すかもしれぬ」

そう言って彼は大聖堂のほうへ歩いていってしまった。慌てて聖職者や騎士たちが、神のあとを追いかけていき、広場にいた人数は一気に半分以下になった。

「まるで嵐《あらし》だな」

俺は言ってシュタイルミニスタを逆手に持ち、ウィンダールへ返す。

彼は深くため息をつきながら、大剣を鞘におさめた。

「ルガルゾデア様へ蹴りをいれて生きているなんて。それどころか称賛《しょうさん》を得ていたぞ」

「あんたが散々『不敬を働けばその場で裁かれる』って脅《おど》してくるから、どれほど傲慢《ごうまん》な神かと思ったが、想像より話ができそうだった。それに誰も死んでない」

「ルガルゾデア様は苛烈《かれつ》で、不敬者には容赦しないお方だ。年に日数以上の人間を裁かれている」

「不敬罪でか」

「あぁ、不敬罪でだ」

前世の記憶《きおく》、たしか悪魔より神のほうがずっと多くの人間を殺しているとかいう話があった気がする。ルガーランドは心優しき美少年ってイメージだが、あのルガルゾデアという兄王子には、確かな緊張感と恐れを感じた。特に最初の一撃……あれは俺を殺すつもりだったのだと思う。

「今日のひとりにならなくてラッキーだった」

「本当なら貴公は死んでいる。ほかの英雄の器も。しかし、彼はルガーランド様をお思いになられている。きっと、弟君の顔を立ててくださったのだろう」

俺は背後を見やる。アルウが腰を抜かしてへたれこんでいた。

「わたし、言われちゃった、神様に、ふさわしくない、って……みんな戦っていたのに、あの腹立つホッセだって、立ち向かっていったのに、わたしは、名乗ることすら、できなかった……」

「気にするな。神だって現状を見に来ただけだ。これからアルウは成長する。絶対に」

アルウは涙をぽろぽろこぼしながら抱き着いてくる。

俺は子供の頃を思いだす。不安だったとき、親が言ってくれた言葉。

「大丈夫だ、お前は大丈夫だ」

大丈夫。何の根拠《こんきょ》もない言葉。事実、俺の人生はなにも大丈夫じゃなかった。

でも、親の言葉は子どもにとっては魔法の言葉だ。強力なちからをもっている。

あの時はたしかに俺は大丈夫な気になれた。言ってもらえるだけで。アルウは俺の子供ではないが……効果は期待できるだろう。たぶん。きっと。おそらくは。

「大丈夫だ、アルウ。お前は大丈夫なんだ」

すすり泣くアルウを抱いて、背中をトントンと叩きながら、しばらくそうしていた。

第三章　魔法使《まほうつか》いの弟子《でし》

ルガルゾデアの一件から1週間後、ウィンダールは野良犬《のらいぬ》との一騎《いっき》打《う》ちに乗り出していた。

決闘《けっとう》の理由は、主従関係の確立だ。英雄《えいゆう》の器《うつわ》たちは、それぞれ捜索隊《そうさくたい》の騎士隊長がそのままバスコと個人を繋《つな》ぐ係になる。関係値をすでに築いているし、それで特に問題もないからだ。

しかし、このホッセとかいうド辺境の無法地帯育ち野良犬は違《ちが》う。彼《かれ》のいた場所はいわく「強いやつは偉《えら》い」らしい。やつは強いやつにしか従わない。

彼を見つけてきた聖騎士ケビンは、腕試《うでだめ》しで完膚《かんぷ》なきまでに敗北した。彼の騎士隊のメンバーも全員倒《たお》されてしまった。そんな体《てい》たらくだから、だれもホッセの手綱《たづな》を握《にぎ》れていないのだという。

なので、手綱係の交代が必要になった。いろんなやつがあの品性のない狂犬《きょうけん》に挑《いど》んで、挑んで、挑んで……そうして、1週間後、騎士団のなかでも最強格のウィンダールに役目がまわってきた。

「でたな、北風のウィンダール‼　負けたら、俺《おれ》のいうことを聞けよぉ～？」

「では、貴公を負かしたら、私の言葉には忠実に従ってもらおう」

「強いやつは偉い、からなぁ。んま、負けねえけどよ、こんなでくの坊《ぼう》」

今、白神樹《びゃくしんじゅ》の騎士団本部訓練場には多くの傍観者《ぼうかんしゃ》が集まっている。ウィンダールとホッセが戦うと聞いて、騎士どもがこぞって集まってきているのだ。多くはウィンダールを応援《おうえん》している。

応援勢にはホッセへ口汚《くちぎたな》く罵倒《ばとう》する騎士がとても多い。個人的な恨《うら》みをもっているとしか思えないやつも多い。バスコに来てから2週間。やつはずいぶんと恨みを買っているようだ。

「ウィンダール様、やっちまってください‼」

「そのクソ野郎《やろう》を肉塊《にくかい》にかえろー‼」

「バスコの騎士舐《な》めてんじゃあねえぞ、田舎者《いなかもの》がぁああ‼」

「ぶっ殺せええ、ウィンダぁぁぁぁぁある‼」

「いくぞ、おらぁあ‼」

ホッセは刃《は》の潰《つぶ》れた二振《ふ》りの剣《けん》を手に駆《か》けだす。

ウィンダールはシュタイルミニスタとほぼ同じサイズの大剣――こちらも刃は潰れている――を両手でしっかりと握り、直立に立てて構える。バッティングの構えみたいなフォームだ。

罵声《ばせい》の飛び交《か》うなか、ホッセは好戦的な笑顔《えがお》で突貫《とっかん》した。ウィンダールは思いっきり大剣をふりまわして薙《な》ぎ払《はら》う。ホッセは地面に足を槍《やり》のように突《つ》き刺《さ》して急ブレーキをかけて、大剣の間合いに入るかどうかの紙一重《かみひとえ》の距離《きょり》感で剣先をやりすごす。

（まるで獣《けもの》だな。剣は我流。剣の術理は修めていない。だが、素養の高さは異常か）

ウィンダールは鋭《するど》い眼差《まなざ》しでホッセを見据《みす》え評価する。

ホッセは「ひっ」と引きつった笑い声をだし、空振りの代償《だいしょう》に懐《ふところ》へ飛び込《こ》み、鎖骨《さこつ》めがけて剣を叩《たた》きおろした。ウィンダールは身を内側にいれ、肩当《かたあ》ての位置を調整し装備で剣を受ける。

ウィンダールはそのまま肩を前へいれ、体当たりをお見舞《みま》いし、ホッセを吹《ふ》っ飛ばした。ゴロゴロ転がる野良犬ホッセ。３回転半ののちに体勢を立てなおし、視線を前へ向けた。重戦車はすでに走りこんで、剣を高く持ちあげている。ホッセは膝《ひざ》のバネでタイミングを計って避《よ》けようとする。

（避けてからの反撃《はんげき》が好きか。反応速度に自信があるようだが）

ウィンダールは大剣を振り下ろそうとし……やめて、今か今かと反射神経の試練を待っている野良犬の蒼《あお》い髪《かみ》をつかみ、膝で顔面に打った。なお金具の膝当てをしているのでかなり痛そうだ。

「反応だけに頼《たよ》りすぎだ。反応速度なぞ、そんな万能《ばんのう》なものじゃないぞ」

大歓声《かんせい》があがる。野良犬は鼻と口から血を噴《ふ》きだし、転がる。まだ剣は手放してない。

大粒《おおつぶ》の涙《なみだ》が流れる瞳《ひとみ》が、ウィンダールを睨《にら》みつける。その顔に余裕《よゆう》はなくなっていた。

◆ ◆ ◆ ◆

ウィンダールがホッセを負かし、騎士団の華々《はなばな》しい名誉《めいよ》を守り抜《ぬ》いた夜。

俺とウィンダールは、アルウとホッセが訓練教官に剣術を教わっているのを眺《なが》めていた。

「チッ、どうしてあんたが剣を教えてくれねえんだよぉ～。こっちの髭面《ひげづら》には俺はよ、負けてねえぞ。いうこと聞く必要ないだろぉ」

ホッセは坊主頭《ぼうずあたま》をさすりながら、不機嫌《ふきげん》な顔で言った。蒼い髪は見る影《かげ》もなく綺麗《きれい》に剃《そ》られているが、これは彼が髪を掴《つか》まれてウィンダールにしばかれたため、戦術的に髪は不要とされ、その敗因を取り除いた結果である。より端的《たんてき》に言えば、生意気してイキリ散らかした懲罰《ちょうばつ》である。

「いいやあるぞ。なぜなら私からの命令だからだ。ホッセ殿《どの》、貴公は品性が足りない。剣術のなんたるかも知らない。そこにいる教官は教育のスペシャリストだ。常に最新の教育法を考え、使えない素人《しろうと》どもを、戦士にするために怒鳴《どな》り声をあげている。彼のいうことを聞け」

「くそ、俺はデカい怪物《かいぶつ》を倒して、デカい金で、酒も女もなんでも手に入るっていうから、来てやったのに、どうしてこんな訓練なんか……」

「すでに導きははじまっている。貴公には導きが見えていないのか」

「言葉遊びしやがってぇ、導きってなんだよぉ、見えねえよ、んなもん」

それは俺も思う。導きってなんだ。目に見えるものなのか。手に取れるものなのか。ある時、誰《だれ》かから連絡《れんらく》があって「どこへ行きなさい」とか言われるものなのか。それとも単なる運命のことをそう呼んでいるのか？　英雄の器たちは、予言の英雄という呼ばれ方もするが、バスコに来て以来、多くの者はこの『導きの英雄』という言葉を使って彼らを呼ぶことが多いように思う。

「導きはそれぞれ異なるものだ。説明しろというのは難しい話だ」

「そうかよぉ。聖職者はいつだってそうだ。俺の街にいた神父は、偉そうな言葉を使って、教会に通う少女を従順に飼いならして夜の世話をさせてたぜぇ。ありもしない信仰《しんこう》だの、奇跡《きせき》だの、煙《けむ》に巻いて、不思議な話を聞かせるんだぁ。バカなやつはそれをありがたがりやがる」

「ふむ。星巡《めぐ》りの地のすべてに白神樹の威光《いこう》が届いているわけではない、か。貴公の言っていることもわからなくはない。信じつづけ、信仰心を高めるのだ。これは難しい道だ。だからこそ意味がある。白神樹の導きを得るため、人間は努力するべきなのだ」

「でも、俺やチビエルフはその導きをもう得てるんだろぉ～？　努力する必要なくね～？」

「貴公は自分の幸運はわかっているのだな。そうだとも、信じて修行《しゆぎよう》の道をいくほかないなか、予言の奇跡により、導きを得たことが確かな者たちがいる。それが貴公らだ。しかし、導きは辿《たど》らなければ意味がない。だから、励《はげ》むのだ。それが貴公を成長させる、ホッセ殿」

「はぁーん」

ホッセはいまいち納得《なっとく》していない感じだ。俺も正直いまの説明はあんまり納得できなかった。努めて理解しようとすれば、それは例えば土に水をやり続けることに似ているのかもしれない。土の下に種はあるのか？　その種は大きな花を咲《さ》かせるのか？　わからない。でも、水をやり続ける。毎日、川までいって水を汲《く》んで、土の上に撒《ま》き続ける。それが信仰とか、励む心とか、修行とかなのだろう。報酬《ほうしゅう》が約束されている甘《あま》い道のりじゃない。

「でもよぉ、やっぱりこの雑魚《ざこ》い教官はあてにならねえわな。だって、俺より弱いんだぜぇ？　なんで弱いやつから学ばなくちゃいけねえんだよぉ～？」

「やれやれ、わかった。ホッセ殿、貴公は私がみよう。長い探索《たんさく》がおわり、私もしばらくはバスコにいる。手が空いているといえば、空いてはいるからな」

「個人指導か？　うちのアルウも頼《たの》めるか？」

「アルバス殿までそんなことを言いださないでくれ。私は教官ではない。決して他人に教えるのが上手《うま》いとはいえないのだぞ」

俺はホッセではないが……あのよく知らない髭面の教官よりウィンダールのほうが良い。何より強いことが確定している。強いということは、彼の剣術と、戦いにおける思想や論理が正しいことでもある。あと思うんだ。学校の先生より、現場で生きた知識をつけているやつのほうが絶対にこういうのは詳《くわ》しいだろって。ウィンダールは教官を過大評価しすぎだと思う。

俺は抗議《こうぎ》の眼差しを送りつづける。

「……わかった、アルバス殿。貴公の勝ちでいい。アルウ殿の面倒《めんどう》も私がみよう」

「話がわかるじゃないか。あんたなら信頼《しんらい》できる」

「だが、アルバス殿、言ってはなんだが、貴公がアルウ殿を教えるのはダメなのかね？」

俺の剣術は身体《からだ》にしみついた動きとか反応でやっている。

以前、村で剣術指南を求められたが、まともに術理を伝授できなかった。

「アルウにはちゃんとした剣を学んでほしい。俺のは我流だ」

「私の剣も綺麗とはいえない。叩きあげだ」

「白神樹の剣術はリドルみたいなちっちゃいやつでも習得できる。その実績がある」

「わかった。貴公がそういうのなら構わない。どうせホッセ殿の指導もやるのだしな」

「あっ、そっちの品性のない野良犬とは別々でやってほしい。アルウは良い子だからな。変な影響《えいきょう》を受けたら困る。でも、ホッセとの訓練時間に差はつけるなよ。つけたらクレームをいれてやる」

「むう、貴公、注文が多すぎるぞ」

当然の主張だ。アルウの将来がかかっているのだ。

「アルバス」

ん、アルウが顔を赤くして、俺の袖《そで》をひっぱった。懇願《こんがん》する眼差しだ。

「恥《は》ずかしいからそういうのやめて……ホッセと一緒《いっしょ》でいいよ、ウィンダールも忙《いそが》しいんだよ？」

「しかしだな、あんなクソカス野良犬野郎といっしょなんて」

「どうせアルバス殿は心配になって指導を見に来るのだろう？　なら、ホッセ殿が問題を起こしそうになったら、貴公が武力で対処すればよいのではないか。それで満足できるはずだ」

まあ確かに。それもそうか。ん？　ホッセが不満そうな顔で俺を見てきているな。

「どうした野良犬」

「この野郎……好き勝手言ってきやがって……」

「おい、待て、なんだその目は。良いのか、その目をして。俺は実質お前の上だぞ。お前に勝ったウィンダールに、真剣《しんけん》での勝負で勝っているんだ。序列をしっかり弁《わきま》えろよ」

「クソ……俺は、てめえに負けたわけじゃあねえのによ」

文句は言いつつも、理性では納得しているのか、それ以上突っかかってくることはなかった。

強いやつは偉い。野蛮《やばん》な価値基準ではあるが、絶対的な原理原則だ。ホッセのなかでこの法律は、思考のほとんどを支配するくらい重要なものみたいだ。

「さっそく始めるとしよう。教官、わざわざ来てもらったのにすまない。あとは私が請《う》け負おう」

その日からウィンダールによるホッセとアルウの剣術指導がはじまった。

導きとやら、アルウが進むべき道を示してやってくれ。

◆　◆　◆　◆

バスコに来て1カ月が過ぎた。

俺は神殿《しんでん》に呼びだされて、美しい少年神の部屋に通されていた。

部屋には色んなものが散乱している。大量の書物、変な鉱石、変な草、変な骨、変な標本。

「神の部屋というより、錬金術師《れんきんじゅつし》の部屋に見えるな」

「ぼくは興味の対象がおおくてね。こうした怪《あや》しげなものや、忌避《きひ》されるものも大好きなんだ」

ちいさな手が魔導書《まどうしょ》のようなものをフリフリ動かす。

「それでいいのか」

「よくないね。だから、ぼくは神のなかでも異端《いたん》とされてる。白教にもさして影響力《えいきょうりょく》をもたないし、当然、神としてもさほど強力じゃない。個人としても、集団を動かす力という意味でも」

ちいさな指先が俺を差した。

「時にアルバス殿、貴殿《きでん》と同じ名前の魔法使いの王がいたことは知っているかな」

「噂《うわさ》くらいは知ってる」

「貴殿はもしかして魔法使い族だったりするのかい？」

「期待させて悪かったな。俺はその魔法使い族とはまったく無関係だ」

ルガーランドは口元に手をあて、しばし沈黙《ちんもく》する。

「まあ、冗談《じょうだん》はさておき、本題に入ろう。禍《わざわい》の予言に関して、いくらか状況《じょうきょう》がつかめてきたよ」

「それは嬉《うれ》しい話だ。バスコに来てもう1カ月になるのに、なんでここにいるのかもよくわかってない。なのにうちのアルウは毎日訓練に励んでる」

「それは申し訳ないね。がんばって調べているがどうにも時間がかかる」

ルガーランドは机の中央、砕《くだ》け散った水晶玉《すいしょうだま》を見下ろす。

「これは聖職者ビバルニアの水晶だ。彼女《かのじょ》は世にも珍《めずら》しい予言の奇跡をみることができた」

5つの水晶の破片《はへん》だけ、水晶玉の残骸《ざんがい》からすこし離《はな》されて、綺麗に並べてある。

ルガーランドは破片ひとつひとつを指差しては「これはホッセ殿」「こっちはアルウ殿」「これがエゾフィル殿」「これがフリック殿」「これはアイズターン殿」と、意味不明の発言をする。

「予言の奇跡はもうずっと前に失われてしまってね。水晶玉も見ての通りだ。でも、最後の予言の残滓《ざんさい》はあった。だから、どうにかこうにか、英雄の器5名にまつわる断片《だんぺん》だけはひきだし、欠片《かけら》に閲覧《えつらん》できない情報を封《ふう》じた。これは大いに役に立ったよ。実際に5人集めることができた」

ルガーランドは「しかし」と注釈《ちゅうしゃく》をいれる。

「予言の全貌《ぜんぼう》はわからずじまいだ」

「そんな状態でとりあえず英雄の器を集めたのか。無計画にも程《ほど》がある」

「落ち着いてくれ。期限が迫《せま》っていたから仕方がないんだ」

「そもそもの話、そのビバルニアとやらの予言は正しいのか」

「彼女は最後の予言とともに眠《ねむ》りについた。当時は水晶にあらわれる傷のおおきさで、物事の重要性を把握《はあく》していた。ある村に危険な怪物があらわれ滅亡《めつぼう》するだとか、危険な思想家たちが悪い企《たくら》みをしているだとか、そういった本来なら対処不可能なできごとをビバルニアは予言してきた」

実績はあるわけか。

「最後の予言は水晶が破裂《はれつ》した。ビバルニアも眠りについた。彼女は恐《おそ》ろしい未来をみた」

緊張感《きんちょうかん》が漂《ただよ》う。予言者の死、そして割れた水晶から察せられる物事のおおきさ。

「その未来について、ぼくは少しわかったんだ」

「ほう。聞かせてくれるのか」

「貴殿とウィンダール、ふたりで巨大《きょだい》な羊を討伐《とうばつ》したんだよね。恐ろしく強大な怪物だったとか」

「風のニンギルの話か？」

「そうそう。それだよ。それこそ、ぼくが思うに、禍の予言だと思うんだ」

ルガーランドはこの1カ月、ウィンダールから聞き及《およ》んだ風のニンギルでの事件について、古い文献《ぶんけん》をあさり調査をしていたらしい。バスコの書庫には古い時代の記録がまだ残されており、そのなかで『暗黒の七獣』にまつわる伝説を見つけたとか。

「我《わ》が王は巨人《きょじん》戦争時代、魔法使い族と肩をならべて戦った」

「そうなのか」

「貴殿は歴史にあまり興味がない感じかな」

「いや、ある。ただ不勉強なだけなんだ」

「よかろう。潔白で調和と祝福にあふれたその時代のはじまりを、不勉強な貴殿に語ろう」

「神さま自ら語ってくれるのか、ありがたいな」

ルガーランドの話は簡潔なものだった。2分で終わった。要約すると、こうだ。

巨人戦争時代、劣勢《れっせい》だった諸族連合を憂《うれ》い、魔法使い族たちは盟友たる神族に助力を願った。その願いに応じ降臨したのがルガルニッシュ王だ。戦争を終結に導いた彼は、しかし、盟友たる魔法使い族たちの死を悲しんだ。彼は魔法使い族なきあと、大地に帰るつもりだった。

しかし、この地には後継者《こうけいしゃ》が必要だった。指導者を失い、混乱の時代がおとずれた。ちからを持つ魔法使いの弟子たちは醜《みにく》く争った。見かねたルガルニッシュ王は魔法使いの弟子たちを平定し、この地を統治し、戦争に勝ち続け、現代の平和な時代を作りあげることに尽力《じんりょく》した。

「その神話の時代に我が父に封印《ふういん》された大悪魔たちが『暗黒の七獣』というわけだ」

風のニンギルで史学者が言っていたのと似ている伝説だった。ただ、ちょっと違うのは、封印したのが魔法使い族ではなく、ルガルニッシュ王という部分だろうか。

「それじゃあ、あんたの父親にどこに封印したのかを聞いてくれればすべて解決じゃないか。白神樹の全軍突撃《とつげき》でやっつけよう。よし、完璧《かんぺき》な作戦だ」

「我が父はもう長いことお姿をお見せになっていない」

ルガーランドの言葉は軽い調子だったが、部屋の空気はしんっと静まりかえり重たくなった。ウィンダールもどこか緊張《きんちょう》している気がする。触《ふ》れちゃまずい話題だったかな。

「ともかく、だ。風のニンギルにて大悪魔『暗黒の羊』が封印より蘇《よみがえ》った。これが白神樹に敵対的な思想をもつ者の仕業《しわざ》なのか、ただ封印がほころびたのか、理由は不明だ。しかし、時期とその影響を考えれば、これがビバルニアの恐れた『禍の予言』である可能性は高いと思うんだ」

「たしかに。一理ある。ただ、反論もあるんじゃないか。俺とウィンダールで倒せてしまった、ってことだ。『禍の予言』では、導きの英雄たちがどうにかするって筋書だったんだろ」

「それはどうだろう。アルウ殿がいたから、貴殿とウィンダールは、風のニンギルで起きた古い悪魔が街を襲《おそ》ったその瞬間《しゅんかん》に遭遇《そうぐう》したんじゃないかな」

「……そういう考え方もあるな」

「ぼくも予言についてはは深く理解してるわけじゃない。予言が予言として、人類の手にはいった瞬間に、すでに運命は変わっているだろうしね。『村が滅亡する、村人は全員死ぬ』という予言があったとしよう。そうとわかっていたならその村に住んでいる者はだれかしら逃《に》げだすものだろう。そうすれば、村は滅亡しても、後半の内容である、村人は全員死ぬ、は回避《かいひ》される」

未来を観測した段階で、未来は変わる、か。

「これもぼくの想像にすぎないがね。真実がわかるのは、いまは亡《な》きビバルニアだけだよ」

待てよ。ルガーランドはこう言っているが、俺は暗黒の羊を討伐することに成功しているぞ。もしあの悪魔が、禍の予言そのものだとしたら、この時点で俺は予言に食い込んでいないか？　そう思うのだが。俺はハッとする。画期的なアイディアを思いついたのだ。

「いや、しかし、それはアルウの意志じゃない可能性も……でも、この際、あの子の安全がなによりも優先なんじゃないか……？　命あっての物種……恨まれようとも……」

「アルバス殿、どうしたの？　心ここにあらずといった様子だけど？」

「いや、なんでもない。すこし考えごとをしていただけだ。それで、ちなみになんだが、その『暗黒の七獣』がどこに封印されているのかはわかっていたりはしないのか」

「調査中だけど、ほかの大悪魔たちの情報が整理されるのも時間の問題だと思うよ」

「そうか。情報が整理できたら、俺にも伝えてくれ」

「もちろんだよ、貴殿」

アルウが脅威《きょうい》に直面するまえに、俺が先回りをしてしばらく。そうすればあの子は危険な目に遭《あ》わずに済む。いや、俺の財産が失われるリスクを回避できるというべきか。

悪くない計画に思えた。

◆　◆　◆　◆

「なぜアルバス殿のほうに予言の件を？」

アルバスが去ったのち、ウィンダールは尋《たず》ねた。

『禍の予言』に関して進捗《しんちょく》が判明したのなら、まずは当事者である導きの英雄たちに伝えるのが自然な流れだ。しかし、ルガーランドはアルウを呼ばず、アルバスを部屋に招いて報告した。

「アルウ殿にも伝えるよ。ほかの導きの英雄と同じくね」

「それはそうですが……」

ウィンダールは眉間《みけん》にちいさなしわを寄せる。

「彼を動かしたいのですか？」

「当たり前じゃないか。貴殿だってわかるだろ、彼の強さ、あまりに異常だと思わないか？」

「それは、そうですね。あれほどの戦士を辺境で見つけたときは、私もびっくりしました」

「報告では北風のウィンダールと魔術師アルバス・アーキントンが暗黒の羊を倒したとあるが……実際のところ、暗黒の羊を倒したのは彼なのだろう？」

「はい。私は群れをいなすのに精いっぱいで、破壊《はかい》的な暴力を前に、なすすべはなく、ただ、ボロ雑巾《ぞうきん》のようにされていただけです。功績のほとんどはあのお方のものです」

ウィンダールは面目《めんぼく》なさそうに顔をふせる。

「あのアルウというちいさな女の子は、今のやり方では戦いの役には立たないよ。ほかの方法を試《ため》すべきだよ。それでもダメかもしれないけどね。それに比べてアルバス殿は確約された英雄だ。未知数のアルウ殿の保険でいてもらえば、こちらの心持ちも穏《おだ》やかになれるだろう？」

「……ほかの方法、ですか」

「さてと、ぼくの方はまた埃《ほこり》にまみれた書庫にこもらないとだ」

ルガーランドは軽い身体を、重苦しく動かした。すべては動き出しているであろう禍に抗《こう》するため。今日も第四王子は眠らずに資料を漁《あさ》り続けることになるだろう。

◆　◆　◆　◆

バスコは季節感というものが薄《うす》い気がする。

常に近くでそびえ立っている巨大な樹《き》が、まぶしいくらいに輝《かがや》いているせいで、景色の印象がそれしかないのが原因かもしれない。実際、ちょっと前より寒くなっている気がするし、木々も枯《か》れて、落ち葉が足元に溜《た》まっているようにも思える。

近頃《ちかごろ》のバスコでのトピックと言えば、地震《じしん》があったことだろうか。

俺はなんとも思っていないのだが、住民は白神樹の怒《いか》りだとか、禍の前兆だとか騒《さわ》いでいた。ウィンダールでさえ気にするほどだ。バスコの人間は地震に耐性《たいせい》がないみたいだ。

アルウが剣術を教わりはじめてから2カ月の月日が過ぎた。

毎日毎日、アルウは一生懸命《いっしょうけんめい》に騎士団本部の敷地《しきち》内にある修練場で剣をふっているという。ウィンダールに見てもらう時間は限られているが、リドルやサリといった彼の部下が指導によく付き合ってくれているので、教育環境《かんきょう》は充実《じゅうじつ》している。

それにアルウは積極的に修練場に残っていることも多い。自主練だ。

「はぁ、はぁ……」

アルウは手をとめて、したたる汗《あせ》をそのままに、向こうで激しく打ち合うふたりを見つめる。

ウィンダールとホッセだ。金属音の反響《はんきょう》と、火花が散り、時に砕け欠ける刃が飛び散るほどの地《じ》稽古《げいこ》をしている。その迫力《はくりょく》は広い修練場のなかで存在感を放っており――ほかにもたくさん剣を打ち合わせている鍛錬《たんれん》中の騎士はいるのだが、どう見てもそこだけレベルが頭抜《ずぬ》けている。

最後にはいつものようにホッセが吹っ飛ばされて、壁《かべ》にめりこんで終わった。

ああした激しい訓練を、彼らは2週間に1回くらいは行っている。たいていはホッセが怪我《けが》をするので、この2週間というのは療養《りょうよう》期間だ。回復したら彼はすぐウィンダールに挑んでいる。

野性的で、野心的で……あいつのことは嫌《きら》いだが、戦士として優《すぐ》れているのだろう。間違いなく才能があるし、彼の野良犬のような剣はこの2カ月でずいぶん成長したように思う。白神樹の騎士団で培《つちか》われてきた剣の理屈《りくつ》を学び、お行儀《ぎょうぎ》のよい剣術から、ウィンダールの得意なダーティな剣技《けんぎ》までいろいろと吸収していっているのだ。いつかウィンダールを追い越《こ》すかもしれない。

それだけじゃない。ここのところ、あいつにイラつくことが少なくなった。

2カ月前はもうただのゴミだったが、最近は、なんというか、教養というか、品性のようなものが身についてきている……と感じることがある。この前はタオルを取ってくるついでに、アルウの分のタオルを持ってきたことがあった。前は絶対に自分の分しか持ってこなかったのに。

「今日はここまでにしよう」

ウィンダールは言って指導を終わらせた。

「アルバス殿、このあとすこし時間はあるかね？」

騎士団本部のウィンダールの個室へやってきた。豪華《ごうか》な家具に、ソファに机、壁には剣と盾《たて》と白神樹の紋章《もんしょう》が描《えが》かれた旗。この部屋は彼ほどの者だからこそ持ちうる特権のひとつだ。

「アルウ殿のことで話がある」

俺はソファに腰《こし》をおろす。ウィンダールは蒸留酒をグラスに注いで差し出してくる。

俺は琥珀色《こはくいろ》の液体で満たされたグラスを見つめ、一息に飲み干した。

「貴公、正直なところ続けていても意味がないように思えてならない」

「そんなことはないだろう。アルウはすごく才能のある子だ。それはお前も知ってるだろ。あの子は人間語の読み書きをマスターしてるんだぞ。字だってすごく綺麗に書く。器用で賢《かしこ》い子だ」

「そうだな。アルウ殿はたしかな才能がある」

ウィンダールは太い指をたて、片眉《かたまゆ》をあげ、「だが」と注釈をいれる。

「英雄としてはどうだろうか。ルガルゾデア様がおっしゃっていた英雄の証《あかし》、それはやはり力なのだよ、貴公。言葉にしなくてもわかるはずだ。綺麗な字を書いて、白教の教義をすらすら喋《しゃべ》れることより、怪物を殺す姿に人は英雄性を見出《みいだ》す。そのあり方を決めるのはいつだって民《たみ》だ」

絶望的な状況から、すっかり健康になって、綺麗な服を着ることができて、おいしいご飯を食べることもできて、お風呂《ふろ》にだってはいれて、暖かい布団《ふとん》で寝《ね》ることができている。

俺はそれで満足しているんだ。でも、アルウは違う。彼女は命の意味を探している。

「アルウは英雄の器……導きの英雄だったんじゃないのか？」

「それは間違いのないことだ」

ウィンダールはちいさな硝子《ガラス》の欠片を机に置いた。

「これは予言者ビバルニア様がもちいた水晶、その砕けた破片のひとつだ」

「ルガーランドが持っていたな、それ」

「我々、捜索隊はこの欠片を持って旅をした。英雄の器の特徴《とくちょう》は頭にいれていたが、最終的にはこの欠片の反応で、それが予言の人物なのかどうか判断していたのだ」

「それじゃあ、アルウのこともそれで確認《かくにん》したのか」

「もちろんだ。欠片は間違いなく、アルウ殿を導きの英雄だと示している」

「それじゃあどうして――」

俺は言葉を呑《の》みこみ、勢いのまま喋りそうになるのを踏《ふ》みとどまる。

「どうして、アルウは弱いんだ？」

「……。最初から不安はあった。こんなちいさな身体の、女の子が導きの英雄なのか、と」

「ほかの4人はみんな最初からずいぶんな戦士だったじゃないか。いや、あの竜娘《りゅうむすめ》はちがうが」

「ホッセ殿、ドン・エゾフィル殿、フリック殿、皆《みな》なにも成していないが、すでに英雄級の実力者だ。なにか名をあげる機会があれば、みんな認めるだろう。それだけの器だ」

みんなが期待していたのはまさしくああいうやつらだ。勇猛《ゆうもう》で、強く、人格に難があったり、品性に難があれど、たしかな実力をもっている者だったのだろう。

アルウはレベル1でこの地にやってきた。ほかのやつらは正直90レベルを超《こ》えている。あまりに差がありすぎる。その上でさらに残酷《ざんこく》な事実が襲い掛《か》かっている。

例えば、ホッセ。やつは2カ月かけて90レベルから120レベルになりやがった。騎士団でやつとやりあえるのはほとんどいない。アルウはどうだ？　剣術は多少上達したかもしれない。でも、贔屓目《ひいきめ》に見積もっても、レベル2になったかどうか、というところだろう。

「とにかくだ、アルウ殿のためにも、今後の居場所を考えなおしたほうがいい」

「それはもしかしてバスコから出ていけとか、そういう話か？　暴れまわるぞ？」

「恐ろしいことをいうんじゃない。貴公が暴れたらいったい誰が止めればいいというんだ？」

ウィンダールはおでこにしわを寄せ、首を横にふる。

「そういう乱暴な話じゃない。今日はもっと生産的な話をするために来てもらったんだよ、貴公。私は1カ月前からアルウ殿の『次』について準備をしてきた」

「次だと？　具体的に頼む」

「奇跡の道を歩むというのはどうだろうか？」

ウィンダールとの面談が終わり、俺は修練場でアルウを拾って宿屋に帰った。

人生は上手くいかない。そんなことはわかっているのに、いざ直面すると動揺《どうよう》する。

「ねえアルバス、ウィンダールとなに話してたの？」

「大人の話だ。気にするな、お前は大丈夫《だいじょうぶ》だ。あぁそうだ、今夜は食堂で食べて帰ろう。今日も頑《がん》張《ば》ったんだ、おいしい黒コショウベーコンをたくさん食べて体力つけるんだぞ」

「うん、ベーコン好き！」

アルウは薄い笑みを浮《う》かべる。もう分厚いベーコンのことを考えているのだろうか。手触《てざわ》りのよい緑の髪をなでる。大丈夫。大丈夫。お前は大丈夫だ。俺がついている。

◆　◆　◆　◆

『次』の提案を受けた2日後。

「アルバス、緊張する」

「大丈夫だ。事前に練習したとおりにすればいい」

騎士団本部のウィンダールの部屋をたずねた。最近は通いなれた場所だ。アルウは俺の手を両手で握り、硬《かた》い表情でソファに座《すわ》っている白い服の女を凝視《ぎょうし》する。

その女は清廉《せいれん》潔白な印象を受ける祭服を着た中年女性だ。首から白い四角形のオブジェクトをかたどったアミュレットをさげている。聖職者なのだろう。厳しそうな女教師という顔立ちであり、怒《おこ》らせたらムキーって歯を食いしばって拳《こぶし》を握りしめそうだ。完全なる偏見《へんけん》だが。

「よく来てくれた、アルバス殿、アルウ殿」

ソファの向かい側、ウィンダールは腰をあげる。俺たちが来るまでなにか話をしていたのだろう。

両者の間、机のうえには紙とペンが散らばっている。

「彼女はマリアンナ教諭《きょうゆ》だ。聖ジェリコ修道学校で教鞭《きょうべん》をとっていらっしゃる」

「こんにちは、ミスター・アーキントン、ミス・アルウ。お会いできるのを楽しみにしていました」

「どうも。アルバス・アーキントンだ。こっちが……ほら、アルウ」

「は、初めまして、マリアンナ先生……アルウです」

アルウはぺこりと頭をさげて挨拶《あいさつ》をする。うちの子はしっかりしているのです。

俺とアルウでソファに横に並び、対面にウィンダールとマリアンナが座する。

「導きを得ているのに、いまだ才能を見つけられず、と。彼からは聞いています」

マリアンナはウィンダールをチラッと見る。この女教師はアルウの情報をもっているようだ。

「伸《の》び悩《なや》んでいるんだ。この子をもっと良い環境にいさせてやりたい」

「聖ジェリコ修道学校は間違いなく、最高の選択肢《せんたくし》になれますよ。ただ、その入学案内をする前に一つ確認をしてもよろしいですか、ミスター・アーキントン」

マリアンナは咳《せき》ばらいをし、すこし躊躇《ためら》ったように俺を見つめてくる。

「なんだ？」

「あの、言葉を選ばないことを許してほしいのですが」

「なんでも許そう。俺は生まれてから一度も怒ったことがないんだ」

「では、お言葉に甘えて。あなた、日常的に人殺しをなさったりはしませんか？」

「言葉をもうすこし選べよ、このばばあ」

「ひい……っ、怒らないって言ったではありませんか⁉」

マリアンナはのけ反り、首からさげられているアミュレットを握りしめる。

「ウィンダール、この男は間違いなく、女性や子供にも容赦《ようしゃ》なく牙《きば》をむくタイプの殺人鬼《さつじんき》です‼」

「落ちつけ、マリア、大丈夫大丈夫、先に言っておいただろう、すべての悪徳を積んだ顔をした男があらわれるが、口が悪く、素行が荒《あら》く、嘘《うそ》もつくし、誤解されやすいが、悪い人間じゃないと」

効果が薄そうな説得の末、ようやくマリアンナは落ち着きを取りもどす。

「失礼、取り乱してしまいました」

姿勢を正し、ソファに座り直し、話を進める。

「入学案内の前にひとつ確かめないといけないことがあります」

「俺が殺人鬼じゃないことはもう確認がとれただろうが」

「いえ、そのことではなくて。……別に殺人鬼じゃないと決まったわけでもありませんが」

「ん？」

「ひい……っ」

「アルバス殿！　話が進まない、マリアは厳格な教師ぶっているがその実、教師たれと気張っているだけなのだ。本当は強くなどない繊細《せんさい》な女性なんだ。あまり威嚇《いかく》しないでくれ」

「おっほん、ウィンダール、すこし黙《だま》っていてくれますか？　んんっ、ええと、続けます」

マリアンナは咳ばらいをし、ハンカチで冷や汗《あせ》をぬぐう。

「わが校、聖ジェリコ修道学校は各地の修道院や孤児院《こじいん》、そのほかさまざまな場所から入学者を募《つの》ってはいますが、そこにはひとつの基準があります。それは奇跡が扱《あつか》えること、です」

「それの使い方は学校で教えてくれるんだろう？」

「その通り。ですが、奇跡は強い光を宿した人間にしか扱うことはできません」

「魔力のことか」

「ま、魔力？　その表現は異端的であり、褒《ほ》められたものではありませんね、ミスター・アーキントン。そう呼ぶのは怪しげな秘術の継承者《けいしょうしゃ》と、異端の魔術師たちだけですよ」

ウィンダールが口をパクパクさせ、首を横に振ってくる。「よ・せ」って言っている感じだ。

「魔力じゃなかった、光だった。すまないな、学がないもので。この顔見ればわかるだろう？」

「……卑下《ひげ》する必要はありません。これから正しい教養を身につければよいのですから」

許してもらえた。

「光はあらゆる人間に宿っていますが、その強さは個人差があります。聖ジェリコ修道学校は王都でももっとも優れた奇跡教育を提供する場所です。必然、授業のレベルは高く、奇跡の修行もレベルが高いです。ついてこられるのはふさわしい才能をもった者だけです」

「ふさわしい才能がないとどうなる」

「入学を許すことはできません。それが学校のためであり、本人のためなのです」

「才能がないやつはいらないってわけか」

「その表現は不適切ですね。教育組織として聖ジェリコはレベルが高いと言ったでしょう、ミスター・アーキントン。わが校はトップなのです。でも、安心を。わが校に入れなかったとしても、奇跡の道を諦《あきら》める必要はありません。いまでは聖ジェリコになじめなかった生徒のための、ひとつランクダウンした学校がつくられ、さらにひとつランクダウンした学校がつくられ……っと、そんな具合に奇跡の道を修めようとする者には、十分な選択肢が用意されています」

奇跡の道。いわゆる聖職者たちが扱う神秘の技のこと。その内容は多岐《たき》にわたり、攻撃や防御《ぼうぎょ》の術もあると聞く。白神樹のもとでは万人がそのちからを修める機会を得られるということだろう。充実しているな。

「ミス・アルウ」

突然《とつぜん》話をふられ「は、はい！」と、アルウは背筋を正す。

「あなたは導きを得ている英雄だと聞いています。ルガーランド様直々《じきじき》の命で、彼が長い時間をかけて探したとも聞いてます。でも、無条件で入学を許すことはできません。わかりますね？」

アルウは「はい……」と返事をし、しょんぼりした顔をする。

「では、始めましょう。こちらの聖杯《せいはい》を使ってあなたが宿している自然光を測ります」

マリアンナはバッグから白い布に包まれたコップを取りだす。白い塗料《とりょう》で綺麗に仕上げられている。光沢《こうたく》がある。たぶん鉄製。金色の装飾《そうしょく》が華美《かび》にならない程度に施《ほどこ》された品のよいしなだ。

「ところで自然光ってなんだ」

「自然な光です、ミスター・アーキントン」

「それ以上の説明を求めてるんだ、ミズ・マリアンナ」

「2つの意味がありますが、基本的には何の訓練も積んでいない段階での、光の強さのことです」

「もうひとつの意味は？」

「光が十分に強力な者が、白神樹のもとで薫陶《くんとう》を受けていなくても、そのちからを独自の形で行使できる場合があります。そうした独自に身につけた慣習で使う光のちからを指す場合に使います。不正解性の奇跡とも言いますが……これ以上の説明を求めるならこのまま授業をはじめますが？」

「ありがとう、ミズ・マリアンナ。十分だ」

不満げな顔が俺をねめつけてくる。ちょっと試しただけだ。こういう時、すらすら知識が出てくると信頼できそうな気がするだろう。俺の大事な財産を預けるのだ。安心を欲《ほっ》してもいいだろ。

「はぁ、なんだか面倒な保護者ですね……」

「なにか言ったかな、ミズ・マリアンナ」

「いいえ、なにも。さっさとテストをはじめましょう」

アルウはこちらを見てくる。俺はうなずいて返す。

「一般的《いっぱん》な祈祷《きとう》道具です。わたしが奇跡を施しますので、ミス・アルウはこれを握ってください。光が宿っていれば、そのちからで水を生み出すことができるでしょう。ひと口分の水を生成できれば十分才能ありと評価をあげましょう」

アルウは机の上の聖杯に手を伸ばした。膨《ふく》らんだボウル部分をちいさな両手でつつむ。

そうしてしばらく何も起きず、沈黙が流れた。アルウは瞼《まぶた》を閉じて集中している。

「変化なしですか。残念ながら、ミス・アルウ、あなたは――」

マリアンナは言いかけ、口を閉《と》ざした。ぶるぶると震《ふる》える聖杯に気づいたのだろう。ボウルの底、ステムとの接合部分から、水が湧《わ》きだした。すぐさま杯《さかずき》を満たすと、あふれだし、机の上にひろがっていく。アルウはなお強く集中しているようで、湧き出る水は留《とど》まるところを知らない。

マリアンナは言葉を失っているようだった。

机が水浸《みずびた》しになったのち、アルウは聖ジェリコ修道学校への入学を認められた。

◆　◆　◆　◆

入学までの1カ月の期間に俺は準備をするように求められた。具体的には聖ジェリコの制服を買ったり、指定の祈祷道具を揃《そろ》えたり、指定の教科書を買い揃えることである。

どれもこれも高いこと高いこと。教育がビジネスになるとは知っていたが、ここまで値が張るなんて。学校に乗り込んでクレームをいれてやろうかと思ったがアルウに止められた。

一番気に喰《く》わないのが祈祷道具というやつだ。なんでも奇跡を使うために必要な道具らしい。魔《ま》術《じゅつ》でいうところの杖《つえ》みたいなものだろう。グランホーで出会った屍《しかばね》のクリカットは魔力を宿した指輪を使っていたし、風のニンギルで出会った史学者はステッキみたいな杖を所持していた。

まあ一個なら俺だって許すさ。必要なものなのだから。だが、揃えるように指示された祈祷道具は全部で六つだ。これは許せない。既得《きとく》権益のにおいがする。絶対にこんなに必要ない。

「ハンドベルに、グラスに、剣に、弓に、聖典、あと変にデザイン性のあるペン」

俺は道具をすべてそろえて机に並べる。ガラスペンを手に取ってみる。猫《ねこ》がモチーフに施されている匠《たくみ》の逸品《いっぴん》でこれだけで目が飛び出る値段がする。アルウに駄々《だだ》をこねられたので買ってしまったが、本当に値段ほどの価値があるのか……俺は首をかしげ、学校への不信感を募らせる。

いや、別にいまに始まったことではないのだが。聖ジェリコ修道学校。名前の通り、めちゃくちゃ白神樹の影響を受けている。つまり白教の教育が行われている場所だ。白教は魔術を異端としている。あのマリアンナとかいう教師を見たか。魔力という言葉さえ許さない勢いだ。

ウィンダールとその部下たちはそこら辺がゆるい。俺が魔術師を名乗っても気にしない。

俺が地味に抱《いだ》いている危機感は、アルウが聖ジェリコ修道学校の教育で、〝向こう側〟に染まるのではないかというものだ。戦争しているわけじゃないが、白教や奇跡は、向こうがこちらを異端扱いしてくる以上、敵のように感じることが多い。

アルウは辺境で俺と出会った。グランホーの終地は白神樹の威光がほとんど及んでない地域だった。だからアルウは白教にも魔術にも傾倒《けいとう》していなかった。

完全にフラットなところを俺が拾った。今は魔術に傾倒した思想といえるかもしれない。俺のことを慕《した》ってくれているし、俺が魔法使いであることを嬉しく思ってくれているからな。

だが、聖ジェリコ修道学校はそれを塗《ぬ》り替《か》えてしまうかもしれない。教育というのは恐ろしいものだ。新しい価値観を与《あた》えることができる。それは必ずしも良いこととは限らない。特に宗教とガチガチに関連して、教育ビジネスで儲《もう》けるやつらの、思想を塗り替えられそうな教育はな！

じゃあ、アルウを学校に行かせなければいいと思うかもしれない。それはそれでダメだ。あの子のためにならない。じゃなくて、やつの商品価値があがらない。

アルウは導きの英雄としての使命を果たそうとしている。それが彼女の意志だ。俺はそれを止めはしない。そう約束した。先回りして『暗黒の七獣』を倒すことはするかもしれないが、だからといって彼女の歩みを止めることはしない。俺がやることはアルウが歩いている横を気づかれないように駆け抜けて、アルウが通るであろう道に横たわった障害物を破壊することだけだ。

英雄たるちからを手に入れる方法。それを俺が与えてやることができればよかったのだが……それは俺にはできないことだ。だから奇跡の道を歩んでもらうしかない。

すべて俺が悪いのだ。俺がもし魔法をあの子に教えてやることができていれば、俺がつきっきりですべてを伝授して英雄のちからを与えてやれるのに。実際はそんなことできない。魔法は魔法使い族にしか使えない。それはこれまでで実証済みだ。グランホーの頃《ころ》からそれとなく教えてみたことはあったが、無理だった。俺が魔術を使えたらよかったのだが、魔術はまったく習得していない。

そもそも、俺はすべてが浅すぎるのだ。魔法と魔術の違いもよくわかっていないまま、完全に身体に染《し》みついた感覚に頼ってここまで魔法を使ってきた。

「あーくそ、情けない話だ。俺は偉大《いだい》な魔法使い族の抜け殻《がら》にすぎないんだ……」

頭をかき、誰もいない部屋の天井《てんじょう》を見上げる。

聖ジェリコ修道学校には行ってもらいたい。そこでアルウが求めるものを手に入れてほしい。賢いあの子に最先端《さいせんたん》の教育を受けてほしい。でも、白教には傾倒してほしくない。俺のことを慕っていてほしい。自分勝手で、わがままで。あぁなんだか自分自身が嫌いになりそうだ。

俺が矛盾《むじゅん》した思いを抱いているのは、今までちゃんと魔法魔術について勉強してこなかったせいだ。言い訳をするなら、できなかった、という表現もあるが。

グランホーにいた頃は本を見つけるのさえ一苦労だったし、そのあとはずっと旅をしてきた。腰を据《す》えて勉強する時間はなかった。それじゃあバスコに着いてからはどうだろうか？　俺はなにをした？　ウィンダールにもらった生活費で贅沢《ぜいたく》な浪費家《ろうひか》になっただけか？

アホか。今こそ俺もちゃんと学ぶ時だろうに。やはり言い訳だ。俺はサボっていた。

入学までの間、アルウは図書館で良い子に勉強をすると意気込んでいる。いまできる入学のための準備は終わったし、俺も彼女に倣《なら》って学習者として有意義な時間をすごそう。魔法魔術に関する理解が深まれば、魔法をアルウに伝授する方法も見つかるかもしれない。

そういうわけで、俺が足を運んだのは『聖ジェリコ大図書館』である。

修道学校と同じ名前だが、別に校内にあるとかそういうわけじゃない。いわくバスコ最大の図書館だとか。信じられない蔵書数があるらしい。

両開き扉《とびら》を通れば、すぐにだだっぴろい読書スペースの向こう側にずらーっと本棚《ほんだな》が並んでいる光景が広がった。近くには白神樹の騎士らしき者もいる。警備かな。

この規模感の図書館なのか。わくわくしてきた。絶対に魔導書はあるだろう。魔法魔術の知識を深める、あるいは思い出すために大いに役に立ってくれるはずだ。

「ひぇぇぇ、とんでもねえ悪人面のやつが入ってきたぞ……!?」

「べ、べべべ、別の場所いきましょ」

通りかかっただけで、みんな遠くの席に移動しはじめる。快適だ。通路の先になんの障害物もない。とても歩きやすい。本棚をずーっと眺めていく。眺めていく。眺めていく。

そうしてどれだけ経《た》っただろうか。時間がかかるとは覚悟《かくご》していた。広大な図書館のなかから、貴重とされている魔導書を見つけるのは簡単ではないだろうから。

しかし、こんな見つからないとは思わなかった。魔術の『魔』も見当たらない。

俺はしびれを切らして、司書を頼ることにした。

「ひえええええ⁉　やめてください、命だけはぁぁぁあ‼」

「騒ぐんじゃねえ、ほかの来館者の迷惑《めいわく》だろうが」

「そんな悪人面で常識的⁉」

図書館で騒いではいけません。

「魔導書を探している。どこかの本棚にまとめられているのか？　全然見当たらないんだが」

司書は目を見開いた。信じられないものを見る眼差しだ。いや、さっきから信じられない殺人鬼を見る目はしていたが。いまは「よくそんなこと言えましたね⁉」みたいな雰囲気《ふんいき》だ。

「あ、あのぉ……聞き間違い、でしょうか？　いま魔導書、と？」

「そうだ、魔導書だ。俺は魔導書が読みたい。高価な蔵書だから、どこかに別で保管されているとかなんじゃないのか？　そういう話は聞いたことがある」

特別な本は普通《ふつう》の本棚にない。十分に考えられる。

「本当に魔導書を読みたいのですか……失礼ながら、もしやあなた、魔術師ではないですか？」

「そうだが」

これまた司書は目を大きく見開き、いまにも叫《さけ》び出しそうにする。

俺はその顔から察する。白教は魔術師を忌避していた。であるならば、その白教の総本山であるバスコ、そこの図書館に魔術師に関する蔵書はなく、禁忌《きんき》とされていて、ましてや魔術師というだけでワンチャン騎士に突き出される可能性が……あるのではないか、と。魔力という言葉さえムッとされるくらいだ。絶対そうだ。ミスった。今更《いまさら》気づいてもすべては後の祭り。捕《つか》まったらまたウィンダールに助けてもらおう。そうしよう。

先々の展開まで考えていたところへ、高い声が割り込んできた。

「あははー、まったく君は、またそんなイタズラをしているのかね！」

言って登場したのは、中折れ帽子《ぼうし》をかぶった白い髪の女だった。颯爽《さっそう》とあらわれては、俺と司書のあいだに薄い身体で割ってはいってくる。

「いやはや、失礼、司書さん、彼は魔術師を名乗ってひとを驚《おどろ》かせるのが好きなのだ！」

「はっ、そ、そういうことですか……本当に悪いイタズラです、やめてください」

「連れがすまないね。さあ行こう、もうこんなことしちゃだめだよ～」

言いながら白い髪の女は俺の腕《うで》をひっぱって、カウンターから離れた場所へ。

こいつは見覚えがある。風のニンギルの時の――。

「カーク、だったか？」

「おや？　僕《ぼく》の名前を憶《おぼ》えていてくれたんだね？　ふっふー、やっぱり僕って会う人会う人に鮮烈《せんれつ》な印象をあたえてしまうんだねえ。カリスマというのかな」

「まさかまた会うとは思わなかったな」

「僕もだよ、羊学者くん。しかし、まさか君があんなおっちょこちょいだったなんて。君を見つけて、しばらくその凶器《きょうき》のような顔に震えていたら、司書に『魔導書を見せろ』だなんて言いだすから、スルーするつもりだったのに出て行っちゃったじゃないか」

「スルーするつもりだったのかよ」

「当然だろう？　あまりに恐《こわ》くて話しかけられないよ」

カークは鼻をならし、肩をすくめて「何を言ってるの、いやだな、そんな当たり前のこと」みたいな、腹が立つ表情をしてみせた。

「ひえ、に、睨んでるぅ、な、なな、なにか気に障《さわ》ること僕が言ったのかい……!?」

「睨んでない。これはデフォルトだ」

「では、オプションの笑顔をみせてくれないか？」

俺は口角をあげて微笑《ほほえ》んだ。カークの顔から血の気がひき、わなわなと首を横にふりだした。

「うあぁあぁあああ‼」

「こら、そこ、図書館では騒がないでください」

司書がムッとした顔でこちらを見ていた。俺はぺこっと頭をさげておく。

カークは恨めしい目で「君のせいで怒られた！」とほざきだす。

「いまの笑顔、震えがとまらないよ……一家に押《お》し入って両親を殺害後、子供部屋にてタンスに隠《かく》れていた子どもを見つけたときの顔をしていたよ、君」

震えるカークをもっと脅《おど》かして楽しめそうだったが、やろうと思えば永遠にできそうだったので、ここら辺で今日のところは勘弁《かんべん》してやることにした。

「バスコに魔導書は存在しないよ。すこし考えればわかるだろう？」

「あぁわかっていたさ。気づくのが3秒くらい遅《おそ》かったが」

「やれやれ、せっかくこの僕が、偉大な史学者として重要な歴史の真実を教えてあげたのに〜」

カークは平らな胸を張って、ふふーんと自慢《じまん》げに振《ふ》る舞《ま》う。調子のいいやつだ。

「魔術師であることは必要に迫られないかぎり、伏《ふ》せておいたほうがいいよ。特に白教の影響力が強い場所ではね。わかっている通り、ここは風のニンギルよりずっと白教の勢力が強いから」

「覚えておこう」

「ところで魔導書を探していたみたいだけど、新しい魔術の道を開拓《かいたく》しようとしているのかい？」

「というよりは基礎《きそ》から魔法を勉強し直そうと思ってる」

「え？　魔法？」

「言い間違えた。魔術、だ。やれやれ、まどろっこしい」

「魔法と魔術は全然ちがうものじゃないか。そんな初歩的なこともわきまえていないのかい？」

カークは指を立ててマウント講釈《こうしゃく》モードに入ろうとしている。顔がウキウキだ。

「俺の師匠《ししょう》はがさつでな。感覚派だったんだ。ちゃんと理論を教わらなかった」

「それなのに暗黒の羊をカチンコチンにするほどの大魔術を扱えるんだね。君って天才なの？」

「どうだろうな。お前はちゃんと勉強したタイプか」

「もちろん、師匠のもとで20年以上修行を積んだんだ」

「20年？　その若さで？」

「僕の師匠は、育ての親でもあるからね。僕は生まれた時から魔術の道を歩んできたのだよ、羊学者くん。どうだい、すこしは敬う気持ちが湧いてきたかね？」

魔術師の家系かなにかなのだろうか。

「この超《ちょう》一流の魔術師である僕が、羊学者くんに正しい魔術知識をさずけてあげてもいいよ♪」

せっかくなので聞かせてもらうことにした。正しい魔術知識とやらを。

「お前、お節介《せっかい》焼きだな。暇《ひま》なのか？」

「せっかく教えてあげようとしているのにその言い草⁉　いや、時間はあるけどさ。君に教えてあげるのはひとえに親切心さ。あとは星の導きが僕たちを巡り合わせた、そのお祝いかな？」

カークは席について、トランクから本を数冊取りだす。魔導書だ。

「まず魔法だけど、これは魔術の原典たちのことだ。原典たる魔法は、複雑な理論と、法則の力を持ちすぎていた。魔術はそんな過ぎたる魔法原典を、分割して使いやすくしたものさ」

言われてみればそんなことが書いてあったな。俺はバッグから『魔術の諸歴史　初版』を取りだす。グランホーで行商からたまたま手に入れた本だ。歴史と魔術に関する網羅《もうら》的な知識が載《の》っていた。

「だから、人の身で魔法を使えば、その法外な発動消費に耐《た》えられず、蒸発してしまうらしい。かつて魔法使いの弟子に試した者がいるとかいないとか」

「危ないことこの上ないな」

魔法の分割、か。魔法にはひとつのなかに様々な作用が含《ふく》まれている。『銀霜《ぎんしも》の魔法』ひとつとっても、自分の周囲に渦巻《うずま》く羊の群れを掃討《そうとう》する範囲攻撃《はんいこうげき》の使い方や、遠くにいるデカブツを狙《ねら》い撃《う》つ一点遠隔《えんかく》攻撃の使い方がある。これをそれぞれ別々の魔術として分割すれば、発動者の負担は減る……のかもしれない。だとすれば、分割という表現は言い得て妙《みょう》だ。

「おや、なにか持っているね。それは君の魔導書かい？」

俺が取りだした『魔術の諸歴史　初版』に食いついてきた。

「魔導書……の分類ではあるのかもな。魔術の使い方が載ってるわけじゃないが」

「ほむほむ。ずいぶんと古い本に見えるね。少し見せてもらえるかな。――――うわ、こ、これは『魔術の諸歴史　初版』じゃないか⁉」

「珍しいものなのか？」

「珍しいなんてものじゃないよ。これは幻《まぼろし》の本だよ」

カークは周囲をチラチラ見やり、誰も俺たちのまわりにいないことを確認する。

「白神樹の名のもとに禁書に指定されている本だ。２００冊ほど製本されたが、ほとんど燃やされているんじゃなかったかな。僕も師匠の家で、半分焼けた同じ本を見たことあるけど、まさかまともに読める状態で現存しているなんて」

カークは早口でまくしたて、感心したようにページをぺらぺらめくる。

「ん、なんだか、すごいシミがついているね。でも仕方ないか、２００年以上前の本なのだし」

「あぁそのシミは俺が茶をこぼした時のやつだな」

「信じられないよ、なんて酷《ひど》いことをするんだ、君はこれの貴重さがわかっているのかい？」

「学がないんだ。なんでこれが禁書なんだ。たいしたことは書かれていなかったように思うが」

「君はなんというか、浮世離《うきよばな》れした知識体系だね」

カークは口もとに指をあて、懐疑《かいぎ》的な表情をしている。何か失言をしたか？

「まあいいか。仕方ない、辺境の地でならままあることかもしれない」

「……なにかおかしなことを言ったか？」

「いいや。むしろおかしくないから感心しているんだよ」

カークは『魔術の諸歴史　初版』を眺めながらうなずき口を開いた。

「歴史の話をしよう。巨人戦争。いまから250年ほど前に終結した戦争だ。諸族のリーダーだった魔法使い族は消えた。では、聞くけど、現在バスコを支配し、星巡りの地を治めているとうたう白神樹の勢力、および神族を名乗る彼らはこの戦争に参加していたと思うかい？」

神族。ルガルゾデアやルガーランド、そしてルガルニッシュ王らのことだろう。

そういえばこいつら俺の本に出てこなかったな。

「これがシンプルな理由だよ。これが発刊されたのは625年。戦争が終わってから半世紀もすぎてない。情報として正しすぎるんだ。それゆえに偽《いつわ》りの神々が当時いなかったことが記されてしまっている。魔法使い族が諸族を率いたとあるが、この記述ではまるで彼ら神も、魔法使い族の下に集っていた諸族の一員みたいだろう？　これでは支配者として都合が悪いんだ」

すごく危険なことを聞かされている気がするのは気のせいだろうか。

「白教が伝えているストーリーでは、魔法使い族は神の盟友なんだ。諸族連合だけでは収拾がつかない過酷《かこく》な戦争をどうにかするため、神は諸族のために手を差し伸べたとされている。その上で巨人戦争を終結へ導いた、とね。神がまるで巨人戦争以前からずっとあったみたいな扱いだ」

1カ月前、ルガーランドに呼びだされた時も、そんな風に言っていた気がする。

「逆に聞くんだが、神族には魔法使い族に並ぶほどの力はないのか？　ずいぶん強力にみえたんだけどな。神々《こうごう》しくて、嵐《あらし》のようで、抗《あらが》いがたい」

「さあ、それは実際、両者をぶつけてみないとわからないけど、でも、僕が調べたかぎりでは、彼ら神族は、というか、現在、真なる神を名乗っているルガルニッシュ王は、元々人間なんだ。魔法使い族と渡《わた》り合えるかは怪しいと思うけど」

「？　神じゃないのか？」

「神なんかじゃないよ。驚くなかれ。彼は人間だし、かつ魔法使いの弟子のひとりだった」

カークは満足そうな顔で自信ありげに語った。

うーん、やはり、まずいことを聞いているな。これ、神たちが聞いたらすごく怒りそうだ。

「魔法使いの弟子なら神になれるのか？」

「そうじゃないと思う。たぶん純白立方体《アルバスキューブ》を手にした者が神になるんじゃないかな」

純白立方体。噂によれば神殿上層、神の一族が住まう場所にそれはある、らしい。

白教の信仰の対象物のひとつであり、白神樹と同一視されるものでもある。ルガーランドが俺に説教する過程で白教については地味に詳しいのだ。なので純白立方体のことは知っている。

「純白立方体こそは本当の意味で神のオブジェクトだと、僕の師匠は教えてくれたよ。君と名を同じくする魔法の王が、それに興味津々《きょうみしんしん》だったともね。まあ、とにかく僕が思うのはこうだ。あの立方体がもたらす力を享受《きょうじゅ》するルガルニッシュ王や、その子供たちまで神というのは、自分たちを大きく見せるために、強い言葉を使いすぎなんじゃないかな、とね」

当局にバレれば扇動者《せんどうしゃ》として逮捕《たいほ》されそうな内容だ。

ただ、ちょっと信憑性《しんぴょうせい》がある気もしなくもない。俺は日記を取りだし、喋りたりないカークがぺらぺらと口を動かしている傍《かたわ》らでページをめくる。

アルバス・アーキントンの日記にはルガルニッシュ王に対する冷めた所見が散見される。

例えばこの一文『ルガルニッシュは神になったらしい。まったくお笑いだ。』。しれっと書かれた一文だが、これは巨人戦争終結前に、ルガルニッシュ王が存在しアルバスが認知していたことを示す文だ。冷笑《れいしょう》しているニュアンスがある。長い眠りから目覚めたら、かつての弟子が神を名乗って、世界の支配者として君臨していたと思えば、たしかにちょっとお笑い種《ぐさ》かもしれない。

「ん？」

気配を感じ、俺はふと顔をあげる。ぺらぺら喋っていたカークが、俺の手元の日記をのぞきこもうとしていた。俺はパタンと日記を閉じてバッグに詰《つ》めこむ。

「ねえねえ、それなに？」

「個人情報だ」

「使われている紙、前時代の羊皮紙だよね？　表紙も年季がはいっている。古い本に違いない。歴史的な価値のある記述があるかも！　見せてはくれないかい？」

「だめだ。ただの日記だ。それも俺の日記だ。なんでもかんでも興味をもつんじゃない」

「ふーん、まあ、君の日記を見たって史実を見出すことは難しい、か」

カークは口をへの字に曲げて、乗り出していた身体をもとにもどす。

「しかし、カーク、お前は本当に史学者なんだな。正直なところ俺は知りすぎてしまったあまり、今後どこかで存在を抹消《まつしょう》されるんじゃないか、とヒヤヒヤしているんだが」

「あはは、たしかに。あっ、わかっていると思うけれど、こんなこと白教の聖職者のところや、神殿にいってわざわざ演説してはいけないよ？　僕たちがいま話した内容は、異端的で、危険なものなんだ。僕は君が相当のめり込んでいるタイプの魔術師で、白教に対して懐疑的にみえたから、同《どう》胞《ほう》のよしみで教えてあげたんだからね」

そりゃそうか。こんな歴史観、神々への挑戦《ちょうせん》にほかならない。政府を転覆《てんぷく》させようとする革命家や思想家みたいだ。王子たちはもちろん、白教も騎士団もカンカンに怒るだろう。

そもそもカークが正しいという前提だって疑うべきだ。個人的に打ち明けられたから、なんだか世界の真実を知ったような気分になっているが、ほとんど陰謀論《いんぼうろん》だ。すべてはこいつの妄想《もうそう》で、作り話で、自分を大きくみせるためにデマを流して楽しんでいる可能性さえある。本当かどうかはさておき、この話は頭のなかに留《とど》めておいて、あんまり外に出さないほうがよさそうだ。

「そうか。いや、勉強になった。本当に。感謝する。世界が広がった気がする」

「ふっふっふ、良いんだよ。歴史の真実を知った者よ。なにかわからないことがあれば、この魔術師カークになんでも聞くといい。存分に頼るといいさ♪」

えっへん、とカークは再び起伏《きふく》のない胸を張って自慢げにした。

「ずいぶん話をしたな。だが、そろそろ帰らないとだ。ここには魔導書もないみたいだしな」

「そうかい。それじゃあ、楽しい同胞とのおしゃべりもおしまいか」

カークはすこし寂《さび》しそうにいう。

「そういえば、お前はここで何をするつもりなんだ」

「ん？　あぁ僕は……大事な調べ物をするんだよ。手伝ってくれてもいいんだよ、羊学者くん、助手がいたほうが仕事もはやく進む」

俺は「遠慮《えんりょ》しとこう」と言って、荷物をまとめて席を立った。

すると、カークが名残惜《なごりお》しそうな顔をして「あぁ……」と手を伸ばしてきた。

「どうした？」

「よかったら史実研究の資料として、そのぉ、『魔術の諸歴史　初版』をだね、その……」

カークはチラチラと俺のバッグを見てくる。わかりやすいやつめ。俺はため息をつき、本を渡してやった。彼女は目を輝かせ、本を受け取ると、にへらーっと笑い抱きしめる。

「正直、その本、処分しようと思っていた」

「うぇえ⁉」

日記と違って、あまり読み返した記憶《きおく》がない。異世界において本は貴重だというから、念のため資産になるかな、くらいの温度感でグランホーの終地から旅立つときに荷物に詰め込んだ。

「俺より価値のわかっているお前が持っていたほうがいいだろう」

「羊学者くん……ありがとう、大事にするよ‼」

在庫処分に近しい感覚だったが、思ったより喜んでいるようだ。

「そうだ、羊学者くん」

「まだなにか欲《ほ》しいのか？」

「そんな物乞《ものご》いみたいに扱わないでくれたまへよ。おほん、君はしばらくバスコにいるのかな」

「しばらくいるな。この街は快適だから、もしかしたら一生だ」

「ほう。それじゃあ、もしもっと魔法魔術について勉強をしたいと望むのなら、感覚派の天才だった君に、理論と知識を備えた僕が、基礎から教えてあげてもいいよ♪　さっきは魔法と魔術の違いを教えただけだし、君の修学意欲は満たされないだろう？」

カークは本をぺらぺらめくってご機嫌《きげん》にそんなことをいう。なるほど。魔法魔術の知識は、しっかりと修行を積んだ魔術師にご教授願うのが一番いいか。

渡りに船の提案だったので受けることにした。思わぬところで師匠が見つかった。

◆　◆　◆　◆

カークの授業を受けてみると、彼女の魔術知識が体系的に整理されたものだとすぐわかった。おかげで聞いているうちに触発《しょくはつ》され思い出していく。乾《かわ》いた絵の具のように機能を失っていた知識たちが、水を得て鮮《あざ》やかに蘇るかのように、彼女の言っている言葉がすんなり理解できる。法則を媒介《ばいかい》する魔力と、式にそって流れを築く手法、宇宙と星空にある魔術の本源的な要素、すべてが繋がり体系を成していく。じわーっと脳が活性化していき、神秘の胎動《たいどう》が力強くなる。

魔術とはそのすべてが分割と劣化《れっか》の作業。思い出した。最初は意欲的なものと選ばれし才能あるものにだけ独占《どくせん》されていた魔術は、争いの道具としてちからをもち、戦争を通して大衆化、大発展を迎《むか》えた。より細かく分けられたパーツは、魔術として諸族連合が扱えるように調整された。

「ちょっと待って羊学者くん、本当に物覚えがいいね？　まるで全部わかってるみたいだ」

「感覚派だが、一応、知ってはいるからな」

「ふーん、そういうことだとは聞いてたけど……物分かりが良すぎて教え甲斐《がい》がないような……」

ゆえに俺も魔術を使える。なんなら魔法より簡単に。魔術の利用には魔法を使うためにいつも使っている一定の符号《ふごう》すら用いる必要がない。符号はあくまで『棚《たな》の番号』でしかない。

俺は……アルバス・アーキントンは果てしない数の魔法を習得していた。開発した魔法が多くなりすぎて、久しぶりに使う魔法なんかは、記憶の深いところから使い方をひっぱりだすのに時間を要した。そこで俺は編み出したのだ。符号による魔法の検索《けんさく》方法を。

指を鳴らす、地面をたたく、目を見つめる、さまざまな動きに魔法を連動させ、検索方法を簡略化した。それが符号魔法のはじまりだ。のちにこれはほかの魔法使いたちにも広まり、魔法法則の一部に昇華《しようか》されることになった。

「そうして、魔法法則はすこしずつ魔法使いたちによって形を変えていったんだ」

「あれ？　おかしい、いつの間にか僕が授業を受ける側に……？」

「なにか質問はあるか、カーク」

「えーっと、それじゃあ――」

俺はカークの授業を一日受けたあとには、かつての多くの知識を蘇らせることに成功していた。

知らずのうちにカークに講義をはじめるくらいには自信があふれていた。

その結果、俺は思いいたった。アルウに魔術を教えたい、と。

「カーク、お前、弟子をとるつもりはないか」

「弟子、かい？　弟子なら羊学者くんがいるけど」

「やめろ、俺はお前の弟子を名乗りたくない」

「なんでえ!?」

知識がそれなりに復活したおかげで俺がアルウを教えることはもうできるとは思う。だが、不安は残る。

どこまでいっても、俺は魔法使いだからだ。魔術師のようにゼロから知識をつけて神秘の技を修行したわけではない。魚は人間に泳ぎ方を教えられない。人間に泳ぎ方を教えられるのは、泳ぎ方を身につけるためにプロセスを経た人間だけなのだ。

「まあ羊学者くんは弟子というより助手という感じがあるかぁ。超一流の魔術師として教え子のひとりくらいいても良いかもしれないね」

「俺が預かってるエルフの少女なんだが、要領がよくて、賢くて、可愛《かわい》い。すごく良い子だ」

「後半の情報は羊学者くんの主観まみれだから、いったん触れないでおくとして、エルフなことはとても良い素質だね。魔術師として見た場合」

「そうなのか？」

「種族にはそもそも魔法法則を繰《あやつ》るにあたって適性の差があるんだよ。魔力指数というやつさ。指数2が魔法使い族で、指数3がエルフ族だと言われている。人間族は指数4だから、エルフ族というのはそれだけで人間族より魔法使い族に近い神秘の才能をもっていると言えるね」

「そうか！　それは良いことを聞いた！」

「食いつきすご……っ⁉」

後日、俺はアルウを連れて、カークの宿屋をたずねた。

「インチキ魔術師のくせに良い宿屋に泊《と》まってるな。生意気だ」

「なんてことをいうんだい、君は」

アルウの背を押す。彼女は俺の手をぎゅっと握っているが、勇気をもって口を開いた。

「アルウです。よろしくお願いします」

「よろしくね、アルウくん。僕はカーク。羊学者くんとは同志でね。君に魔術について教えるように頼まれたんだ。なにせ僕は超一流の魔術師。君のことも立派な術者に育ててあげよう‼」

得意げなカークのことをアルウはしばし見つめ、こちらを見てくる。

「なんか頼りない……やっぱりアルバスに教えてほしい」

「ちょ、先生の前でそんなこと言わないでおくれよ⁉」

流石《さすが》はうちの子だ。この女のどことなく漂う頼りなさを見抜《みぬ》くとは。

「でもな、アルウ、こいつは見た目や振る舞いがポンコツなだけで、中身はそれなりに詰まってる」

「羊学者くん、擁護《ようご》するならしっかりやってくれるかい？」

「アルバスがいうなら我慢《がまん》する……」

「君たちなんかよく似てるね、他人を貶《けな》す方法とかさ！」

先生の威厳《いげん》のなさに問題は抱《かか》えつつも無事に授業はスタートする。

「まずはアルウくん、君の実力を見せてもらおう。自然魔力を身につけていたりしないかい？」

「自然魔力？」

「神秘のちからを何らかの形で放出することさ。魔術を学んでいなくても、素質や、生まれ育った環境、慣習で魔力を操《あやつ》れてしまうことはままあるからさ」

アルウはしばし考える。俺はアルウの手首に巻いてある木の皮で編んだブレスレットを指差し、彼女に気づきを与えてあげた。彼女はハッとしてカークにブレスレットを見せる。

「チャームを作れるよ。これは『身代わりのチャーム』。大事なものを守れるの」

アルウは俺にも『身代わりのチャーム』というものを作ってくれたことがあった。

小枝やちいさな動物の骨、小石や木の皮をよってつくったお守りは、確かに効果を発揮した。

あの時……猟犬《りょうけん》のコンクルーヴェンがアルウをさらい、集団墓地のカタコンベに連れ去り、儀式《ぎしき》の生贄《いけにえ》に利用した。アルウは無事だった。代わりに俺の『身代わりのチャーム』が壊《こわ》れていた。

のちのちになって、俺のつけていた『身代わりのチャーム』のおかげで、あの時アルウが助かったのだと気づいた。チャームは代わりに砕け、俺の重要な資産が失われるのを防いだのだ。

そういうわけでアルウは元から神秘の道具をつくる自然魔力をもっていたのは明白である。

「魔力は各地で慣習的に伝えられるものも多い。森のエルフたちにそういう慣習があるかはわからないけど、魔術と認識せずに伝えている可能性がある。アルウくんのチャーム作りも魔術と認識されていない魔術だろうね。それは立派な自然魔力だ。あるいは秘術のくくりになるかもだけど」

カークはアルウへステッキを渡す。アルウは首をかしげながらそれを受けとる。

「魔術の基本はなにはともあれ実践《じっせん》だよ。これから君に教える魔術『星空の魔術』のうち、もっとも初歩的な攻撃魔術を放ってみよう。緊張しないで、魔術式にそって出せばいいだけだよ」

「攻撃魔術だと？　そんなのここで使って大丈夫か？」

「問題ないよ。射程など皆無《かいむ》に等しい技だ。壁端《かべはし》に立てば反対側に攻撃が届くことはないさ」

カークに促《うなが》され、魔導書を片手に、アルウはステッキを構える。使い込まれたステッキの先端を念のため窓のあるほうへ向けつつ、アルウは集中するように目を閉じた。

「集中……入学テストのときみたいに……」

「見たまえよ、羊学者くん、魔力の波動を感じないかい」

「あぁ、けっこう強いんじゃないか。ピリピリ感じる」

「本当だよ。教科書通りに魔力を誘導《ゆうどう》しているだけなのに、力があふれてくるみたいだ！」

俺はアルウから少し離れつつ「なあ、カーク」と声をかける。

「なんだい、羊学者くん」

「ちょっと魔力が高まりすぎてる気がするんだが。窓側の壁の命が心配だ」

「そうだね、羊学者くん、僕も感じてたよ。アルウくん、ちょっと一旦《いったん》ストッ――」

「攻撃魔術の一『星のつぶて《スタールライン》』」

アルウはキリッとした顔で、収束した魔力を解き放った。

きらめく星が砕けて、散弾《さんだん》のようにはじけ、大通りに面した壁を破壊する。

すべてが収まった。アルウは口元を震えさせ、涙目でこちらを見てくる。

「アルウ、大丈夫だ、すこし風通しはよくなったが……うん、大丈夫だ」

「うわああ‼　僕の部屋が‼　これじゃプライバシーも何もないよー‼」

カークはワンワンと泣き出した。

◆　◆　◆　◆

俺はウィンダールのもとに足を運んでいた。騎士団本部の個室に通され、お茶を出される。

「急に来てどうしたのだ、貴公」

「実はおおきな金が必要になってしまってな。金を貸してほしんだ」

「なるほど、どうりで久しぶりに会う友達《ともだち》に金をせびる債務者《さいむしゃ》のような顔をしていると思ったよ」

ウィンダールの視線は縮こまっていたカークにとまる。彼女はぺこりと頭をさげる。

「こんにちは、カークといいます……」

「これは丁寧《ていねい》にどうも。アルバス殿、こちらの女性は？」

「こいつは気にするな。でだ、ウィンダール。金の工面《くめん》理由なんだが、その、ちょっとした手違いで宿の部屋を破壊してしまった。そして、わりとしんどい額の請求《せいきゅう》を受けてしまってるんだ」

賠償《ばいしょう》責任をカークになすりつけて逃げることも考えたが、冷徹《れいてつ》な利己主義者である俺のなかに残されたわずかな感情が、それを妨《さまた》げた。アルウが壊してしまったものの責任をとるのは、奴隷《どれい》の主人たる俺の役目でもある。そのため「ぜ、絶対逃がさないよっ!!」と、コアラみたいにしがみついてきたカークのためにも、どうにか金を工面できないか国家のちからに頼ることにしたのだ。

事情を話すと、ウィンダールは深くため息をつき、訝《いぶか》しむ眼差しを向けてきた。

「なんの手違いがあればそんなことになるのやら」

「いろいろあるんだ。魔術師にはな」

「アルバス殿、私は他人の嘘を見抜く能力に優れているわけではない。しかし、いまの貴公からは誤魔化《ごまか》そうとする意志を感じる。なにかやましいことをしていたのか？　正直に話せば、いくらでも手を貸してやれる。欺《あざむ》こうとするのは得策じゃないぞ」

「はわわ、羊学者くん、誤魔化しきれないよ……!!」

「静かにするんだ、カーク、いいな」

「僕たちがこっそりアルウくんに魔術を教えようとしたことがバレてしまうよ!!」

「いますぐ口を閉じろ」

べらべらすべてを喋りだすカークの口を俺は無理やり押さえようとする。だが、自立式ノイズメーカーは抵抗《ていこう》してきたので、そのやかましい声をすぐに塞《ふさ》ぐことができなかった。

「うぁぁあ‼　おしまいなんだ、僕たちは魔術師であることがバレて、あまつさえ修道学校に入る子供に魔術を教えようとした異端者《いたんしや》の罪で裁かれるんだぁ‼」

「ええい、なんで俺はこいつを連れてきてしまったんだ、いいから、もう黙れ！　ぽんこつ‼」

暴れるカークを背後から羽交《はが》い締《じ》めにしてようやく大人しくさせる。

「はぁ、だいたいのことはわかったよ、貴公だけでなく、カーク殿もまた魔術師ということも」

「くそ、さっさと殺すべきだったか」

最悪なことになった。別に俺たちが魔術師なことはバレてもいい。俺に関しては自己申告済みだしな。問題なのはアルウのことだ。

「入学は取り消しとかになったりするのか」

アルウが入学する予定だった聖ジェリコ修道学校。ハイレベルな教育を受けられるその学校で、英雄うんぬんは置いておいてもあの子に教養と奇跡を身につけてほしかったが……魔術に片足突っ込んだ状態で受け入れてもらえるとは思えない。アルウはもう異端扱いされてしまうだろう。

「頼む、ウィンダール、あの子はこれまでひどい生活をしてきた。学校にいって、まともに生きてほしいんだ。同年代の子と交流したり、しっかりとした教育を受けたり」

「なにか勘違《かんちが》いしているようだが、私は別におおきな驚きを得てはいないよ、アルバス殿」

ウィンダールは冷静な声でいう。

「貴公は魔術師だ。ゆえアルウ殿が主人である魔術師の教えを受けているとしても何もおかしくない。貴公はもとより、魔術と奇跡、2つのちからを授《さず》けようとしていたのだろう」

いいや、と答えようと思ったが、正直に返事をする必要はない。

言われてみれば俺は魔術師という体《てい》でウィンダールたちには通してあるのだった。

「もっとも公《おおやけ》にする話でもない。貴公もそのつもりでこれまで話題にしなかったのだろう」

「そうだな。うん、完璧に完全にそういうことだ、よくわかっているじゃないか」

「しかし、これからも秘密裏《ひみつり》に修練されるとなるとやや不安だ。私はルガーランド様のように、魔術に対して寛容《かんよう》ゆえ、何も言いはしないが、導きの英雄が魔術師でもあるとなると、白教としては面白《おもしろ》くない。その秘密はけして軽いものではないと知っておいたほうがいいだろう、貴公」

ウィンダールは秘密の共有者として、いくつか提案をしてくれた。

「実はルガーランド様がアルウ殿にそれらしい提案をしたいとおっしゃっていてな」

ウィンダールが話してくれた誘《さそ》いは、まさに渡りに船と言えるものだった。俺はそれらの案にがっついていることが悟《さと》られないように「悪くない」くらいの温度感で乗っかった。

数日後、俺はカークを連れて、ルガーランドに謁見《えっけん》を許された。

白い石柱が屹立《きつりつ》する玉座の間、その少年は玉座の手前、本来なら人間が膝を折り、かしずくべき高さの地面に簡素な椅子《いす》を3つ置いて待っていた。

うちひとつに腰を落ち着け、その向かい側に2つ空席がある。そこに座れという意味なのは明白だ。以前、俺が苦言を呈《てい》したから配慮《はいりょ》してくれたのか。なんと寛容な神さまなのだろうか。

「ひえぇ……か、神さまだ……ルガーランド王子だよ……っ」

カークは震えあがり、いまにも吐《は》きそうな顔で俺の手を握りしめてくる。

おかしいな、ウィンダールに誘われた時は「ふっはっは、とうとうこの僕の実力が認められ、神のほうから会いたがるようになるとは！」とか、肩をぶんぶん回しそうな勢いだったのに。いままでは借りてきた猫みたいに俺を部屋の隅《すみ》と勘違いして身を寄せてくるではないか。

「羊学者くん、先にいっておくれよ……仲良いんだろ？」

「そうでもない」

ルガーランドと会った回数なんて、片手で数えられる程度だ。

「やあ、久しぶりだ、貴殿。今回は同じ高さにしておいたよ」

気さくな態度の美少年は、手で席を示した。

「気を使ってくれて感謝する」

腰をおろす。カークもそそくさと隣《となり》に座った。

ルガーランドの蒼瞳《そうどう》が震えるカークを見やり「貴女《あなた》が魔術師カークかい？」とたずねた。

「そ、そ、そうですとも、ぼ、僕がカーク……です。で、でも、全然悪い魔術師じゃないです、心の清い、何も後ろめたいことはない、善良な白神樹の民《たみ》です」

おかしいな。以前、図書館で「彼らは偽りの神なのさ！」と意気揚々《ようよう》と語っていたはずだが。史学者として己《おのれ》の歴史理解にプライドとかないのだろうか。

「ぼ、僕は殺されるんですか……？　知りすぎたばかりに消されるのですか？」

ついに涙をぽろぽろ流し、カークは己の行く末を神に求めはじめた。

ルガーランドはあっけらかんとした表情で「どういうことだい？」と問いかえす。

「なにか悪いことでもしたのかい？」

「ルガーランド、こいつのことは気にするな、よく様子がおかしくなるんだ。臆病《おくびょう》すぎて、意味不明な発言をすることがあるが、半分くらい聞き流せば、人間扱いできないこともない」

「そっか。まあ、仕事を遂行《すいこう》する能力があるのなら問題はないよ」

カークは頭の上にクエスチョンマークを浮かべ、「仕事、を遂行する能力？」と首をかしげた。

「おや、彼女は聞いていないのかい？」

「聞いてたはずだが……いや、待てよ」

そういえば、こいつを羽交い締めに黙らせた時、あのまま締《し》め落としていたんだったか。

白目を剥《む》いて気絶していたせいでウィンダールの話を聞いていなかったのだろう。

「もしかしたら事情を把握してないかもしれない」

「ダメじゃないか、貴殿、大事なことは周知しておいてもらわないと。ほら、お嬢《じょう》さん、そんなに怯《おび》えなくていいんだよ。なにも恐くないからね」

優《やさ》しい声でルガーランドは語りだす。俺たちを呼んだ理由を。

「貴殿らにはぜひ禁書庫の整理を手伝ってもらいたいんだ。神殿の禁書庫は魔術師狩《が》りの時代、それ以前から、膨大《ぼうだい》な書物が蓄積《ちくせき》されつづけてきていてね。なかには魔導書と言われる品も多い。一方で、歴史解釈《かいしゃく》を歪《ゆが》める書物もある。ぼくはそうした書物を読むのが好きだけど、それは神ゆえに許されていることなのだよ。常人には目を通すことは決して許されない」

ルガーランドは指を立て「でも」と強調する。

「でも、魔術師なら別だ。そもそも、貴殿らは異端者だ。アルバス殿なんて信仰心の欠片もなければ、初対面の時にはぼくに暴力をふるいすらした」

「それはちょっとした事故だ」

「大丈夫、別に気にしてないよ。むしろ好ましく思う。白神樹への叛逆《はんぎゃく》を平気でくわだてそうで」

ルガーランドは笑みを深める。神ジョークだろうか。

「ぼくは魔術師に寛容な神さまだ。魔術師狩りの時代を終わらせたのもぼくだ。だから、異端の力をもつ貴殿らが、もし魔法使いの弟子、あるいはその系譜《けいふ》にあたる術師で、白神樹とは異なる歴史観をもっていたとしても、ぼくは目をつむる。考え方はそれぞれだ」

含みのある言い方だ。歴史に何通りかが存在することを認めているような……そんな言い回し。

「当初の誘いというのは、禁書庫の魔導書を閲覧させることを条件に、貴殿らにぼくの仕事を手伝ってもらうことだった。ついでにアルウ殿にぴったりな魔術でも見つけてもらおうと思ったんだ」

「ルガーランド様は、アルウくんに魔術を修めさせることに同意してくれるのですか？」

「逆にまだ魔術を授けていないの、って感じだけど。アルウ殿には魔術の適性がないからなのか、あるいはアルバス殿に魔術を教える能力がないのか、どっちなのかと思っていたよ」

「事情があったんだ。でも、もう解決した」

「それは朗報だ。前提として聖ジェリコに通うのは素晴《すば》らしい選択肢に違いない。でも、禁書庫の魔導書を手に取るのもまた道だ。アルウ殿は指数の高いエルフ族だしね」

彼は禁書庫で魔導書を見つけ、アルウに魔術の道があると発想を得た。その方向性は俺が魔術師であることも好都合に働く。ルガーランドもアルウの今後について思案してくれていたのか。

「アルウ殿の才能はどうなんだい」

「最高だ。あの子は天才だ。そうだよな、カーク」

「羊学者くんは親馬鹿《おやばか》が入ってるけど、僕の目からみてもあの子は……特別だと思う、思います」

「それは良いことだね。土の下に種はあったわけだ。うんうん」

ルガーランドは満足げにうなずくと、俺にいくつかの支援《しえん》を約束してくれた。

ひとつ目は魔術を修練できるような場所を用意してくれること。宿屋で練習していて今回のようにトラブルが発生するのは望ましくないためだ。

ふたつ目は件《くだん》の禁書庫の開放だ。禁書庫の魔導書を閲覧させてもらえるという。

交換《こうかん》条件として、俺たちはそこでルガーランドの仕事『禍の予言』の調査、つまり『暗黒の七獣』について調査を進める作業を手伝う。具体的には一刻も早く居場所を知りたいとのことだ。

「双方《そうほう》にとって良いことしかない取引だ。それじゃあ、禁書庫へ案内するよ。ついてきて」

案内された先は、神殿上層の一角、ルガーランドの治める領域内の部屋だった。図書館と言っても差し支《つか》えないサイズの建物で、果てしない蔵書があると容易に推測できる。

「うぉ、ぉぉぉ、すごい、いい香《かお》り、古い紙の匂《にお》いがいっぱいするよ！」

カークは大興奮で近くの本を手に取った。

「白神樹が封じた禁書庫に、僕が至る日がくるなんて……‼　うわぁあ、こ、これは！　魔法の魔導書だ！　世にも珍しい逸品だよぉ‼　保存状態も悪くない‼　けっこう綺麗だよ‼」

「魔術師としての探究心を満たしてくれて、もちろん構わない。それは貴重なものなのだろうし。でも、『暗黒の七獣』に関する調査は精力的におこなってほしい」

「もちろん行うさ、積極的にな」

俺にできることは『暗黒の七獣』を見つけだし、それがアルウの目の前にあらわれ、彼女に試練を与える前にしばき倒すことだ。『暗黒の羊』の討伐という実績はある。俺ならやれるはずだ。

あの子を危険な目に遭わせるやつは誰であろうと許さない。

◆　◆　◆　◆

ルガーランドのはからいで俺は一軒家《いっけんや》を手に入れることができた。

神の力とは素晴らしい。シルクの融通《ゆうずう》も、屋敷《やしき》の用意も、彼らの気分次第《しだい》でどうとでもなる。

「どうだ、アルウ、良いおうちだろう」

「アルバス、これは……どうしたの？」

いきなり綺麗な屋敷をどーんっと見せられてアルウは困惑《こんわく》しているようだった。

「新しい仕事が順調なんだ。こうして家が手に入った」

「もしかして、わたしが宿屋を壊しちゃったから？　だから莫大《ばくだい》な借金を背負って家を買ったの？」

「別に借金なんかしてない。全部うまくいってるだけだ。アルウはなにも気にしなくていい」

彼女は立派な屋敷をとてとて駆けまわり、立派な調度品や広い家に目をキラキラと輝かせた。

「すごい、領主の屋敷みたい」

「そうだろうそうだろう。お風呂もあるらしい」

「お風呂！」

「暖かいおふとんもあるぞ」

「おふとん‼」

すべてが高品質の屋敷だ。神の力の偉大さを再認識する。

持ち家を手に入れた影響か、はたまたキッチンやパンを焼くための立派な窯《かま》が家に備わっていたからか、あるいは単に気まぐれか、俺はまた料理をする意欲が湧いてきた。

というわけで、今夜は新居引っ越しパーティをすることにした。

白いパンを焼いて、豚肉《ぶたにく》を炒《いた》めて、人参《にんじん》と豚肉の細切れスープを煮込《にこ》み、竜草《りゅうそう》とパースニップのサラダを作る。豪華なディナーができあがった。さあアルウに振る舞ってやろう。

机に運び、並べてやる。む、アルウが不満そうな顔をしている。なにか嫌《いや》なことがあったのか？

「どうしたんだ、アルウ。そんなふくれっ面をして」

「アルバス、なんでイキリホワイトまでいるの」

アルウは頬《ほお》をぷくーっと膨らませ、机を囲む第三者カークを半眼で見やる。

「え、僕？　こほん。僕はこの家を譲渡《じょうと》されたもうひとりだからね」

「意味不明っ‼　これじゃピンクたちの時とおなじになっちゃう‼」

けっこう拒否《きょひ》反応でてるな。カークに魔術講義を受けているときは相性《あいしょう》良さそうだったのに。

「アルウ、許してやれ、そいつは宿屋代をけちるために、転がり込んできた寄生虫のような女だ」

「羊学者くん、仮にも女の子になんて言い方をするんだい⁉」

「むっすー、あまりに危険、危険因子、アルバスに近づこうとしてる……」

「アルウ、大丈夫だ。そいつは雑魚すぎて無害だ。イラついたらいつも教えている魔術でぶっとばしていいぞ。宿屋の壁みたいにな。あとそいつからは家賃をとる」

「羊学者くん⁉　いつも僕に当たりが強すぎるよ、家賃は無料って約束してくれたじゃないか‼」

「むう、アルバスがいうのならわかった、危ないと思ったら出て行ってもらう」

「アルウくんも了承《りょうしょう》しちゃったよ！」

カークはアルウのご機嫌を取ろうとお肉を分ける姑息《こそく》な手段にでた。肉を分けたことは功を奏したのか、アルウの態度はマイルドになりカークは滞在《たいざい》を許されたようだった。

おかしいな。魔術講師にカークをつけてからまだ4日だというのに、立場が逆転している。

「洗い物が終わったら修練だ。お前たち、先に地下室にいっておけ」

俺は食器を布で拭《ぬぐ》いながら、アルウとカークへ言った。

ふたりは食器を重ねてキッチンに持ってくるなり、袖をまくりはじめる。

「洗い物、お手伝いする」

「僕も手伝うさ。食べてばかりではいられないだろう」

「……そうか」

洗い物はみんなでやるとすぐに終わった。

新居を構え、日々の生活と魔術の修練は繰りかえされていった。

俺が禁書庫で魔法魔術を身につけていく一方で、アルウは大きな才能を確実に開花させていった。

第四章　聖ジェリコ修道学校

１カ月というのはあっという間に過ぎ去る。

季節はうつろい、近頃《ちかごろ》はますます肌寒《はだざむ》さが気になるようになってきた。

その朝、俺《おれ》はアルウを連れて、屋敷《やしき》をでた。手を繋《つな》いでいっしょに街を歩く。

「あ、揺《ゆ》れてる」

かさかさする木々を見上げてアルウはつぶやく。

地震《じしん》だ。この前もあった。月に一度揺れるくらい別になんでもないことだが、バスコの民《たみ》もアルウもわりと気にしている。あまり共感はできない。前世で地震大国に住んでいたせいだろう。

「地震は恐《こわ》いか」

「うん、もちろん」

アルウはぷるぷると震《ふる》えてみせる。あまりにも可愛《かわい》らしいジェスチャーだ。

「その仕草は男の子のまえでやっちゃだめだぞ」

「どうして？」

「よくない虫がついてくる。いつも言っていることは覚えてるな」

「うん」

「言ってみろ」

「男子はケダモノ‼」

「次は？」

「男の子とは手を繋いじゃだめ‼」

「合格だ。気をつけるんだぞ」

学校というのは思春期の青少年が共同生活をする場だ。

聖ジェリコは共学だという。つまり男子もいる。マリアンナに確認《かくにん》したので間違《まちが》いない。

うちのアルウがあまりにも可愛いことはすでに周知の事実だ。あまりの可愛さにその所作のすべてが年頃の男子を魅了《みりよう》してしまう危険性がある。意識的な対策は必須《ひっす》と言わざるを得ない。

聖ジェリコ修道学校校門前にやってきた。モノトーンが印象的な美しい校舎群が見える。モノトーンの割合でいえば、白9：黒1なので、全体的に神聖な雰囲気《ふんいき》がある校舎だ。

「アルバス、もう手を繋がなくても大丈夫《だいじようぶ》だよ」

アルウはひょいっと俺の手を離《はな》した。

「どうしてだ、危ない人にいきなり連れ去られちゃうかもしれないだろう？」

「もう学校の前。ここら辺は治安が良いし、白神樹《びやくしんじゆ》の騎士《きし》が巡回《じゆんかい》してるってリドルが言ってた」

「だが、油断は禁物だ」

アルウはもぞもぞ身体《からだ》を揺らし、あたりを見渡《みわた》す。不満そうだ。

「そんなに嫌《いや》なのか……？」

「……だって、手を繋いでるのちょっと恥《は》ずかしいんだもん。みんなに知られたくない」

アルウはあっちを見ながら、ぼそっと言った。

恥ずかしい。また言われた。おかしい。最近、言われる回数が飛躍《ひやく》的に増えている。いったいなんの悪影響《あくえいきょう》だ。何がアルウにこんな邪悪《じゃあく》な言葉を覚えさせたのだ。

「アルウ……俺は恥ずかしいのか……」

打ちのめされた気分だった。だからついに訊《き》いてしまった。

「うんん。そうじゃなくて。わたしはアルバスの大事な資産だから、大切に守ってくれるんだろうけど……でも、大丈夫なんだよ、わたしはそんなに守ってもらわなくても平気。もちろん、ちっとも強くなんかないけど……うーん、でも、なんというか、そこまで守ってもらわなくても平気」

アルウは一生懸命《いっしょうけんめい》に言葉をひねりだしているようだった。

自分の言葉で、自分の気持ちを伝える。かつては泣きながら訴《うった》えてきたものだが、いまは普通《ふつう》にこうした主張ができるようになった。目の奥《おく》から熱いものがこみあげてくる気がした。

「アルバス？　大丈夫？」

「あぁ、大丈夫だ、雨が降ってきたかな」

アルウは天へ手のひらを向けながら「すごく快晴……」とこぼす。

「ほら、アルウ、行ってこい。初日から遅刻《ちこく》なんて絶対にだめだぞ」

俺は背を向けて、釘《くぎ》を刺《さ》しておく。

「先生のいうことはしっかり聞くんだ。アルウなら絶対うまくやれる」

「うん！」

「だが、白教の教えなんぞ鵜呑《うの》みするな。あれはファンタジーだ。ビジネスだ」

「うん、大丈夫だよ。アルバスもカークもたくさん教えてくれてるもん」

「よーし、それじゃあ……また夕方、迎《むか》えにくる」

「来なくても平気。リドルが迎えにきてくれることになってるよ」

「俺じゃだめなのか？」

「アルバスは恥ずかしいからやだ」

「…………そう、か」

これはアレなのか、ついにアレ、なのか。反抗期《はんこうき》なのか。

「すぅ、はぁ、よし、アルウ、俺はもう行く。ルガーランドのところで仕事をしてくる」

「うん、頑張《がんば》って、アルバス！　それじゃあ、わたしも行ってくる！」

元気に走って遠ざかっていく背中。俺は潤《うる》んだ視界で見送った。

「あら、見て、あんな怪《あや》しげなローブなんか着て、不審者《ふしんしゃ》かしら」

「学校のほうを見つめているわねえ」

近所のマダムたちがひそひそ話をしている。俺はふりかえる、恐い顔だとおそれられるのは推測できているので、最大の笑顔《えがお》で「ご機嫌《きげん》よう、奥様方」とご機嫌に応じた。

想像以上の悲鳴をあげられてしまったので、俺はそそくさと校門前から離れた。

頑張るんだぞ、アルウ。お前ならやれる。……やれるのか？　うぅ、不安になってきた。

◆　◆　◆　◆

アルウは緊張《きんちょう》の面持《おもも》ちで修道学校の校門をくぐる。ちいさな身体にはおおきめのその肩掛《かたか》けバッグの紐《ひも》を両手で握《にぎ》りしめ、彼女《かのじょ》は恐《おそ》る恐る厳粛《げんしゅく》な雰囲気の校舎にたどり着く。

視線をあげた。大きな建物だと感心する。豪華《ごうか》さを重視しているようで、そこかしこに聖人の像や、聖なる獣《けもの》の彫刻《ちょうこく》、白神樹をかたどった壁面《へきめん》彫刻などが見受けられた。

アルウは教職員室を探し、そこで見知った教師を発見する。

「マリアンナ先生、おはようございます」

「ミス・アルウ、よく来ましたね。その制服、似合っていますよ」

挨拶《あいさつ》を済ませると、鐘《かね》が鳴り、マリアンナ先生に連れられ、そのまま教室へいくことになった。

「本日より、星組でいっしょに学ぶ友人を紹介《しょうかい》します。入ってきなさい、ミス・アルウ」

アルウは生唾《なまつば》を飲みこみ、慎重《しんちょう》に教室の扉《とびら》を開ける。

長机が綺麗《きれい》にならべられた広い教室には、20名以上の生徒が転入生のことを好奇《こうき》の眼差《まなざ》しで待ち構えていた。みんな新しい仲間に興味津々《きょうみしんしん》の様子だ。

アルウは普通に吐《は》きそうになっていた。

（うぅ、緊張する、胃が、なんかキリキリする……）

パッと見たところ、10代中頃の子が多そうだ。みんなアルウよりやや年上に見える。多くが修道院や孤児院《こじいん》、あるいは下位の修道学校で成績をおさめてランクアップしてきた若者たちである。

「よろしくお願い、します。アルウ……です」

ぺこりと頭をさげる。拍手《はくしゅ》は起こらない。

「すごい、耳がとんがってる」

「化け物？」

「ちがう、あれは、エルフ族だ。習わなかったのか」

「森で、草食べて暮らしてるんだっけ。自然の民だとか」

「バスコとめっちゃ戦争してる種族じゃなかったっけ」

アルウは思う。思ったより歓迎《かんげい》されていないのでは、と。

事前の話では『導きの英雄《えいゆう》』という肩書《かたが》きのかっこよささえあれば、クラスに簡単になじめるという話だった。アルバスも大きくうなずいて「確かに、ガキなんていちころのネームバリューだろう」と納得《なっとく》していた。なのでアルウもそういうものなのだろうと勝手に思っていた。

「皆《みな》さん、過去の偏見《へんけん》で語ってはいけません。白神樹は星巡《めぐ》りの地のすべての種族に、等しい祝福と恵《めぐ》みをお与《あた》えになるのです。そこに人間族もエルフ族もありません」

担任のマリアンナ先生はぴしゃりと場を制した。アルウは内心で感謝しつつ席についた。

ホームルーム終わりはお喋《しゃべ》りの時間になる。雑音がクラスを満たしていく。

「ねえねえ、導きの英雄ってほんと？」

隣《となり》の席の女の子がこそっとそんなことを訊いてくる。今度は前の席の男の子が「神さまに謁見《えっけん》したりするのか？」とたずねてくる。気がつけばアルウのまわりにはクラスの皆が集まっていた。

みんな彼女の長い耳や、白い肌《はだ》、緑の髪《かみ》など、興味津々なようだった。

アルウは入学前から有名人で、ただエルフを見るのが初めてだったのだとわかるのに時間はかからなかった。

導きの英雄。その響《ひび》きの力は絶大で、すぐにみんなに受け入れられていった。

（アルバスの言ってたことは本当だったんだ。すごい）

アルウは事前に選んだ選択《せんたく》科目とすべての生徒が受ける基礎《きそ》科目をしっかりと受講した。

大きな講義室をいくつも移動し、バスコの歴史に関する授業や、貴族階級のテーブルマナーに関する授業、白教の教義をより深く理解するための授業、そして奇跡《きせき》を修《おさ》めるための授業——聡明《そうめい》なアルウにとって、どの科目も特につまずくような内容ではなかった。

「すごいのですね、ミス・アルウ、この時期から転入してきたのについてこられるのですか」

「字もすごい綺麗だわ。学があるのね」

アルウは元々、要領はよかった。アルバスの教育もさることながら、マリアンナから入学前に渡《わた》された山のような課題に毎日たくさん時間をかけて取り組んできたおかげである。

選択科目の授業終了後の移動時間、アルウはトイレを探しに、校内をうろついていた。誰《だれ》かに話しかけて場所を訊ければよかったのだが、それはできなかった。

話しかけられれば受け答えすることは得意だが、自分から話しかけるのは難易度がグッとあがる。よって、ひとりで慣れない校内をうろちょろするハメになった。

ようやくトイレを見つけて、お手洗いを済ませると、ふと物音を聞きつけた。

外廊下《そとろうか》のほうからだった。草木の茂《しげ》るちいさな中庭に続くその道を歩いていくと、向こうの人気《ひとけ》のない校舎の陰《かげ》から声がした。男子たちの声だ。

(男子はケダモノ……)

アルウは緊張しながら歩みを進めた。

「このトカゲ女、尻尾《しっぽ》ひっぱってやろうぜ」

「や、やめて、ぇ……ごめん、ごめん、なさい……!!」

「落ちこぼれ、お前なんか導きの英雄なもんか」

「さっさと学校やめちまえ」

「化け物おんな」

言葉から感じる悪意にアルウは心臓をバクバクさせながら、物陰の向こうをのぞく。

ひとりの少女を、男子生徒たちが取り囲んでいた。見るからにいじめの現場だった。

いじめを受けている少女のほうには特徴《とくちょう》がありすぎる。赤い鱗《うろこ》のついた太い尻尾に、ちいさく折りたたまれた翼《つばさ》、頭からは2本の巻き角が生えていた。人間族とはおおきく異なる見た目だが、アルウと同じ白い制服を着ているので、聖ジェリコ修道学校の生徒には間違いなかった。

アルウはその子のもうひとつの肩書きを知っていた。

それは導きの英雄。アルウと同じく予言に導かれ、この地へやってきた者だ。

頭を押《お》さえて嵐《あらし》が過ぎ去るのを待つしかないといった具合で、竜人《りゅうじん》の少女はまったく反撃《はんげき》できていない。アルウは一度物陰に隠《かく》れ、自分の心臓に手をあて、目をぎゅっとつむる。

そして、パッと目を開く。覚悟《かくご》を決めて、物陰から飛びだした。

「やっ、やみ、やみ、やめなよ‼」

相当に噛《か》んでいた。想像ではもっとかっこよくビシャリと言ってやるつもりだった。

物事は緊張するほど上手《うま》くいかなくなるものだ、とアルウは体験から学ぶことになった。

男子たちはアルウのほうへ向き直る。人数は4名。視線が集中する。互《たが》いに顔を見合わせ、「なんだこいつ」「耳が長いけど」「見たことないやつだ」「転校生か？」と困惑《こんわく》している。

「そ、そんなことどうでもいいよ。やめたほうがいい、そういうの良くないよ」

アルウは毅然《きぜん》とした態度で男子4人につげた。

彼《かれ》らは自分たちに挑《いど》んできているのだと理解し、アルウを敵として認識した。

途端《とたん》、表情はアルウのことを小馬鹿《こばか》にしたものに変わる。

「なんだよ、良くないからなんなんだよ」

「お前、転校生だろ。生意気じゃないか？」

「エルフのくせに、人間に逆らうのか」

男子たちは竜人の少女からすっかり興味をなくし、新しいおもちゃを見つけたみたいに、アルウへ向き直る。嗜虐《しぎゃく》的で、自分たちに優位性があることを疑わない。自信にあふれた表情だ。

男子のひとり、邪悪な笑《え》みを浮《う》かべる青年セブレイは、一冊の本を取りだす。

アルウは目を見開く。それが祈祷《きとう》道具だと知っていた。

祈祷道具、聖典は、聖典の奇跡をあつかうためのもので、すなわちそれを取り出したということは、奇跡を行使——この場合、十中八九、何かしら攻撃《こうげき》系の奇跡を使うつもりだとわかる。

「転校生、教えてやるよ、聖ジェリコの掟《おきて》を。おれに逆らったらどうなるのかさ」

セブレイは聖典をひらき、指で一節をなぞり詠唱《えいしょう》しようとする。

アルウは冷や汗《あせ》をかきながら、手をパッと開いて、空気を握りこむ。

セブレイたちは目を丸くする。アルウが何もない空間から取り出した……ステッキに。

「杖《つえ》……？　祈祷道具か？」

「わたしもけっこう痛いことできるよ。挑んでくるなら受けて立つ」

アルウは強い意志を感じさせる眼差しでセブレイへつげた。

「こいつ転校生のくせに奇跡使えるのか……？」

「どうせ不正解性の奇跡だろ。セブレイ、わからせてやらないとダメみたいだぜ」

「あぁそうだな。俺をただの奇跡使いだと思ってるみてぇだ。後悔《こうかい》させてやる」

セブレイはアルウの挑戦《ちょうせん》的な姿勢を叩《たた》きつぶすために、奇跡を行使することを決めた。

綺麗な声で『王は我らを導き、この地を浄化した《スティ・ソレイ・ブルカ・オルエ・セラニーシカ》』と一節を素早《すばや》く詠唱、光の弾《たま》を撃《う》ちだした。

アルウは覚悟を決め、それを打ち消し、反撃しようとする。

(大丈夫、わたしの師匠《ししょう》は魔法使《まほうつか》いなんだもん、負けるわけがない!)

ステッキの頭をもちあげ、攻撃をいなそうとし――その時、アルウの背後からにゅっと腕《うで》が伸《の》びた。その手はセブレイの放った奇跡を、いともたやすく叩き落として無効化する。

セブレイたちの表情が絶望に変わり、震えだし、悲鳴をあげようとし、みんな腹パンを喰《く》らって、その場に倒《たお》れこんだ。白目を剥《む》いている。しばらくは起きなそうだ。

アルウは背後へふりかえる。殺人鬼《さつじんき》がいた。とはいえ、よく知っている殺人鬼だが。

「アルバス……」

「学校内でこんなことが起こるなんて。どうなってるんだ。今すぐクレームをいれてやる!」

アルバスはひどく憤《いきどお》っているようだった。一方のアルウは、いろいろ察し半眼になっている。

「アルバス、どうしてここにいるの」

「たまたま通りかかってな。それよりアルウ、怪我《けが》はないか? 恐かっただろう。もう大丈夫だ」

「アルバス、ここは学校の敷地《しきち》内だよ。たまたま通りかかることはないんだよ」

「……。登校初日だったからな。この学校の日常がどんなものか不安だった。わかってる、約束を破って草陰から監視《かんし》をしてたのは悪かった。アルウに嘘《うそ》をついた。だが、俺の行動が間違っていたとは思わない。なぜなら現にお前はあのクソガキどもに奇跡で攻撃されたからだ」

「アルバス、わたしひとりでも大丈夫だった……わたしのこと信じてくれてない」

アルウはムッとして頰《ほお》を膨《ふく》らませる。アルバスは「ぁう」と、珍《めずら》しく情けない声をだしてたじろいだ。彼女がこんなに怒《おこ》っている姿を見たことがなかったのだ。

「ええい、これも生徒の教育がなってない聖ジェリコ修道学校のせいだ。絶対にクレームをいれてやる。大丈夫だ、アルウ、お前は俺が守ってやる」

「アルバス、恥ずかしいから、本当にやめてほしい、いますぐ帰ってほしい」

アルウは懇願《こんがん》をする。大好きなアルバスだからこそ、自分のことを信じてほしい。だというのにこの顔つきだけ恐ろしい過保護モンスターは、アルウのことをまったく信じてくれない。

その葛藤《かっとう》が、アルウの表情を怒りに変えているのだ。

「あ、あの、た、たすけて、くれて、あり……」

そういうのは、いじめられていた被害者《ひがいしゃ》だ。スラっと背が高いのに、自信のない立ち姿の竜人の少女は、勇気をだしてアルウにお礼を言おうとしているようだ。

「やかましい、うるさい、黙《だま》れ。いま大事な話をしているのがわからないのか？」

アルバスは眉根《まゆね》をよせ、威嚇《いかく》の表情をする。目つきで人を殺せそうだ。ようやく勇気をだした竜人の少女を恐怖《きょうふ》に染めあげ、この場から泣きながら逃走《とうそう》させるには十分すぎる威力《いりょく》であった。

「ご、ごめんなさーい……‼　すみませんでした──‼」

「あっ、ちょ、ちょっと、待って……ぁぁ、行っちゃった」

アルウは遠ざかっていく赤い尻尾へと力なく手を伸ばす。

すぐのち、ムッとした顔で再度アルバスを睨《にら》みつけた。

「アルバス、本当に帰ってほしい」

アルバスはなにか言いたそうにしていたが「……。あー……わかった」と了承《りょうしょう》する。

そのましょんぼりした様子で、近くの壁《かべ》を乗り越《こ》えて、学校の敷地の外へと出て行った。

登校初日、アルウの学校生活は波乱の幕開けを迎えた。

◆　◆　◆　◆

学校が終わり、アルウが屋敷に帰ったあと、居間には緊張《きんちょう》感が漂《ただよ》っていた。

アルウは不貞腐《ふてくさ》れた顔で、夕食にでた茹《ゆ》で豆をフォークで意味もなくつついている。

アルバスは難しい顔で、魔導書を読んでいるふりをし続けている。アルウのほうをたまにうかがうように視線をやるが、すぐに魔導書へ逃《に》げる。

「これはどういう状況《じょうきょう》なんだい？」

カークはひとりだけパクパク美味《おい》しい料理を食べながら、アルウとアルバスを交互《こうご》に見ていた。

「アルバスが学校についてきた。恐い顔で友達《ともだち》になろうとした子を追い払《はら》った」

「羊学者くんの戻《もど》りが遅《おそ》いと思ったら……君はなにをしてるんだい？」

「複雑な状況だった。仕方がなかった」

アルバスは魔導書を閉じて、カークの視線に答える。

今度はアルウへ視線を移し、それまで考えていた言い訳を展開しようとする。

「昼間のことは俺が悪かった。あれは俺の過失だ。だが、あの学校にも問題はある。生徒が奇跡を乱用するなんて。道徳教育が足りてない。あそこは危険だ。俺でダメならほかの護衛を――」

「恥ずかしいからやだ」

アルウは断固として拒否《きょひ》する姿勢をみせた。

「学校に、親といっしょに来てる子なんていないよ」

「それじゃあ、俺はどうすればいいっていうんだ？　アルウがあの危険な学校に行っている間、俺はあとをつけることも、遠くから見守ることもするなって、そういうのか？」

「うん、そう言ってるの！」

アルバスは足を投げだし「ちっ、なんてこった！」と吐き捨てて、椅子《いす》の背にもたれた。

カークは頬杖《ほおづえ》をついて「そんなに難しいことかい、羊学者くん」と呆《あき》れた風に援護射撃《えんごしゃげき》する。

「お前はそっちの味方か、カーク」

「今回はアルウくんに正当性がありそうだからね。僕《ぼく》はいつだって正義の味方だよ」

「学校にちょっと侵入《しんにゅう》して乗り込《こ》んだだけじゃないか。それがダメだっていうのか？」

言葉を重ねあわせて「「うん」」と肯定《こうてい》するふたり。アルバスは押し黙る。味方はいない。

「アルバス、わたしを信じて。わたしはアルバスの弟子《でし》だよ」

カークは期待するような眼差しでアルウを見る。「それとカークの弟子でもあるよ」と、ちゃんと付け加えるアルウ。カークは満足そうに笑みを浮かべる。

アルウは召喚《しょうかん》魔術でステッキを取りだし、手元に星空を作りだしてみせた。

暗い夜のなかに、きらきらと星々が輝《かがや》く。宇宙をひと握りだけ地上に閉じ込めた美しい情景。

アルバスはその星空をじーっと見つめ、瞼《まぶた》を閉じ、ゆっくり何回もうなずく。

「………わかった。アルウを信じる。お前は俺の大事な資産だ。だから、なんとしても無事でいてくれ。それだけ守ってくれれば、何もしないし、何も言わないと約束する。ただし、もし危険な目にあって、その危険からお前がお前自身を守れないとなれば、相応《そうおう》のことをする。いいな？」

「うん、大丈夫！　ありがとう、アルバス。チャンスをくれて」

アルウは席を立ち、机をまわりこんでアルバスにぎゅーっと抱《だ》き着いた。優《やさ》しく抱きとめる彼の顔は、あんまり納得していないが、かといって吐いた言葉を裏切るつもりもなさそうだった。

◆　◆　◆　◆

翌日、アルウは少し疎外《そがい》感を覚えるようになっていた。最初はほんの勘違《かんちが》いかと思っていた。昨日はチヤホヤされていたのに、急にまわりから人がいなくなることはないだろう、と。

「あの転入生さ、トカゲの子と仲良いんだって」

「本当に？　なんかショックだなぁ」

「導きの英雄どうしだし、人間じゃないから慰《なぐさ》めあってるんだろ」

「トカゲの子は邪悪な奇跡を使うから近づかないほうがいいのにね」

ひそひそと囁《ささや》かれる言葉は、心無いものばかりだった。アルウはそれらの言葉から、自分が避《さ》けられている理由が、竜人の少女にあると悟《さと》った。

アルウはあの竜人の少女を探した。恨《うら》み言を言いたいわけではなかった。

ただ昨日できなかったことをしようと思っているのだ。

アルウは1限目の授業がおわるなり教室を飛びだし、俯瞰《ふかん》的に廊下を眺《なが》めた。

教室の並んでいる廊下を見ていると、赤くて太い立派な尻尾をゆらゆらさせて歩いていく少女を発見した。昨日のあの竜人の少女だ。あとをついていくと、竜人の少女は人気のない庭の生《お》い茂る芝《しば》の上で「よっこいしょ」とつぶやきながら、腰《こし》を落ち着けて本を読みはじめた。

アルウは気配を消して近づき、後ろから「わっ！」と驚《おどろ》かしてみた。

「うわぁあああ――‼」

絶叫《ぜっきょう》をあげ「はぁ、はぁ……⁉」と荒《あら》く息を繰《く》りかえし、竜人の少女は腰を抜《ぬ》かしている。

「ごめん、ちょっと驚かそうとしただけなんだ……そんなにびっくりすると思わなくて」

「あっ、あなたは……っ」

アルウは「同じ導きの英雄だよ」と言って、竜人の少女のとなりに腰をおろす。

「見つけたよ。導きの英雄だよね。あの時、いっしょに広場にいた」

竜人の少女は怯《おび》えた表情から、思案げな顔になった。

「あぁ、どうりで見たことあると思ったや。エルフ族の子だ。その緑の髪、覚えてるや」

竜人の少女は言葉を選びながら、チラッとアルウをうかがう。

「昨日はごめん。アルバスが恐い顔して驚かしちゃったよね」

「いまも驚かされたけど……」

アルウは決まりが悪そうな顔をする。竜人の少女は「そんな困った顔しなくて平気だよ。あたしがビビりなだけだから」と、申し訳なさそうであった。

アルウはこの少女を責めたいわけではなかったので、新しい話題をふることにした。

「マリアンナ先生に聞いたよ。２カ月前から学校にいるって。強くなれた？」

「はぁ、私はちっともダメだよ。奇跡は覚えたけど、肝心《かんじん》の勇気がないから」

また落ち込んだ顔をする少女。アルウは話題を間違えたかな、と心配になった。

「あたしは英雄になんか、なれやしないよ……」

「そんなに立派な角と翼をもっているのに？」

「この翼じゃ空なんか飛べないよ。角だって重たいだけ。よくぶつけて他人に迷惑《めいわく》かけちゃうし」

「それは不便だね。尻尾は？　それで悪いやつをたたいたら強い武器になりそう」

「この尻尾はよくいろんなものにぶつかって倒しちゃうから、みんなに邪魔《じゃま》がられるんだ」

「そうなんだ……」

言われてみれば確かにな、とアルウは思った。少女の弱気な理由がすこし理解できた気がした。

「あたしと話していると、あなたも避けられちゃうよ……」

アルウは開き直ったように「いいよ。もう避けられてるから」と空を見上げる。

「そうなの？　ううう、また迷惑を……ごめん、きっとあたしを助けたせいだよね」

少女は角を掴《つか》んで、分厚い本の表紙にゴンゴンと当てはじめる。

「あぁごめん、角がかゆくなると、こうしたくなるの。変だよね。ごめん……」

「変だけど、でも、面白《おもしろ》いと思う。角、掻《か》いてあげるよ」

「ありがとう」

アルウは少女の巻き角へ手をのばし、爪《つめ》をたてて優しくこする。

「うう‼　ひぃいっ、くすぐったい……‼」

竜人の少女は背後へ飛びのき、校舎の外壁《がいへき》に頭ぶつけた。

アルウは口を半開きにし、その衝撃《しょうげき》におののく。建物が揺れた気さえした。

「あぁ、ごめん、びっくりさせちゃった……」

「うん、びっくりした。すごい、ね。やっぱり、竜の力があるんだよ。英雄になれるじゃん」

「無理だよ、あなただってわかるでしょ。あたしはあの神様に挑めなかった。挑もうとも思わなかった。あの純白の輝く覇気《はき》を目にしただけで、失神しかけたくらいなんだよ」

「それはすごいね。わたしでも気絶はしなかったよ」

「でしょう？　あたしは臆病《おくびよう》だし、女だし。ほかのひとは凄《すご》かったよ。特にあのフリックっていう獣人《じゆうじん》のひと、すごかった。かっこよかった。でも、あたしはああはなれない」

少女は力なく首をふり、チラッとアルウを見た。

ふたりにはけっこうな身長差がある。竜人の少女は、少女ではあるが、その身長でいえば180cmを優に超《こ》えている。アルウが背伸《せの》びして、手を伸ばして、ようやくその角を撫《な》でられるくらいの身長差である。座《すわ》っていようとも必然的に、彼女がアルウを見ると見下ろす形になる。

「あなたもあんまり強くないよね。たぶん。神様と戦えてなかったし」

「うん、想像を絶する弱さだよ。剣《けん》をふることも精いっぱいだもん」

「あはは、そうなんだ。――ごめん、あたしみたいな臆病者《おくびようもの》が笑って……あなたはあたしより強いよね。あのセブレイたちに立ち向かったんだもん」

アルウは少女を見上げ考え「どうして修道学校にいるの？」とたずねる。

「竜人ってね、光のちからが強い種族なんだって。あたしは臆病者だから剣なんかで相手を斬《き》れないけど、離れた場所で奇跡を使うことならできるかもって」

悩《なや》んだ末に、奇跡の道に活路を見出《みいだ》したのだな、とアルウは自身の境遇《きょうぐう》と臆病な竜とを重ねた。

「離れたところから奇跡で攻撃するのいいよね。それならできそうだね」

竜人の少女は「無理」と即答《そくとう》する。深くため息をついた。

「あたしは正しくない奇跡のほうが得意なんだ。癖《くせ》を矯正《きょうせい》できないでいるの」

「正しくない奇跡ってなに？」

「自然光だよ。修道学校にくるまえから使えていた力でね。それは炎《ほのお》なの。どんな奇跡を使っても、こう、メラメラと燃え上がる。先生に怒られるんだ。みんなにも嫌がられるの」

アルウは竜人の少女が言っている意味がよくわからなかった。

「よくわからないけど、それが竜のすごいところなのにね。火とか噴《ふ》けるってことだよね」

竜人の少女は顔をふせて「ごめん、噴けない」と声をひそめて言った。

アルウはまた気まずくなっちゃったと思いながら「そうなんだ……」と覇気のない相槌《あいづち》を打つ。

「ごめんね、本当に情けない竜人で。期待になにも沿えてないよね」

淡白《たんぱく》で低脂質《ていししつ》なおしゃべりで時間は過ぎていき、やがて2限目の授業のチャイムが鳴った。

(わたしにしては頑張って話しかけたと思うけど……)

アルウは己《おのれ》のコミュニケーション能力の低さを嘆《なげ》いた。

「えっと、それじゃあ……ばいばい、エルフの子」

「うん。ばいばい、竜人の子」

竜人の少女はたじたじしながら、尻尾を右へ左へ揺らして廊下をこすり、そのまま行ってしまった。残されたアルウは「だめだ、友達になれなかった」と残念そうにつぶやいた。

◆　◆　◆　◆

聖ジェリコ修道学校には人気のイベントがある。それが奇跡決闘《けっとう》だ。

鍛《きた》えた奇跡のちからを使い、中庭にて決闘サークルの監督《かんとく》のもとで決闘するのである。

その名目は『大いなる力にともなう大いなる責任を学ぶこと』とあるが、選ばれし才能を使いこなす多くの若者にとっては、より娯楽《ごらく》的で、興行的な遊びの意味合いが強かった。

学校もそれを容認していた。獣の幼子はいろんなものに噛みついたり、ひっかいたりすることで自分のもつ武器の威力を知るのだ。聖ジェリコの若き神秘の使い手たちはこれに倣《なら》う。

また奇跡決闘には、紛争《ふんそう》解決の使い方もある。大勢の前で格付けをすることで、敗者は嫌でもその事実を受けいれるしかなくなる。乱暴だが効果的な手段だ。

因縁《いんねん》はあればあるほどいい。入学以来のライバルだとか。学校を代表する奇跡使いがぶつかるとか。珍しい奇跡の習得に成功したやつとか……盛りあがれるカードはいろいろある。

そして、この日も注目される対戦カードがあった。

アルウはステッキを片手に中庭の中央へ進みでる。向かい側からやってくるのはセブレイだ。

このふたりが2週間前に衝突《しょうとつ》したことはすでに学校の噂《うわさ》をかっさらう規模で広まっていた。

本名セブレイ・スコーピス。16歳《さい》。スラっと背が高く、しなやかな指先と、端整《たんせい》な顔立ちは女子生徒の目を惹《ひ》く。名家の出身であり、親は聖職者。いつだって取り巻きに囲まれている。入学以来つまずくことなく順調に最終段階の第三学生まで進級し、優《すぐ》れた才能を証明した。

ネックは典型的なバスコの上流階級であり、傲慢《ごうまん》さを持つこと。白神樹の加護に選ばれた人間族をもっとも優れた種と考え、同時にバスコの地に生きていることに誇《ほこ》りをもっているのだ。

最上級生で、成績優秀《ゆうしゅう》、天才であり、甘《あま》いマスクを持ち、家は金持ち。同性からも異性からも好かれる。完全無欠のセブレイ・スコーピスに逆らう者などまずいない。教員ですら。

そんな彼に挑戦者《ちょうせんしゃ》があらわれた。最下級生で、女で、エルフで、名も知れぬ、それでいて転入初日で、嫌《きら》われ者の〝トカゲ〟を守るために、挑発的に祈祷道具まで持ちだしたという。

このふたりの戦いは、聖ジェリコ修道学校の天才VSよそ者エルフ、という構図だ。

盛り上がらないわけがない。修道学校の生徒がセブレイを応援《おうえん》する心理になるのは必然だった。

「よそ者、そろそろ後悔してるだろ」

セブレイは片手をポケットにつっこみ、片手に分厚い聖典をぶらりと持っていた。

表情は落ち着きはらっている。格下相手に惑《まど》うことはない。

アルウは胸を張り「全然」と動じていないことをアピールする。

「俺は上級生だぞ。そもそもその態度がおかしいんだ」

「どうしてセブレイはそんな偉《えら》そうなの？」

「セブレイ先輩《せんぱい》、あるいはセブレイさま、だろ。言いなおせ」

「やだ、そうは呼びたくない。尊敬に値《あたい》しないもん」

ぷいっと顔をそむけるアルウ。セブレイは目を細める。

「……どこまでもふざけていて、馬鹿で、愚《おろ》かだ。いいだろう、あぁ、いいだろうとも。身の程《ほど》を教えてやる。導きの英雄だかなんだか知らねえけど。トカゲ女といっしょに追い出してやるよ」

「今日はひとりだけど。いつものお仲間がいなくて大丈夫なの？」

アルウの煽《あお》りがセブレイのこめかみに青筋を浮かばせた。

「舐《な》めやがって、もういい、すこしは遊んでやろうと思ったけど、容赦《ようしゃ》しねえわ」

聖典が開かれる。手をかかげ、聖なる章節を読みあげる。

「『白神樹の穂先、ひかりが揺れる、この輝きだけが我が導《ザリッツ・ラオール・シヴレ・グレテス・フェイ・ド・リック》』」

セブレイの手元に結晶《けっしょう》が生成されていく。光が凝縮《ぎょうしゅく》された潔白固体。プリズムの内側に入り込んだ外光は幾通《いくとお》りもの色彩《しきさい》に分解され、結晶は虹色《にじいろ》の輝きを放っている。鮮《あざ》やかな結晶は全部で6つ。美しいそれらの先端《せんたん》はとても鋭利《えいり》で、喰《く》らえば軽い怪我では済まないだろう。

セブレイは薄《うっす》ら笑みを浮かべて「お前に勝ち目はないぞ。絶対にな」と言った。

決闘は相手を降参させるか、戦闘不能にさせるか、あるいは点数で勝敗が決まる。

点数での勝敗はいわば決着がつかなかった場合の判定によって行われる。実力が拮抗《きっこう》してる場合や、攻撃系の奇跡よりも防御《ぼうぎょ》系の奇跡が得意な生徒同士が戦った場合に判定になりやすい。

監督者《かんとくしゃ》は決闘サークルの上級生。当然、決闘サークルにもセブレイの影響力《えいきょうりょく》はおよぶ。よほどのことがない限り、セブレイが判定負けすることはありえない。

ただ、セブレイが有利になるようなインチキなんて、する必要はないと監督者は思っていた。

セブレイが初手で展開した奇跡は攻撃系のなかでも、威力が非常に高く、高位にあたるものだ。聖ジェリコ修道学校の在校生のなかでそれを行使できるのはセブレイ・スコーピスだけ。

偽《いつわ》りもインチキも、忖度《そんたく》も機嫌取《きげんと》りも必要ない。普通にセブレイが勝つ。格が違《ちが》うのだ、昨日今日転入してきた馬の骨とは。それが中庭に集まったすべての生徒の共通認識である。

6つの結晶には生成速度に若干《じゃっかん》の差があり、最も早く生み出されたものから順番に放たれた。

アルウは顔色ひとつ変えず、ステッキを持つ手に力をこめる。

輝く結晶が飛んできた。ステッキをタイミング良く右へ動かす。ステッキの先端部分に発生している斥力《せきりょく》の力場は、アルウに近づこうとする結晶をやんわり受け止めつつ、その軌道《きどう》をそらす手助けをした。最後はアルウの導きにしたがって、彼女の後方へと受け流されていった。

最初の一発を流して自信を掴んだアルウは、続く5発の結晶を同じ要領で後方へ軽《かろ》やかに受けながしきった。アルウは表情こそ変えないが、非常に満足していた。正直もう帰ってもよかった。

周囲は驚愕《きょうがく》の声であふれ、セブレイにいたっては動揺《どうよう》で動きがかたまっている。

「攻撃魔術の九『境界線をなぞる《リス・レスピアーノ》』」

ステッキを横にふりぬく。セブレイの側頭部あたりに、水平方向からちいさな星が飛来して、彼の首をちょっと心配になるくらいグギッと横に倒し、身体ごと弾《はじ》き飛ばした。セブレイは望まぬ大側転をし、見事3回転をキメて芝生《しばふ》にぐったり倒れた。

アルウは「やった。うまくできた」と言って満足げな表情を浮かべた。

「まじか、あいつ……」

「ええ、うそでしょ、セブレイ、ふつうに負けてんじゃん」

「あの子の奇跡見たことない。あれ自然光？」

「不正解性の奇跡だ。でも、なんかキラキラしてて、素敵《すてき》だったかも……‼」

「導きの英雄ってすげぇんだな……」

アルウは優美な所作で一礼してさがっていく。ちいさな背中にパラパラとした拍手が送られた。

◆　◆　◆　◆

放課後、アルウは尻尾を引きずりながら廊下を歩く姿を見つけるなり声をかけた。

「あっ、あなたは……すごかった」

竜人の少女はアルウを目にするなり、吐息《といき》とともに称賛《しょうさん》した。

「セブレイを倒せる第一学生はいないよ。第二学生にもいない。第三学生にも、たぶんいない」

「でも、わたしは倒したよ」

「そうだね。あなたはすごく強い。セブレイを倒せる唯一《ゆいいつ》の生徒だよ」

アルウは帰ろうとする少女を引き留めるため、話題を繋ごうと思案する。

「寮《りょう》に帰るの？」

「そうだよ。そこしかないから。あなたは違うの？」

「うん、家があるんだ。けっこうおおきい家」

「遠くから連れてこられたのに、お家があるの？」

「そうだよ。そこでわたしのご主人様が、帰りを待っててくれてるんだ」

「はわわ……もしかして、変な関係でお金をもらってる、とかいうやつ？」

「うんん。お父さんみたいな人なんだ」

「お父さんではないの？」

「お父さんっていっても過言じゃないよ」

「えっと、それはお父さん、本人ではないの？」

「ほとんどお父さんなんだと思う」

「……複雑な事情がありそう、だね」

竜人の少女はそれ以上聞いたらいけないと判断し、この話題から離れることにした。

「そうだ。あたしまだお礼言ってなかったや」

アルウは首をかしげ「なんのお礼？」と目を丸くする。

「あなたは転入したてだったのに、あのセブレイから守ってくれたから、そ、そのお礼」

竜人の少女はすこし頬《ほお》を染めながらいった。

(本当は別に忘れてたわけじゃないんだけど……なんか言い出せなかった)

竜の心、エルフ知らず。アルウは何の気もなく「別にいいよ」と返す。

「あのさ、セブレイを倒して、恨みを果たしたから、わたしのお願いを聞いてもらっていい？」

唐突《とうとつ》に交換《こうかん》条件をもちだされ、竜人の少女はオロオロする。

「ど、ど、どんなお願い……？　あたしにできる範囲《はんい》だと、助かるんだけど……ごめん、卑《いや》しいよね、浅ましいよね、たくさん助けてもらってるのに、対価の支払《しはら》いを渋《しぶ》るなんて……」

「名前、教えてほしい」

アルウは端的《たんてき》に要求した。竜人の少女は目を丸くしてパチパチさせる。

うーんと唸《うな》り、腕を組み、角を手でこすり考える。

「そんなことでいいの？」

「うん」

「そっかぁ……ええと、名前はアイズターンって一度呼ばれたことがある。あたしはそれを名前だと思ってるんだけど……けど、実際のところは、あんまり名前は呼ばれたことないんだ」

「そっか。それじゃあ、わたしがいっぱい呼んであげるよ」

竜人の少女――アイズターンは頬をゆるめた。嬉《うれ》しさについつい笑みが漏《も》れた。

ハッとして自分が意図しない表情を浮かべていたと気づき、慌《あわ》ててそっぽを向いた。

「え、えっと、その差し出がましい、けど、そっちの名前は、なんていうの？」

「アルウだよ」

「アルウ……良い名前だね」

「うん、わたしもそう思ってる」

「えーっと、わたしもいっぱい名前を呼んでいい？」

「うん。いいよ。でも、もうけっこう呼んでもらってるから、たくさん呼ばなくても大丈夫だよ」

「あっ……そっか、そうだよね。うん、ごめん、勝手にあたしと一緒《いっしょ》にして」

不器用なふたりの少女は、ちいさくて不揃《ふぞろ》いな歩幅《ほはば》で、ともに歩きだした。

アルウはアイズターンを女子寮の入り口まで送りとどけた。校舎をでて5分くらいで女子寮に到《とう》着《ちゃく》してしまった。アルウはその時間がすごく短いな、と思った。

「えーっと、それじゃあね、アルウ」

「うん、ばいばい、アイズターン」

不慣れな会話だった。腹を抱《かか》えて笑うジョークは飛び出してはこなかった。ぎこちない会話だったし、沈黙《ちんもく》の時間も長かった。でも、アルウにとってこれは大きな成果であった。

「やった。友達できた」

アルウは頬を染め、楽しげに顔をほころばせる。

「ん、アルウ様、なんか楽しそうですね」

校門まで迎えにきていた騎士リドルは、アルウのご機嫌にすぐ気がついた。

「リドル、わたし、友達できたよ」

「流石《さすが》はアルウ様ですね。アーキントン様にも報告するのですか?」

「うん! でも、わたしがいうからリドルは言っちゃだめだよ?」

「わかっていますとも。さあ帰りましょうか」

騎士リドルは思わず笑顔になった。アルウがこれほど楽しそうなのを久しぶりに見たからだ。

第五章　猫捜《ねこさが》し

食堂のおおきなテーブルに資料を広げて、眺《なが》めること半日。肩《かた》が凝《こ》ってきたと思ったころ、アルウが帰ってきた。ニコニコしている。どうやらご機嫌《きげん》らしい。

俺《おれ》は古い文献《ぶんけん》の情報をまとめたノートをパタンと閉じる。

「どうしたんだ、アルウ。なにか良いことあったのか」

「ふふん、ふんふん♪」

アルウは俺の膝《ひざ》のうえにぴょんっと座《すわ》った。軽い体重をゆだねてくる。

あまりに可愛《かわい》いしぐさだ。危《あや》うく抱《だ》きしめてしまうところだった。天然でやってしまうなんて、なんと罪深い女の子なのだ。きっと学校では男子たちの憧《あこが》れのポジションにいるに違《ちが》いない。

「アルバス、今日、学校で良いことあったんだ」

「ほう、そうか。聞かせてくれるか」

「友達《ともだち》できた！」

とも、だち？　まさか……男か？　男なのか？

「今度、お家《うち》に連れてこようと思ってる」

男だ。俺に紹介《しょうかい》するつもりだ。アルウさんをください、お父さん。必ず幸せにしますだと？　何をほざきやがる。アルウはうちの子だ。お前のようなやつにくれてやるものか、ボケが‼

「アルバス？　大丈夫《だいじょうぶ》、顔色が悪いよ？」

「ええい、どうやら、フガルを召喚《しょうかん》する必要が出てきたようだな」

「フガルを召喚できるの？」

「魔法剣《まほうけん》は資格者が本当に必要としたとき姿をあらわす。今がその時だ。邪悪《じゃあく》を打ち砕《くだ》く」

「？」

俺が守護《しゅご》らねば。学校に乗りこみ、うちの子に近づく馬の骨を駆逐《くちく》するのだ。

翌日、俺は神殿《しんでん》禁書庫へ向かうカークを居間で呼び止めていた。

「どうしたんだい、羊学者くん、神殿行かないの？」

「仕事より大事な用事ができた。それよりちょっと見ててくれ」

俺は拳《こぶし》を丸めて、顔の横に持ってきて、自分は猫だと思いながら「にゃん」と声にだす。

符号《ふごう》は成った。『猫化けの魔法』が発動する。

俺の肉体はみるみるうちに小さくなり、プリティな短足の、もふもふ猫へと変貌《へんぼう》した。

「この姿をどう思うにゃ」

カークは「ぎゃぁあああ――――‼ 羊学者くんが猫学者くんに⁉」と叫《さけ》んで、飛び跳《は》ねるなりソファの陰《かげ》に隠《かく》れてこちらを警戒《けいかい》した眼差《まなざ》しでうかがってくる。

禁書庫で働きだしてからというもの、毎日新しい魔法の勉強ができるようになった。今回、学校に乗りこみ馬の骨を処刑《しょけい》するために新しく習得した魔法こそ『猫化けの魔法』である。通常の姿ではまたアルウに怒《おこ》られるが、これなら気づかれずにあの子を見守れるだろう。

「なんだい、また新しいネタを仕込《しこ》んだのかい？　君、天才すぎるよ……毎日毎日、よくもそんなに魔術を習得できるものだ。それも元々の流派と関係のない、脈絡《みゃくらく》のない魔術まで」

「俺は超《ちょう》一流の魔術師だからな……にゃ」

「僕《ぼく》のマネをしないでおくれにゃ‼」

「そっちもやめろにゃ」

さっそく、聖ジェリコにやってきた。うちの子に近づく馬の骨への警戒は怠《おこた》らない。

朝からアルウを監視《かんし》しているが、それらしいやつは見つからない。というか、なんだろう、うちの子めっちゃ孤立《こりつ》してね？　あれ？　もしかしていじめられてる？　そんな不安がよぎり、いてもたってもいられなくなってきた頃、馬の骨が近づいてきた。あの竜人《りゅうじん》はたしか導きの英雄《えいゆう》だ。この学校にいたのか。なんだかアルウと仲良しそうだな。もっと近づいてなにを話しているのか聞きたい。そろそろ、と忍《しの》び足で近づいて……ええい、なんだよ、俺の手足短すぎだろ、マジで歩きづらいな、あっ、やべ、木の枝を踏《ふ》んでしまった！

「あっ‼　猫ちゃんだ‼」

アルウが目を輝《かがや》かせて見てくる。まずい。完全にバレた。逃《に》げなければ。全力でダッシュしようとするが足がもつれて芝生《しばふ》のうえでコケる。猫の身体《からだ》、難しすぎます。背後からアルウに持ちあげられ、そのまま抱っこされてしまう。

「もふもふだぁ。それに目つきもすごく悪い。可愛い」

「あ、アルウ……なんかその子、普通《ふつう》じゃなくない……？　顔がすごい不機嫌《ふきげん》そう……」

「それが可愛い。すごい良い子。おとなしい。手足短いのも可愛い」

ふたりの少女にまわされて抱っこされ、なでなでされてしまったが、正体には気づかれてない。

ゼロ距離《きょり》調査の結果、どうやらアルウの言っていた『友達』が、この竜人アイズターンであると

判明した。思えばアルウは友達としか言ってなかった。俺のはやとちりである。

しかし、油断は禁物だ。この日以降も俺は時間を見つけてはアルバスキャットに変身し、アルウの身のまわりをしっかりと監視した。アルウとの約束である『手出しはしない』も守った。

でも、本当に危ない場面は何度もあった。例えばアルウが学校で男子と喧嘩《けんか》に発展した時とか、野良犬《のらいぬ》ホッセから怪《あや》しげな手紙が届いたときとか。思わず変身解除しそうになった。

それでも、俺は耐《た》えた。ふりかかる試練はアルウが自分の力で乗り越《こ》えなければいけないのだと、心を鬼《おに》にして、彼女《かのじょ》の手助けをしなかった。結果的に彼女は自分の力でなんとかできていた。

「羊学者くん、猫で監視しすぎるといつかバチが当たるよ。アルウくんとの約束は守らないと」

「わかってる、わかってるからおろせにゃ」

お節介《せっかい》焼きの同居人にずいぶん注意された後で、俺は『猫化けの魔法』を封印《ふういん》することにした。アルバスキャットになるとカークに確定でもふもふされてしまうデメリットもあるゆえ。

そんなこんなでアルウの健《すこ》やかな成長をたまに見守りつつ、朝にはアルウと一緒《いっしょ》にお弁当を作り、昼には禁書庫で知恵《ちえ》の探究と『暗黒の七獣』について調査をし、夜はみんなで食卓《しょくたく》を囲んだり、アルウの魔術や奇跡《きせき》の鍛錬《たんれん》につきあったり、充実《じゅうじつ》した日々を送っていた。

職場ではわりとサボり放題なのもあいまって、俺の生活の質はとんでもない高さにまであがっていた。今が最高潮だ。この時間がずっと続けばいいのに。

「羊学者くん、実は2週間後、誕生日なんだけど」

ある日、カークがとんちきなことを言って、何か期待する眼差しをしてきた。

「僕はね、塔《とう》で師匠《ししょう》と暮らしていたとき、すごく可愛がられていたんだ。師匠は厳しいひとだったけど、その言葉に反して愛情を注いでくれた。街で買ってきた見慣れないプレゼントをもらうたび、僕の心は豊かになり、魔術の修行《しゅぎょう》にも身がはいったものだよ」

「なにが言いたい」

「えーっと、ほら、つまりそういうことさ‼」

カークは胸のまえで拳を握《にぎ》りしめ「プレゼントならなんでも嬉《うれ》しいよ」などとほざいた。

「年齢《ねんれい》に見合った大人の落ち着きを手に入れられることを願う。俺から贈《おく》る言葉は以上だ」

「ひどいよ‼　せっかくの誕生日なのに、いつもと同じような嫌味《いやみ》をいうなんてさ‼　羊学者くんは2カ月も一緒に仕事をしている僕に、祝福の言葉をかけてくれないのかい？」

「やらん」

俺は知っている。２カ月も同じ家で暮らして、同じ職場にいればわかる。

当初の印象となにも変わらず、こいつは調子に乗らせないほうがいいってことだ。褒《ほ》めれば褒めた分だけ調子に乗るし、変なトラブルを起こす。例えば茶を淹《い》れてくれたことがあった。美味《おい》しいと褒めたら、隠し味に挑戦《ちょうせん》したとかいって、まともな茶を淹れなくなった。新しい魔術を俺に見せてきたので「流石《さすが》は超一流だな」と冗談《じょうだん》で言ったら、屋敷《やしき》の部屋を2つも使い物にならなくしやがった。だから俺は決めたのだ。こいつはもう二度と褒めないと。

「ふふ、そんなこと言ったって、僕は知ってるんだよ、君が本当は優《やさ》しい人間だって——」

カークが訳知り顔でそんなことを言ってきたので、彼女の柔《やわ》らかいほっぺをつねっておいた。俺は優しいという言葉が世界で一番嫌《きら》いなのだ。報復として夕飯もちょっと少なくしておいた。

あの日からカークが少し拗《す》ねているような気がするのは気のせいではない。

「カーク、茶を淹れたぞ」

「ふん」

拗ねたカークは職場でもそっけない。別にだからどうというわけじゃない。俺の仕事には何の影《えい》響《きよう》もない。拗ねている理由は明確だ。だけど、それを謝《あやま》るつもりはない。

だいたい誕生日だからって、プレゼントをもらえることを当たり前だと思っていることがずうずうしいと思う。やつは「師匠は毎年、いっぱいプレゼントを贈ってくれたんだよ‼」と言っていたが、俺の知ったことではない。何よりやつは甘《あま》やかすと碌《ろく》なことにならない。

「今年は師匠のもとを離《はな》れちゃったし、誰《だれ》からももらえないいんだ……僕はなんて孤独《こどく》なのだろう。待てど暮らせど、祝うべき日に、温かい言葉もなく、心に寄り添《そ》ってくれる人もいないいなんて」

チラチラとこっちを見てくる視線を無視するのもそろそろ限界になってきた。

審議《しんぎ》くらいしてやるか。カークにプレゼントを用意することに得があるかどうかの。

プレゼントを贈るメリット。カークがご機嫌になる。

プレゼントを贈るデメリット。カークがご機嫌になる。

やはり、贈り物なぞ用意するべきじゃない。そうは思ったが、あまりにも仕事に集中できないのも事実。知恵の探究も『暗黒の七獣』に関する調べ物も身が入っていない。カークも俺も。

なんて迷惑《めいわく》なやつなのだ。仕事場全体の効率を、これほど効果的に下げてくるなんて。現場の雰《ふん》囲気《いき》を悪くする天才か。仕方がないので、あぁ、もう本当に仕方がないので、不本意ではあるが、俺はあのやかましい娘《むすめ》にこっそりプレゼントを用意することにした。マジで仕方がないので。

俺は財布《さいふ》の紐《ひも》を緩《ゆる》め、予算を確認《かくにん》する。

おかしなことが起きていた。財布の中身がないのである。厳密には少しだけある。逆さにしたらシルク硬貨《こうか》が2枚だけポロンっと落ちてきた。尽《つ》きた。シルクが底をついた。

ウィンダールには最初にもらった6万シルクのあとに、さらに6万シルクを追加の生活費としてもらっていたし、月に1回、ルガーランドからも給料をもらっている。まさかもう俺は使い切ってしまったのか？　信じられない。狂《くる》っていやがる。

なにが原因なのだろう。考えたらわりとすぐ答えにいきつく。

都会にきて美味しいものが増えたせいだ。生活水準があがりすぎた。良い物を食べすぎなのだろう。あと聖ジェリコの入学のためにわりとお金がかかったりもしていた。

「まったく役立たずだ。あぁ、信じられない、なんでまた金に困るんだ」

俺のシルク管理が甘かったのか……いいや、そもそもシルクが使ったらなくなるという論理が破綻《はたん》しているのである。どうしてお金は使ったらなくなってしまうのだ。誰がそんな風に決めた。お金を使ってもなくならない世の中になれば、みんなが幸せに暮らせるというのに。

「給料日もまだ先だし、カークのプレゼントを買うために仕事を見つけないとだな」

可能であればカークにプレゼントを渡《わた》すということさえ、本人に知られたくない。プレゼントも匿名《とくめい》で間接的に渡すつもりだ。そのため資金の調達も秘密裏《ひみつり》に行わないといけないし、何より、プレゼントのために給料の前借りを申請《しんせい》することとか絶対にあの娘に知られたくない。

金をすぐに作れて、それでいてカークに知られない方法。あそこしかないか。ホワイトカラーな仕事を手に入れてからというもの、もう行くことはないと思っていたが……。

「ここの冒険者《ぼうけんしゃ》ギルドは立派だな。さすがに」

デカい建物を見上げて、俺は感心しつつ、扉《とびら》を押《お》し開いて、受付カウンターへ向かった。

「ようこそ、冒険者ギルドへ‼　今日もウキウキワクワクなクエストが入ってま――――」

赤い髪《かみ》の受付嬢《うけつけじよう》は腕《うで》をわきわきさせながら、そう言い、笑顔《えがお》を固まらせる。

「ひええ‼　殺人鬼《さつじんき》がでたぁあああぁぁああ‼」

ブルブルと震《ふる》えだし、竜人の少女に負けず劣《おと》らずの振動《しんどう》数で、カウンター上のペンやインク壺《つぼ》を震わせる。これは競合しうる見事なビビり方だ。

冒険者ギルドの受付嬢にビビり散らかされるのも、もうずいぶん久しぶりだ。グランホーの終地ではよくあった光景が、いまでは懐《なつ》かしい思い出だ。

ん？　待てよ、この受付嬢、なんかすごい見覚えあるな？

燃えるような赤いポニーテールと瞳《ひとみ》、名札にはシュラという文字、いちいち挙動がやかましく、聴《ちよう》覚《かく》的にも視覚的にも非常にうるさく落ち着きのない女。そんなところに愛嬌《あいきよう》があったりする。

「お前、さては以前の職場はグランホーの終地だったりしないか？」

「ふっふっふ、どうやら殺人鬼さんも私のことを覚えていたようですね！」

鼻の下をこすりながら得意げな顔をする受付嬢。

「何でここにいるんだよ」

「ちょっと‼　それが感動の再会に対する言葉ですか‼　私は悲しいです、殺人鬼さん‼」

「あぁそうか」

「反応うっすッ‼　ひどすぎます、どうして私がここにいるのか、まずは『なんでお前がここに！』と質問をするのが礼儀《れいぎ》というものです‼」

「もうしてるんだ」

受付嬢はひとしきり暴れたあと満足したのか、指を立ててサクセスストーリーを語りだす。

「かつて薄汚《うすぎたな》い治安の終わっている街でけなげに頑張《がんば》っていた少女は、著名な美少女冒険者たちにこう言われたのです。『あなたはもっと輝けるはず。都のギルドでも大活躍《だいかつやく》できるよ』と。そして、私は上司の推薦《すいせん》と霊園《れいえん》を襲《おそ》ったアンデッド軍団討伐《とうばつ》の功績、殺人鬼を私人逮捕《たいほ》し騎士《きし》に突《つ》き出したさまざま功績とともにバスコでの華《はな》やかな受付嬢ライフをスタートさせたのです‼」

「ちゃっかり俺の功績も奪《うば》ってるんじゃねえ。あと俺のこと私人逮捕したことになっているが、もしや俺をウィンダールのところまで連れて行ったあれのことを言っているのか」

「ぎ、ぎくりッ」

「とんでもねえ捏造《ねつぞう》女じゃねえか。ふてえやつだな」

「細かいことはいいんです、殺人鬼さん、いいんです、細かいことは‼」

受付嬢は「さ、さぁて、新鮮《しんせん》なクエストがはいっていますよ～」と泳いだ目を手元に向け、紙束を整理しはじめる。しかしすぐに目を丸くして、申し訳なさそうな顔をしてきた。

「う、うぅ、殺人鬼さん、残念なお知らせです……」

「ど、どうしたんだ、いきなりそんな泣きそうな顔して」

「クエスト『野豚《のぶた》狩り』が……ありません！」

「ば、かな……」

俺は膝から崩《くず》れおちた。カウンターに手をついて、どうにか倒《たお》れずに持ちこたえる。

「バスコに野豚狩りないのかよ……みんな豚肉に興味ないっていうのか？　塩漬《しおづ》け肉に、肉の細切れいりスープ、美味《うま》いだろ。都のやつはヘルシーな生活してるってか？　いや、そんなはずはない。そうだ、バスコに来てから死ぬほどベーコン食べてるんだぞ！　嘘《うそ》をつくな受付嬢！」

「殺人鬼さん、受け入れてください、これは現実なんです、野豚狩りはありません！」

受付嬢はカウンターをドンッと叩《たた》き、それ以上の議論を許さない。

彼女の表情はやるせなさで満ち満ちている。

「バスコでは野豚さんではなく、育てている豚さんを食べるのです」

養豚場《ようとんじょう》があるってことだな。店頭にはたいてい調理された状態か、切り身の状態で並んでいるので、あんまり意識していなかったが流石はバスコ、発展していやがる。

「でも、豚さんはいろいろ使い道があるので、森でもりもり強く育っている豚さんを倒せば、誰かの役には立ちます。冒険まわりでいうと、錬金術師《れんきんじゅつし》さんたちが素材にしたり、あとは牙《きば》を研《と》いで使い捨てのナイフにしたり、とかですかね！」

「でも、クエストはないんだよな？」

「ないです！」

「じゃあ、わざわざ野豚いかねえよ」

愛着はあるがそこまでこだわりがあるわけじゃない。

しかし、そうなると困ったな。勝手知ったる仕事がなくなってしまった。

「受付嬢、なにかいい仕事はないか。それなりに長い付き合いだ。俺のこともわかっているだろう。ぴったりのクエストを紹介してくれ。手っ取りばやく、まとまった金が手に入る仕事だ」

「ふっふっふ、殺人鬼さんのことなら、この敏腕《びんわん》受付嬢、なんでもお見通しです♪」

まず殺人鬼ではないことを、お見通せていないが。

「殺人鬼さんにぴったりの依頼《いらい》はこれですね！」

「ほう、どれどれ。『捜索《そうさく》、迷子《まいご》の大きな猫』……か」

受付嬢は合否発表をまつ受験生のように祈《いの》ってくる。

「フッ、よくわかっているな、受付嬢。流石だ」

俺の求めるクエストはまず遠出にならないこと。何日も家を空けてデカい獲物《えもの》を狩って稼《かせ》ぐ系はダメだ。アルウという我《わ》が財産になにかあるかもしれない。

冒険者としての評価があがりそうなのも可能なら避《さ》けたいところだ。

以上2点、重要なポイントをしっかりと押さえた素晴《すば》らしいチョイスだと言えるだろう。さすがはクエストソムリエだ。すべてをわかっている。恐《おそ》れいった。

「ふふん、もちろんわかっていますとも。殺人鬼さんは、日ごろの殺人ノルマで忙《いそが》しいので遠出はまずしません。そして、恐ろしい実力者でありながら、その力はひた隠しにします。鷹《たか》は爪《つめ》を隠し、獅子《しし》は牙をひそめ、殺人鬼は凶器《きょうき》をしのばせると言いますからね。真なる殺人鬼とは、日ごろは穏《おだ》やかに目立たず慎《つつ》ましく暮らすことで、秘《ひ》められたる殺意の波動を隠すのです。なので毎日ノルマを達成しつつ無害な市民を装《よそお》えるチョイスをいたしました！」

前言撤回《てっかい》。なにもわかっていなかった。

「まあいい。街中で完結するのなら悪くない。受けてやる」

「よかったぁ、このクエストもう4回も失敗報告がされていまして、だれにもクリアできない迷宮《めいきゅう》入りクエストになるところでした～‼　殺人鬼さんほどの腕前《うでまえ》なら安心して任せられます‼」

話半分で聞きながら、俺の目は報酬欄《ほうしゆうらん》に釘付《くぎづ》けになっていた。驚愕《きようがく》すべきはその金額だ。報酬はなんと3万シルク。猫捜しで一発3万だ。こいつひとつこなせば、次の給料日まで持ちこたえられるし、カークのプレゼントも買うことができる。いこう、やろう。

期せずして美味しい仕事を見つけてしまった。幸運だと信じてクエストをすぐに受注した。

翌日、俺は受付カウンターで新しいクエストを受注していた。赤い髪の受付嬢にバレないように、彼女が奥《おく》に引っこんだタイミングでいつもと違う窓口に駆《か》けこむ。

「こらー‼　殺人鬼さーん、なんで新しいクエストを受けてるんですか⁉」

「チッ、ええい、くそ、見つかったか」

赤い髪の受付嬢が飛んでくる。こいつにバレないようにあえてほかの受付に行ったのに。

「殺人鬼さん、まだ『捜索、迷子の大きな猫』をクリアしてくれていないですよね？」

「こっちだって生活やら面倒《めんどう》な同居人のためにすぐにシルクを工面《くめん》しないといけないんだ。猫捜し？　そんな時間のかかる不毛な作業やってられるか！」

「ちょっとー‼　昨日、報酬に目がくらんでウキウキで受注したのになんて無責任な‼　いまも迷子の大きな猫ちゃんは殺人鬼さんに見つけてもらうのを待っているんですよ‼」

「待ってるわけねえだろ。そもそもな、家出した猫なんてのは、家出したかったから出て行ったんだ。無理やりに家に連れ戻《もど》すのは、猫の意思を尊重していないといえる行為《こうい》だ」

「あっ、出た、屁理屈《へりくつ》！」

赤い髪の受付嬢はポニーテールをぶんぶん振《ふ》りまわす。

「ダメですダメです、そろそろ猫ちゃん捜しに行ってください。殺人鬼さんまでそのクエストに失敗したら迷宮入り確定なんです、どうかお願いします！」

「はぁ、そうは言われてもな。俺だって放置したくてしてるわけじゃないんだ」

根本的にこのクエストが難しすぎるのだ。まず猫を見つけるのも難しい。見つけたとして捕《つか》まえるのも難しいだろう。「あっ、見つけた！」と言った瞬間《しゅんかん》に、ピョーンって壁《かべ》の向こう側に逃げられてしまったりしたら、俺は怒《いか》りで狂ってしまうだろう。

俺には『猫化けの魔法』があるので、こいつを使えばすぐに迷い猫を見つけられると思った。ただ、誤算があった。猫になっても俺の殺人鬼フェイスは健在なのだ。そこら辺の猫に「にゃんにゃーん（訳：そこのお前、ちょっと捜してるやつがいるんだにゃ。話を聞かせてくれにゃ）」と話しかけても瞬間的に逃げられてしまう。

猫どもと鬼ごっこをするのはとても疲《つか》れる。なぜなら俺はアルバスキャットの状態だと上手《うま》く動けないのだ。猫の姿になっても、猫と同じ軽《かろ》やかな動きができるわけじゃない。人として普段《ふだん》生きている以上、猫の土俵では猫に勝てない。これは仕方がないことだ。

「たしかに殺人鬼さんの言いたいこともわかります。助《すけ》っ人《と》が必要ということでしょう」

「助っ人かぁ。微妙《びみょう》にちがうが、まあ俺ひとりじゃにっちもさっちもいかないのは間違いない」

「では、1時間後に来てください。たぶん助っ人がいるはずです」

赤い髪の受付嬢の謎《なぞ》の言葉を信じ、俺は1時間後に冒険者ギルドを再訪した。

俺は訝《いぶか》しみながら、串《くし》焼きを片手にカウンターへともどってきた。

「どこに助っ人がいるんだ？」

「ひえええ、恐ろしい凶相《きょうそう》さんが‼　いったいどこの殺人鬼ですかぁあ‼」

「1時間で顔を忘れるんじゃねえ」

助っ人はパーティテーブルで待っているとのことだった。

バスコの冒険者ギルドは広大だ。この都市を拠点《きよてん》に活動している冒険者は実に300組以上いるのだという。最大のメガロポリスにふさわしい便利屋の数だ。

そんなわけでギルド内も特に人が多い。そして、冒険者なんてたいていは乱暴者なわけだから、そこかしこで暴力沙汰《ざた》が起きている。肩がちょっと当たったとか、声がうるせぇだとか、もう本当に簡単に殴《なぐ》り合いに発展する。ここには自信家でメンツを気にするやつしかいないのだ。

「おい、こらてめえ、いまぶつかったよな」

またすぐ隣《となり》でトラブル発生だ。俺は巻き込まれないように少し離れよう。

「この野郎《やろう》、やりやがったな‼」

「てめえ、うちのリーダーによくも‼」

取っ組み合いをはじめたふたりの冒険者が倒れ込んできた。

波に呑《の》まれて倒されてしまう。一本500シルクもする高級串焼きが手からすっぽぬける。

「あぁああ‼」

慌《あわ》てて『勅命《ちよくめい》の魔法』で引き寄せようとするがわずかに遅《おそ》かった。可哀想《かわいそう》な串焼きは土まみれのブーツで踏み汚《よご》された床《ゆか》の上に横たわる。瞬間、俺は身を焼くほどの怒りに包まれた。

「くそ、この野郎、よくもやったな！」

「てめえこそ、もう容赦《ようしや》し――――」

騒《さわ》いでいる冒険者たちの頭をつかみ、叩き合わせる。串焼きを拾い、汚れた肉を握ってもぎとり、冒険者の口に突っこむ。もうひとりの口には串焼きの串をそのままつっこんだ。

「なあ、おい、美味しいか？　美味しいよな？　それ俺の串焼きなんだぜ？」

「もぐもぐ（ひ、ひえええ、さ、殺人鬼……!?）」

「う、うがぁ、あ!!」

「やべえ、アルバス・アーキントンだ……!!　酒場や夜市で喧嘩しまくってるっていう!!」

「気に入らないやつは全員ぶちのめされるっていう、あのアルバス・アーキントンか!?　ひええ一番イカれたやつを怒らせちまった、俺もう知らねえぞ……!!」

肉を詰《つ》め込まれたやつも、串が刺《さ》さって血塗《ちまみ》れのやつも、必死に去っていき、あとにはドン引きの目線を送ってくる野次馬《やじうま》たちと、倒れた椅子《いす》と机だけが残った。

「冒険者の民度はどこも変わらないな。ろくでなしの職業だ」

「ふふ、相変わらず荒事《あらごと》に巻き込まれているのですね、アルバス様」

聞き覚えのある声にふりかえる。

桜色の髪をした可憐《かれん》な女が立っていた。髪は綺麗《きれい》に整えられてハーフアップにされ、身なりに気を使っていることがうかがえる。赤と黒を基調としたゴシック調のドレスは、洗練されたデザインをもっており、動きを阻害《そがい》しすぎないように華美《かび》さと機能性の調和が図《はか》られている。

彼女の背後にいる3人も、同様に赤色と黒色をメインにした装備で統一感が保たれていた。俺は彼女たちを知っている。『桜ト血の騎士隊』。美しく強い冒険者パーティだ。

「お前たち……どうしてここに？」

「アルバス様、お会いできてよかったです!!」

サクラ・ベルクはパーッと顔を輝かせ、強く抱擁《ほうよう》してきた。相変わらずの怪力《かいりき》だ。ドレス越《ご》しにもわかる彼女の豊かな双丘《そうきゅう》は、俺の腹筋のあたりで卑猥《ひわい》に形状を変化させる。

いかん、理性を保つのだ。俺は魔法使い。童貞《どうてい》を守る者なり‼

「ぐっ、サクラ、よせ、くっつきすぎだ」

「ふがっ、ふがふが、ふがっ、あ〜アルバス様の匂《にお》い〜」

「馬鹿《ばか》か、ふがふがするな！　ええい、やめろ、嗅《か》ぐな！」

「お嬢様、みっともないのでおやめください、周りが見ています」

本当だ、まわりが見ているな。おかしいな、さっきまで俺のことドン引きした視線で見ていたのに、今はやたら殺意というか、どす黒い嫉妬《しっと》のようなものを感じて悪寒《おかん》がするのだが。

「あー本物のアルバス様ですね。どれだけ離れようとやはり夫婦《ふうふ》の運命は交差するように描《えが》かれているようです。あっ、ちょっ、クレー、放しなさい‼　いま感動の再会中なのですよ‼」

「ご無沙汰《ぶさた》しております、アルバス様。とりあえず場所を変えましょう。お嬢様の発作《ほっさ》がでてしまっているようですので、どこか落ち着ける場所へ」

暴走ピンクをいさめた副隊長クレドリス・オーディは、そのままピンク運搬《うんぱん》へ移行し、1階の受付で「個室をひとつ貸していただけますか？」と赤髪の受付嬢に言って、鍵《かぎ》を受け取るなり、慣れた足取りで1階奥の廊下《ろうか》を進んで、扉付きの個室にたどり着いた。

「流石は副隊長、見事なピンク運搬ですね！」

「なにがピンク運搬ですか、そんな単語はありませんっ！　クララもトーニャも適当なこと言って！　最近、隊長である私への敬いが足りないのですよっ‼」

クレドリスの肩に担《かつ》がれて運ばれるサクラのことを、トーニャは離れたところから遠慮《えんりょ》がちにいじり、クララは無力なピンクの頭をちょんちょん叩いてからかっている。仲良しなようで何よりだ。

「危ないところでした。もしバスコでお嬢様の醜態《しゅうたい》をさらしてしまえば、それはそのままアーティハイムへの評判に直結してしまいますから」

「もうすでにこの持たれ方が恥辱《ちじょく》の極《きわ》みですけどね、クレー‼」

「はい、そうですね、お嬢様。でも、あのまま殿方《とのがた》にこすりつきながら下品に鼻を鳴らすよりかは、ダメージを抑《おさ》えることができたかと思います」

　クレドリスは荷物をそっとおろした。サクラは不満そうに胸の前で腕を組んだ。

「お前たち本当に久しぶりだな。いつからバスコにいたんだ？　まったく会わなかったが」

「到着《とうちゃく》したのはつい先日なのです。ウィンダール様がアルバス様とアルウちゃんを連れてバスコに行ったのは知っていたので、すぐにでも追いかけようと思ったのですが……」

「そうだな。俺もてっきりもっと早く会えるものだと思っていた」

　サクラはけっこう俺のことを好いてくれている。ほかのメンバーも、俺に敬意を向けてくれているのがわかる。彼《かれ》らからはマイナスの意思を感じたことがない。俺が過去について多くのことを知れたのも彼女たちのおかげだ。俺が魔法使いであることも知っている。秘密の共有者だ。

　その意味において、彼女たちをとても信頼《しんらい》しているし、好意的に思っている。馬鹿とクズと変なやつらしかいない異世界において、全幅《ぜんぷく》の信頼を寄せることができる存在はとても貴重だ。

「どこに行っていたんだ？　なんでバスコにすぐ来てくれなかったんだ？」

「はうっ‼　聞きましたか、クレー⁉」

「聞きました、お嬢様」

「アルバス様はつまり私に会いたくて仕方がなかったとおっしゃいました‼」

「ニュアンスを捏造するんじゃない。そんなこと言ってないだろ」

「いいえ、絶対に言いました。このサクラ・ベルクにはアルバス様の発言を完全に記憶《きおく》するためだけの脳組織が存在します。それによると『どこに行っていたんだ？　なんでバスコにすぐ来てくれなかったんだ？　寂《さび》しかったんだぞ』と言ったとされています」

「やはり改竄《かいざん》されてるな。嘘つきピンクめ。前に会った時よりひどくなってるぞ」

「でも、会いたかったのですよね、アルバス様。アルバス様の優秀《ゆうしゅう》にして美しい弟子《でし》に」

「俺はバスコに到着するまで時間がかかった理由を問いただしただけだ。俺が他人に会いたがるだと？　俺は冷徹《れいてつ》だと何度言えばわかる。無理やり俺に人の心を持たせるのはよせ」

「むう、一瞬素直《すなお》になったと思ったら……まあいいです。これは大いなる進歩でしょう‼」

サクラはトーニャの猫耳をモフモフしながら満足そうに笑みを浮《う》かべる。

「我々がバスコへの道を遠回りしたのは、たいした理由ではありません。恰好《かっこう》をつけるために、冒険者等級をあげてきたのです。現在『桜ト血の騎士隊』は海蛇等級《シーサーペントランク》パーティに認定されています」

彼女たちは鷲獅子等級《グリフォンランク》だったはずだ。海蛇等級となるとひとつランクがあがっている。

「すごいな。あげようと思って上げられるものなのか」

「逆、かもしれません」

俺は「逆？」とこぼす。クレドリスは冒険者等級について手短に説明してくれた。

冒険者等級とはそもそも伝説の冒険者ノルドビスの冒険の軌跡《きせき》なのだという。

猪等級《ボアランク》、狼等級《ウルフランク》、熊等級《ベアランク》、石像等級《ゴーレムランク》、鷲獅子等級、海蛇等級——これらは冒険者ノルドビスが倒してきた獣《けもの》や怪物《かいぶつ》だ。冒険者等級を手に入れるためには、その等級にふさわしい獣か怪物を倒さないといけないのだ。あるいはそれ以上だろうと断言できるレベルの獲物を狩らないといけない。

怪物の分布地域として、鷲獅子は比較的《ひかくてき》広い地域にいるのだが、海蛇になるといきなり地域が限定され、内陸にいる限りは、まず海蛇等級にはあがれないのだという。『桜ト血の騎士隊』がしばらく鷲獅子等級に留《とど》まっていたのは、これが主な理由とのこと。

「いやあ、本当に海蛇を見つけるの大変でしたよ、アルバス様」

「3回くらい船だしてもらった。すごく大変だった」

クララはクールに腕を組み、壁に寄りかかっているが、その表情は苦々しい。

「海蛇ってどう倒すんだ。その弓でやったのか?」

「うんん。みんなで船の上からモリを投げたんだよ、先生。こうやって。いっぱい」

想像より地味な討伐だったのかもしれない。

「鷲獅子等級じゃダメなのか。バスコの冒険者ギルドだって鷲獅子はほとんどいないだろうに」

「抜《ぬ》きんでるには海蛇じゃないとダメだったのですよ。北方貴族アーティハイムは、巨人《きょじん》の霊峰《れいほう》をふくむグレイライン地方を代表する人間族の貴族です。それも古い時代からの。バスコとは歴史的に衝突《しょうとつ》を繰《く》りかえした時期もありました。我々が見くびられるわけにはいかないのです」

「さっき見くびられる要素しかないピンクの愚行《ぐこう》を見た気がしたが……」

「ぎくり……」

「隊長の発作は病気のようなものなので、私ももう諦《あきら》めています」

サクラはクレドリスを悲しそうな目で見つめる。

「アルバス様のほうはどうされていたんですか？」

俺はバスコに来てからのことを、まとまりなくダラダラと話した。

みんなやたら熱心に耳を傾《かたむ》けてくれるのでつい喋《しゃべ》りすぎる。

「それで、アルウが、俺のことを、恥《は》ずかしいって……俺はアルウのことを大事に思ってるから、守りたいだけなのに、これって反抗期《はんこうき》なのか……？」

「アルウちゃん、完全に娘ポジションを確立するなんて、目を離している間に好き勝手を……」

「あんなに尖《とが》っていたのに……こんなに丸くなられて……」

「アーキントン先生が子育てに悩《なや》む親になってる⁉」

「アルバス様もずいぶん苦労をなさっていたようですね。お察しします。我々で力になれることがあれば遠慮なくおっしゃってください」

クレドリスは淑《しと》やかな笑みを浮かべ、胸の上に手をおいた。トーニャもクララも、サクラもうなずいてくれる。なんて心強いのだ。

「わかったその時は、ぜひ頼《たよ》らせてもらおう」

「はい‼　どんな困難であろうと我が騎士隊は必ずやアルバス様をお助けいたします！」

そんなこんなで近況《きんきょう》報告会が終わると、ふと、最初の話を思いだす。

「あれ？　というか、俺はあれだ、猫捜しの助っ人を探していてだな……」

「それなら私たちのことだと思いますよ、アルバス様」

なんだと？　こいつらが助っ人？

「お前たち猫捜しまでできるのか？　流石だな、海蛇等級」

「ふふん。うちにはその手のスーパープロフェッショナルがいるのですよ」

サクラたちの視線が、トーニャに集中する。その黒い猫耳がピコピコ動き、尻尾《しっぽ》がゆらゆら揺《ゆ》れる。トーニャはすこし恥ずかしそうに身をよじる。

「では、その依頼について教えてください。たぶん、アーキントン先生のお力になれるかと」

猫捜しは猫専門家ならぬ猫に任せるというわけか。

面白《おもしろ》い。お手並み拝見といこうか。

◆　◆　◆　◆

カフェテラスで優雅《ゆうが》にマフィンをかじる。隣ではサクラが目をきらきらさせてケーキにぱくついている。クレドリスは御淑《おしと》やかにハーブティーを飲み、クララはクッキーをもぐもぐする。

優雅だ。優雅すぎて仕事中であることを忘れてしまう。

「ん、また揺れてる！」

サクラが叫んだ。また地震《じしん》だ。バスコではよくあるやつ。

「お嬢様、机の下に隠れてください‼」

「ん、緊急回避《きんきゅうかいひ》行動‼」

サクラもクレドリスもクララも、素早《すばや》い身のこなしで机の下に入りこんだ。

訓練された動きだ。見事なものだが、明らかにそこまでする必要はない。

「アルバス様！　はやく先生も机の下に！」

「平気だ。これくらいなんでもない」

俺は茶をすすり遠くを眺める。すぐに地震はおさまった。

「わあ、流石はアルバス様ですね！　こんなときでも平静さを保たれるなんて‼」

「なんと余裕《よゆう》のある振《ふ》る舞《ま》い……さすがはアルバス様。我々もアルバス様のような冷静沈着《ちんちやく》さをもつべきかもしれませんね。そのほうがアーティハイムの騎士として優雅にみえるでしょうに」

「大地が動いても心は動じず」

大袈裟《おおげさ》なやつらだ。地震なんてたいしたことではないのに。

「ふぇえ、すごく疲れたし、めっちゃ揺れたし、散々ですよ～」

へろへろになったトーニャが帰ってきた。

「おおきな猫捜し、ネコネコネットワークをもってしても、その情報にたどり着くのは簡単ではなかったです。――って‼　なに皆《みな》さん、優雅にアフタヌーンティーしてるんですか⁉」

トーニャは帰ってくるなり、尻尾をピーンと伸《の》ばして裏切り者を見る眼差《まなざ》しをしてきた。

「なんですか、その甘そうなケーキは、なんですか、その香《かお》り高い茶は、なんですか、その焼きたてのクッキーは‼　アーキントン先生、マフィン分けてください……‼」

「トーニャ、これが食べたいのか」

ちいさな猫獣人のお腹《なか》がぐぅ～と鳴る。生唾《なまつば》を飲みこみ、こくこくとうなずいた。

俺は彼女を憐《あわ》れみながら、目の前でマフィンを口に押し込んだ。

「あぁああ～⁉　アーキントン先生が、意地悪、してきます……‼」

トニャ虐《ぎやく》からしか得られない栄養素があるかもしれないと思って試《ため》してみたが、なんということだ、実験は大成功だ。これは新しい元素の発見に匹敵《ひつてき》するな。

「うぅぅ、どうして、私がこんな目に……」

店員がトレイを片手にやってくる。

「ご注文のマフィンはこちらのテーブルでよろしいですか？」

「そこに置いてくれ。どうも。トーニャ、調査ありがとう、さあ、甘いものを補給するといい」

「アーキントン先生、私のことを忘れていなかったんですね!!」

「当然じゃないか。トーニャは大事な仲間だ」

本当は普通に俺がおかわりしただけなのだが、そのことは伝えないのが吉《きち》だろう。

トーニャがむしゃむしゃとマフィンを頬張《ほおば》り、ぬるくなったティーを飲むのをみんなで眺め、彼女がひとまず満足するまで待ってから、調査結果の報告がおこなわれた。

「ええっと、この地区にいる猫たちに話を聞いたところ、どうやら猫たちの間で奇妙《きみよう》な噂《うわさ》が流れているようでして。それがおそらくはおおきな猫の正体かと思われます」

「ビンゴだ。流石はにゃんを司《つかさど》る獣人だ。あとはそいつを捕まえるだけだな。それで一発３万シルクだ。折半しても１万５０００シルク。素晴らしい」

サクラはこちらをチラッと見てくる。

「アルバス先生、折半したらひとり６０００シルクでは？」

「え？　ぁぁ、そう、だな……」

「あれ、なんかモゴモゴしていますね。これは決まりが悪くなった時のアルバス様の顔です」

サクラは腕を組み、顎《あご》に手をそえ、推理フェーズに移行する。

「むむ、折半して1万5000シルク？　もしかして、アルバス様と『桜ト血の騎士隊』で折半しようとしていませんでしたか？」

「なんのことかさっぱりわからないな。出たらめはよすんだ、サクラ」

「なんて意地汚《きたな》い計算なのですか‼　だいたいアルバス様、マフィン食べていただけなのに！」

「それを言ったらお前もケーキをもぐもぐしていただけだろうが」

「いいえ違います‼　トーニャはうちの隊員です‼　私はここで作戦指揮をとってました‼」

「ええい、屁理屈ピンクめ」

これは不毛な争いだ。続ければ続けるほど、トーニャが全部報酬を受け取るべきという結論に近づいていってしまう。ここらへんでやめよう。俺が不利になる戦いはしない。

「おほん。最後は俺が魔法でさっと捕獲《ほかく》しよう。どこに件《くだん》の迷子猫はいるんだ、トーニャ」

「いえ、それがですね、もしかしたら私たちが追っているのは猫ではないかもしれなくて」

順調に行われていた報告会は、一気に雲行きが怪しくなった。

◆　◆　◆　◆

トーニャの衝撃《しょうげき》の発言が予想していたものと違ったため、俺たちは急遽《きゅうきょ》、冒険者ギルドへ向かい、この『捜索、迷子の大きな猫』の仔細《しさい》について依頼主に確認することにした。

クエスト用紙をよく見れば、概要《がいよう》のところに「わからないことがあったら、聖ジェリコ大図書館の一階36番あたりの机にいる美少女をたずねてください」という記述があった。

丁寧《ていねい》に場所を記してあるので、俺たちは聖ジェリコ大図書館へ迷いなく足を向けた。

そこで出会った美少女は机にうずたかく積まれた本の森に潜《ひそ》んでいた。

白い髪のほっそりとしたシルエットの女。美少女っちゃ美少女ではあるか。

「この依頼主ってお前のことか、カーク」

「まさか羊学者くんがこのクエストに取り組んでくれていただなんて」

まさかこいつがクエストの依頼主だったとはな。流石に想定外だった。

サクラは無表情でこちらを見て「アルバス様」と熱を感じさせない声でたずねてくる。

「この女はだれですか？」

「その聞き方はちょっと好きじゃないな、圧を感じる……」

強すぎるサクラの眼力から俺は視線をそらした。

「答えられないのですか？」

「知り合いだ。仕事仲間だ。魔術師だしいろいろ交流があるんだ」

桜色の瞳が懐疑《かいぎ》に染まっていく。カークのほうは能天気な顔をして「そちらの可愛いお嬢さんたちはどちら様だい？」とたずねてくる。こいつも可愛いお嬢さんのくくりにいるはずだが、やたら上からの物言いだ。サクラはカークへしっかりと向き直ってから口を開いた。

「わたしはサクラ・ベルク。つまりアルバス様の嫁《よめ》です」

つまりの使い方が正しくない。

「へえ、お嫁さんかぁ。へえ…………え？　嫁？　うえええええ!?　嫁ぇぇ!?」

「図書館では静かにしてくださいッ‼」

司書の怒声《どせい》がカークに口を塞《ふさ》がせた。こいついつも怒られてんな。

サクラは不敵に笑み、俺の腕に身体を預けてきた。豊かな柔らかいものが腕に押し当てられ、ふにゃと形状を変化させる。カークはそのさまを見て顔を赤くし、鼻から血を流しはじめた。

「つ、つまり、君たちは相思相愛関係にあり、夜の営みとか、朝の営みとか、そういうこと⁉」

「いや違う――「そういうことですよ♪ アルバス様と私はとっても仲良しなんです」

「仲良しって、つまりすぐ仲良しするってことかい⁉」

「いや違――「そういうことですね♪ どこでも仲良しできます‼」

カークはすっかり顔が赤くなってしまい、机の上の中折れ帽子《ぼうし》を手に取って口元を覆《おお》った。目元も赤くなっており、俺とサクラを交互《こうご》に見ている。ええい、面倒な勘違《かんちが》いを。エロガキが。

「いや、違うからな。なにを考えているか知らんが違うからな」

「まあまあ、アルバス様。これ以上この話をするのは、淑女《しゆくじよ》としてすこし恥ずかしく思います」

「何が淑女だ……おい、クレドリス、暴走してるんだが。発作だ」

「ふがふがしてないので、一応、セーフとします。お嬢様、ふがふがはダメですよ」

俺は大丈夫じゃないんだ。童貞を守り切るという意志に必要以上の負荷《ふか》を与《あた》えないでほしい。

しばらくのち、カークはまだ火照《ほて》った顔をしていたが、件の依頼について説明してくれた。

「秘密裏に進めたかったけど、仕方がないね。羊学者くんには隠せないだろうし。うん、正直に話そう。実はこの依頼でいう猫というのは、『暗黒の猫』という怪物のことでね」

「暗黒の猫……カーク、おまえ『暗黒の七獣』のこと見つけていたのか」

「ご明察の通りさ、羊学者くん。いや、それとも伴侶《はんりょ》くんと呼ぶべきか……」

「羊学者でいい。いらんことで迷うな、蒸《む》しかえすな。どうしてルガーランドに報告しなかった。それに俺にだって黙《だま》っているとはどういう了見《りようけん》だ」

「だって伝えてしまったら、アルウくんが危ない目にあうじゃないか」

ルガーランドに伝えるということは、導きの英雄たちが動員されるということだ。

それは運命の戦いにアルウが足を踏みだすことを意味している。

「僕は自分が教えたあの子を恐ろしい戦いに参加させたくないよ。あの子はすごい才能を持ってる。でも、まだ魔術の道を歩みだしたばかりだ。英雄の器《うつわ》だとかって白教の怪しげな予言の話だろう？　僕はそんなものに構わない。羊学者くん、これはね、僕の使命なんだよ。僕は師匠から託《たく》されているんだ。多くの希望を。だから、『暗黒の猫』がかつてバスコのどこかにいたとわかった時に、僕は僕でこうして調査をはじめたというわけさ」

カークはアルウのことを大切に思ってくれていたということか……。俺はため息をつく。

「期せずして俺たちの思惑《おもわく》は重なったたか。俺も同じ思いなんだ。アルウを戦わせたくない」

「え？　そうだったのかい？　なら、僕たちは協力できるという意味じゃないか！」

カークと俺は意見を一致《いっち》させ手を取りあった。つい先日まで拗ねていたことが嘘のようだ。

「ん、そういえば、どうして羊学者くんは冒険者として仕事を？　お給料はもらってるだろう？　なんで副業なんかしているんだい？　もしや緊急でシルクが入り用になったとか？」

「トーニャ、カークに調査の報告をしてやれ」

「あれ？　どうして僕のことを無視するの？　羊学者くん？」

カークの余計な勘繰《かんぐ》りには構わず、ネコネコネットワーク報告をしてもらった。

「体長にして大きなお魚、50匹《ぴき》並べてもなお比肩《ひけん》にならないサイズの化け猫が、地下水路から続いている、とある空間に閉じ込められているそうです。その大ボスはお腹が50回空《す》く程度前にあらわれて、野良猫たちに絶え間なく食べものを集めさせている……とのことです」

トーニャはメモを読み終える。猫界隈《かいわい》の単位のせいでいまいち情報が伝わりにくい。

カークは両肘《りょうひじ》をついて顔の前で手を組み、真剣《しんけん》な表情をつくっていた。

「間違いない、『暗黒の猫』だっ！」

いまの情報は確信をもてるほどの精度ではなかったように思うが。

「絶対にそうだと思う。たぶん。きっと。おそらく。もしかしたら。雰囲気的には」

「どんどん自信がなくなっていくじゃねえか」

サクラが手をあげて「その暗黒の猫ってなんなのですか？　アルバス様はわかっているようですが」と俺とカークを交互に見てきた。俺は「カーク、頼《たの》んだ」と説明を一任する。

「任せてくれ。ふっはっは、この僕が説明してあげよう♪　さあ、みんなそこに座りたまえ」

知識披露《ひろう》大好きっ子カークによる説明を受け、『桜ト血の騎士隊』は難しい顔をする。

「歴史的な大物なのでは？　これは危険な戦いの予感です。覚悟《かくご》をして戦いにのぞまないと」

「安心したまえよ、お嬢さん方！　そのためにこの僕、偉大《いだい》な魔術師カークがいるのさ。安心してほしい、僕は超一流の魔術師だ。どんな危機からでも君たちを守ってあげるよ」

「なんだか、この子ども、とても偉《えら》そうですね」

サクラは頬《ほお》を膨《ふく》らませてご不満な様子だ。こいつとカークは年齢がほとんど変わらないが。

「羊学者くんもまた僕に匹敵する魔術師だ。だから完全に安心してくれていいよ、お嬢さんたち」

「あーなるほど、知らない感じなんですね」

サクラたちは優越感《ゆうえつ》をもった表情でカークを見つめる。

カークは「へ？　僕なんかおかしいこと言った？」と不安そうな顔で見かえす。

「いえいえ。なにも。それじゃあ、行きましょうか。超大物の化け猫退治に」

「巨人戦争がのこした悪魔族。気を引き締《し》めてまいりましょう」

サクラはムンっと鼻息を荒《あら》くし、クレドリスは覚悟の表情をした。

「さっきから聞いてた感じ、もしかしてお前たちもついてくる感じなのか？」

「当然‼　アルバス様が危険な戦いに挑《いど》もうとしているのに、私たちが傍観《ぼうかん》するとお思いで？」

「アーキントン先生のお役に立たせてください！　トーニャたちの力に頼ってください！」

「アルバス先生の武器となる。足手纏《あしでまと》いにはならない」

「これが我々の総意です。お嬢様の独断ではございません。どうかお力添《ちからぞ》えさせてください」

「俺は別に構わない。カークはどうだ。なにか問題はあるか」

「ふーむ、君たちのような可憐なお嬢さんたちがこの激しい闘《たたか》いについて来られるか……」

「安心しろ。お前より彼女たちのほうが頼りになる」

『暗黒の七獣』の一角『暗黒の猫』はバスコの地下に眠《ねむ》っている。

第四王子に情報がたどり着けば、導きの英雄たちが招集されることになる。

そうなればアルウが駆り出される。そうはさせない。ここで片付ける。偶然《ぐうぜん》を装って運命も予言も破壊《はかい》する。これがベストなんだ。

第六章　アイズの導き

時を少し遡《さかのぼ》ったある日のこと。

休日の朝から、アルウのまったく予想していなかったことが起こった。

リドルが渡《わた》してきた封筒《ふうとう》を受け取って、幼げな表情はしばし固まる。

「なんでホッセから手紙が……？」

「さあ？　でも、アルバス様には知らせないように、とのことで」

「アルバスに知らせちゃおうかな」

「いいと思いますが、そうなると死体がひとつ増えることになるかもしれないですよ」

アルウは思案する。アルバスのことだ。ホッセがアルウに内緒《ないしょ》の手紙を送ったなどと知れたら「うちの子に秘密の手紙だと？　死に方は選ばせてやるか」とフガルを召喚《しょうかん》してしまうだろう。

その時「にゃーご」と猫《ねこ》の鳴き声がひびいた。アルウはピクっと反応して見渡す。

「あっ、あの猫ちゃんだ」

アルウは窓辺に座《すわ》っている野良猫《のらねこ》をみるなり、嬉《うれ》しそうに近寄りなでなでする。

対照的にリドルの怯《おび》え方は尋常《じんじょう》ではなく、野良猫に近づくことすら憚《はばか》られるといった具合だ。

なぜならその猫、恐《こわ》いのだ。目は黄色く、三白眼のように瞳孔《どうこう》がちいさい。

「ふふん、今日も遊びにきたんだね、可愛《かわい》いね～」

「あ、アルウ様、その猫、知ってるんですか？」

「うん。聖ジェリコにいってる時とか、通学路でたまに見かけるんだよ」

「危なくないですか？　悪魔《あくま》の使いとかと言われてもしっくりくる目つきをしてますけど」

「そんなこと言わないであげて、リドル。この子、こんなだけどすごく優《やさ》しい子なんだよ。すりすりしてくるし。もふもふ！　目つきが悪いのもアルバスみたいで可愛い」

「さ、左様ですか。アルウ様は変わっておられますね……」

「うーん、それにしてもどうしようかな。ホッセの手紙。アルバスはきっと反対するけど……」

ホッセのことはあまり好きではなかったが、ウィンダールのもとで2カ月も剣術《けんじゅつ》をともに修行《しゅぎょう》した仲ではあった。品性を身につけていき、野良犬から飼われてる犬くらいにはマイルドになっていく過程を見てきた。最後のほうはアルウを気遣《きづか》ってくれたことは、まだ記憶《きおく》に新しい。

（まあ、ホッセみたいなのでも、死んだらウィンダールが悲しむかもね）

アルウは手紙を開く。そして、その表情をキリッと険しくした。

その朝、万端《ばんたん》の準備をして向かった先は、騎士団《きしだん》本部の訓練場だった。

広々とした訓練場には、すでにやつがいた。

蒼《あお》い髪《かみ》をした爽《さわ》やかな顔立ちの青年。高い身長、広い肩幅《かたはば》に、筋肉質な身体《からだ》。身体に巻き付けられた剣帯ベルトにサーベルが2本も差してある。野良犬ホッセだ。

「やっと来たかよ、アルウ」

「髪伸《の》びたね」

「ウィンダールに髪伸ばしていいって言われたからな」

以前、敗北した時、ホッセは坊主頭《ぼうずあたま》にさせられたが、いまはふさふさしている。

「で、なんで竜人《りゅうじん》までいんだ?」

アルウの背後にアイズターンがいる。ホッセに見られただけで萎縮《いしゅく》している。

「ふええ、あ、アルウ、どうしてあたしまで、こんなところに……」

「アイズターンのこと、ホッセが舐《な》めてたからだよ」

「あたしなんて舐められて当然だって……!!」

泣き顔のアイズターンを放っておき、アルウはホッセをキリッと睨《にら》みつける。

「手紙受け取ったよ。わたしと手合わせしたいみたいだけど」

「おう。保護者には言ってねえだろうなぁ。あの極悪面《ごくあくづら》のアルバス・アーキントンにはよぉ」

アルウは少し考え「言った」とボソリと発言した。

「バカかよ、なんで——!!　ちくしょう、俺《おれ》、死んだ」

ホッセは飄々《ひょうひょう》とさせていた表情を、焦燥《しょうそう》に染め、この世の終わりみたいに両手を頭にやる。

「嘘《うそ》。言ってないよ」

「ふざけやがって。人をからかって楽しむ趣味《しゅみ》ができたのか?」

ホッセは不機嫌《ふきげん》にアルウを睨む。

「手紙にアイズターンはいらないって書いてあったから、その罪を償《つぐな》ってもらっただけだよ」

「え?　あたしは来なくてよかったの?」

「うん。ホッセはわたしだけ呼んでただけなんだ」

「ええ〜!!　じゃあ、本当になんであたしここに……」

「アイズターン、ホッセをやっつけていいよ」

「意味不明だよっ‼」

アイズターンはアルウに泣きついた。

「そんなの無理だよぉ！」と叫《さけ》びながら。

「おめえが学校で、えーと、なんだっけ、名前忘れたけど、なんか実力者の奥歯《おくば》をガタガタ言わせてしばきまわしたって話を聞き及《およ》んだからよ、このホッセ様が、剣《けん》も触《さわ》れねえチビがどう成長したのか、たしかめてやろうと思ったわけだがぁ……そっちの竜女も神秘を修めたのかぁ？」

「あたしは雑魚《ざこ》のままです……何の成長もしてないカスです、お願いです、見逃《みのが》してください……」

平謝《ひらあやま》りするアイズターンにホッセは興味を失ったようだった。

「お前にはまだ導きが見えてねえみてぇだな」

「ホッセがそんな言葉使うなんて珍《めずら》しいね。導きなんて信じてなかったのに」

「別に。今もそんな信じてねえけど。でもよ、フリックもエゾフィルのおっさんも、なーんか変わってってよ、俺もまあ、なんだ、以前の俺の在り方は、まあ、あんまり良くはなかったのかなって思いはじめてるし、これが変化っつうかぁ……まあ細かいことはいいんだよ」

ホッセは立ち話を切りあげ、二振《ふ》りのサーベルを抜《ぬ》いてくるくるとまわし、「どれだけ英雄《えいゆう》としてちからを付けたのか見せてもらうぜ」と狩《か》りをはじめる獣《けもの》がごとく、肩《かた》と首の筋肉をほぐす。

アルウはアイズターンへ「離《はな》れておいて」と言って、押《お》しやった。空《くう》を握《にぎ》り、愛用のステッキを取りだす。彼女《かのじょ》のまわりにふわりと魔力のオーラが立ちこめる。

「なんだぁ？　猫？　はっはっ、可愛いもん使ってんな」

ホッセはアルウのステッキを見て小馬鹿《こばか》にしたように笑った。ムッとするアルウは、ステッキを持ちあげ魔力を行使した。力が収束し、結晶《けっしょう》を複数つくりだす。結晶の数はどんどん増加する。

結晶群星はつむじ風に巻き上げられた花びらのごとく、くるくる、ふわふわと漂《ただよ》いはじめた。輝《かがや》く星々はアルウのまわりを衛星のように旋回《せんかい》し、なお加速していく。

（ホッセ相手ならたくさん力を使えそう）

多くの奇跡《きせき》でみられる輝く結晶をつくる術式は、少ない魔力で効果的な神秘現象を起こすことを得意としている。奇跡の技《わざ》は、その思想のなかに普及《ふきゅう》性がある。普及させるために少ない魔力をいかに生かすかを考えて設計されてきたのだ。

魔術は違《ちが》う。そもそも選ばれし者だけにしか扱《あつか》えない。魔術のスタートは魔法使いにあったからだ。最大の才能と最大の力をもっているからこそ、持たざる者の気持ちが根底に存在しない。使えない者にわざわざ使ってもらうことなど考えて設計されていない。

アルウが大量に生み出した輝く結晶は、学校で学んだ奇跡でつくりだしたものだった。

物質になっているため持続力に優《すぐ》れ、攻撃《こうげき》にも防御《ぼうぎょ》にも使える。

もっとも身体のまわりを覆《おお》い尽《つ》くすほどの量をつくりだすような式は存在しないし、くるくる衛星のように回転させる式も奇跡には存在しない。融通《ゆうずう》の利《き》かなさは魔術の論理により、奇跡の術式に介入《かいにゅう》することで使いやすいように、アルウによってデザインし直されているのだ。

これこそアルウが見出《みいだ》した融合《ゆうごう》と発展である。

（『星空と奇跡の魔術』――防御魔術の三『衛星結晶体《サテライル・クリスト》』。わたしのオリジナルスペル）

アルウは自信満々の表情で、腰《こし》に手をあて、ちまーんとした胸を張った。

「防御にも攻撃にも使えるんだ。これは最強だよ」

「ほう〜ぴかぴかして綺麗《きれい》じゃねえか」

「ホッセ、これ痛いから覚悟《かくご》したほうがいい。お腹《なか》にぐっと力をいれておいて」

「確かになぁ。近づいただけでズタズタにされそうだなぁ」

「でしょ？　恐かったら降参してもいいよ」

アルウは淡々《たんたん》と言う。ホッセは耳をほじりながら「うーん」とうなる。

「でもよ、別に俺はよ、ここで突《つ》っ立ってお前の魔力が尽きるの待ってればいいんじゃねえのかぁ？　ええ？　俺だって知ってるぜ、流石《さすが》によ、奇跡も魔術も、使ったら疲《つか》れるんだろぉ？」

「なんか見透《みす》かされてるみたいで腹立つね、ホッセ」

アルウは頬《ほお》をぷ《す》くっとさせる。

「俺の腹が空くのと、おめえの魔力が尽きるの、どっちがはやいかの勝負でもするつもりかよ。防御固めたくらいで勝ち誇《ほこ》るんじゃねえ」

「うーん、わかった、それじゃあ――」

「そもそもアルウ、お前は勘違《かんちが》いしてやがる」

「どういうこと？」

「そもそも、それじゃあ防御は不十分ってことだよぉ」

アルウは目を丸くする。ホッセは凶悪《きょうあく》な歯を剥《む》いて、腰を深く落とすと、サーベル二振りを下段に構え――力一杯《ちからいっぱい》に斬《き》りあげた。激しい旋風《せんぷう》が巻きおこり、束ねられた風の刃《やいば》が飛んできた。風の刃はアルウを守る結晶体を乱し、散らし、完璧《かんぺき》だと思われた防御に隙《すき》を生ませた。

「はっ！　吹《ふ》けば飛んじまう、安い防御だなぁ!!」

ホッセは地を蹴《け》り、一気にアルウへ斬りかかった。

だが、近づこうとした瞬間《しゅんかん》、散らされた結晶体が接近するホッセへ飛んでいった。まるで流れ星が落ちゆく軌道《きどう》を運命づけられているように、それらの結晶はそうなることは決まっていたかのように、滑《なめ》らかに、前兆なく、ホッセの全身に突き刺《さ》さった。

ホッセは「うぎゃぁぁあ⁉」と悲鳴をあげ、血まみれになって吹っ飛ばされる。

「いってぇ‼　まぁじで、痛《いて》ぇぇ⁉」

「言ったじゃん。攻撃にも防御にも使えるって。すごく痛いとも言ったよ」

「く、くそっ、さっと近づいて叩《たた》けば、それで終わる話だと思ったが……」

ホッセは恨《うら》めしそうに、アルウとそのまわりの結晶群星を見やる。アルウは棒立ちしているだけなのに、なぜか勝手に倒《たお》された。状況《じょうきょう》だけみればダサいことに腹が立っていた。

「ホッセの敗因はわたしを舐めてたことだよ。もっと慎重《しんちょう》になれば避《よ》けられたのに」

「あぁ、そうだな、これは俺の負けだ。やろうと思えば、いまので俺は死んでたしな」

アルウは否定しない。事実、ホッセを殺せたが、そうはしなかった。

「なんで俺の速さに反応できたんだ。お前、ただの魔術師だろ」

「見て、狙《ねら》って、攻撃はできないよ。ホッセは速すぎるもん」

「じゃあなんで……」

「接近を防ぐように術式を組んであるから。誰《だれ》かは問題じゃない。自動で攻撃してるんだ」

「魔術師っていうのはぁ……ずりぃな。今度はもうすこし勉強しておくことにするぜ」

アルウはホッセへ手を差し伸べた。ホッセは疲れたように笑《え》み、その手を取って立ちあがった。

「どうやらもう手合わせは終わったみたいだな」

「んあ？　あれはエルフと竜人ではないか。どうしてここに」

向こうからやってきたのは背の高い獣人《じゅうじん》とずんぐりむっくりしたドワーフだった。

「あう、全員きた……」

アイズターンは翼《つばさ》を閉じて、尻尾《しっぽ》を丸め、可能なかぎり小さくなった。

獣人フリックの青色の瞳《ひとみ》はしばらくアイズターンをとらえる。

「なんだ言いたいことでもあるのか、竜人」

「ひぃ、い、いえ、あたしのような木っ端《こっぱ》のことはお構いなく……っ‼　フリックさまの気分を害したのなら、も、申し訳ありません……っ、さっさと灰になります……っ」

「用がないのなら別にそれでいい」

フリックはアルウと血塗《ちまみ》れのホッセを見比べた。

なにか言いたげな狼《おおかみ》顔はすこし悩《なや》んだのち、アルウへ声をかけた。

「お前がホッセを倒したのか？」

「うん。すごいでしょ」

フリックは腕《うで》を組んで「あぁ。信じられない」という。

「でも、本当のことだよ。ね、ホッセ」

「はぁ、悔《くや》しいが、このチビエルフは戦う力を持ってるぜぇ。あんたよりも強いんじゃねえか」

「それは楽しみだ。ホッセと手合わせするために呼ばれたが、この血塗れに追い打ちをするわけにはいくまい。代わりにエルフ、もしその気があるなら、俺にもその力をぶつけてくれないか」

アルウを見下ろす蒼瞳《そうどう》に、彼女は首を縦にふった。

「アルウだよ。よろしく。痛いから覚悟はしてね」

「俺はフリックだ。導きで得た力、見せてもらおうか」

「そっちのドン、なんとかもやる？」

「ドン・エゾフィルじゃ。わしは見てるだけでよい。戦いはそいつらに任せている」

アルウはこの日、2名の英雄の器《うつわ》との手合わせを制し、その成長を彼《かれ》らに証明した。

またホッセの思い付きではじまった手合わせ会は、この日を機にたびたび開かれるようになり、英雄の器として集められた者たちに、交流が生まれるようになっていった。

◆　◆　◆　◆

入学1カ月後、アルウは選択《せんたく》科目の特別授業でアイズターンを見つけた。

赤くて立派な尻尾を踏《ふ》まないようにまたいで、アルウは隣《となり》の席に腰をおろした。

「おはよう、アイズ」

「お、おはよう……アルウ」

アイズターンは挙動不審《きょどうふしん》にアルウをチラチラ見やる。

「アイズって、呼ぶんだ」

「うん。アイズターンだと長いから。友達《ともだち》はニックネームとかで呼ぶものでしょ？」

アルウなりに考えた呼び方は、見事にアイズターンに刺さった。この若き竜人の少女ははなはだ友人に恵《めぐ》まれなかったため、こうしたことへの耐性《たいせい》がまったくない。

アルウは視線をさげる。アイズターンの赤い立派な尻尾が、左右にゆらゆら揺《ゆ》れている。

「尻尾、動いてる」

「え？　あぁ、えっと、これは……‼」

アイズターンは頬を染め、気恥《きは》ずかしそうにいうことを聞かない尻尾を手で押さえた。

「竜人にはよくあることなんだ。勝手に動いちゃう……みたいな」

「へえ、そうなんだ。知らなかった」

実際は感情の高ぶりで尻尾は動いてしまうのだが、アイズターンの口からそのことが説明されることはなかった。アルウは「竜人って大変なんだ」と純粋《じゆんすい》な感想を抱《いだ》くに留《とど》まる。

「皆《みな》さん、ようこそ、聖文字の授業へ」

授業開始の鐘《かね》が鳴ると、教壇《きようだん》でメガネをかけた陽気な男が声をだした。

「私は第二学生から選択できるようになる聖文字を担当しているコルニックだ。本日は第一学生の君たちにとって、数少ない文字を使った奇跡を学ぶ機会。有意義なものにしよう」

陽気なコルニックは、言って腕をおおきく広げる。沈黙《ちんもく》が訪《おとず》れる。

教師の「拍手《はくしゆ》！」という要請《ようせい》により、ようやく生徒たちからぱらぱらと拍手が送られる。

「よろしい！　さて、本学期がはじまってはやいもので3カ月。奇跡に対する理解も深まりはじめた頃合《ころあ》いだろう。聖文字の奇跡について、ちゃんと予習している優等生はいるかな？」

だれも手があがらない。アルウ以外は。

「えーっと、名前を聞いても？」

「アルウです」

「ミス・アルウ、挙手ありがとう。皆、拍手を‼」

またぱらぱらと手を打つ音が聞こえる。

「聖文字の奇跡は主にペンなどの筆記具をもちいて力のある文字を、光で描《えが》きだす神秘の技《わざ》です」

「素晴《すば》らしい、120点だ！」

コルニックは「ブラボー‼」と叫び、過剰《かじょう》な拍手をする。

ひとりだけテンションが浮《う》いていることにまだ気づいていないようだ。

「では、奇跡の難易度についてもわかるかな、ミス・アルウ」

「聖文字はとりわけ筆記する文字の正確さ、光が霧散《むさん》しないうちに文を書ききるだけの筆記速度などを求められるため、難しいとされる……です」

拍手をしながら「2000点だ！　ありがとう！」と、コルニックは叫んだ。

「聖ジェリコの学生は奇跡を体系的に学ぶ必要があるけれど、聖文字は6つの奇跡のなかで、求められるものが多いとされているね。でも、使いこなせれば詩のもつ無限にして可能性にあふれた力を感じることができるはずだ。ペンは剣よりも弓よりも強いとわかるだろう」

コルニックの指導のもと、紙に筆記する練習がはじまった。

受講者たちはそれぞれ祈祷《きとう》道具のペンをとりだす。だいたいは羽根ペンだ。

「今日は『白い息吹《いぶき》』を書いてみよう。成功したらこうなる！」

コルニックはチョークで白く輝くちからの文字を宙に刻んだ。コルニックが詩の最後に終止符《しゅうしふ》を打つと、白い光の風が、講義室の最前列から一番うしろまで吹き抜けていった。

コルニックはちょっと得意げな顔をし、生徒たちは「おお」と声をあげ、拍手する。

「宙への筆記ができるようになるのが、最終目標だが、ひとまずは紙面から挑戦《ちょうせん》するといいだろう。もちろん、空間筆記に挑《いど》んでもいいがおすすめはしないね」

初めてペンを使う生徒たちは、がやがやとして、お互《たが》いに光のちからを放出することを楽しんでいる。実践《じっせん》が一番楽しいのは万物《ばんぶつ》に共通する。笑い声にお喋《しゃべ》り。愉快《ゆかい》な時間のはじまりだ。

後方の席のアルウとアイズターンも互いに顔を見合わせる。

「この羽根ペン使ったことないや」

アイズターンは言って、羽根をゆらゆらと揺らす。

「ん！　そうだ、これ見て。良いやつなんだ」

アルウは自慢《じまん》げに綺麗なガラスペンを取りだした。

精巧《せいこう》なガラス細工の品は、羽根ペンよりも繊細《せんさい》で、綺麗で、明らかに値打ちがあるとわかる。

「わあ、すごい綺麗だね。猫がペンに巻き付いてるんだね。可愛いや」

「うん。可愛いよね、ステッキとお揃《そろ》いなの。アルバスに一生懸命《いっしょうけんめい》お願いしたんだ。ガラスペン恐いって。最初は高いからダメだって言われたけど、がんばって駄々《だだ》こねたら買ってくれた」

「ごめん、アルウの言ってること半分くらいわからなかったや」

アイズターンが申し訳なさそうにする顔の前で、アルウは宙に綺麗な文字列を刻んだ。

すると、白い風が起こって、アイズの顔をぶわーっと吹きさらした。

前髪《まえがみ》が乱れ、アイズは「ぴゃあ‼」と悲鳴をあげた。

「ごめん、驚《おどろ》かそうと思って……」

アルウは楽しませるつもりだったが、本日はかかり気味なようである。

（魔力を込《こ》めすぎちゃった。アルバス、わたしまだ下手くそだ）

アイズターンは前髪を手で撫《な》でつけて直しながら「だ、大丈夫《だいじょうぶ》、だよ」とアルウを慰《なぐさ》めた。

「すごい上手だね、アルウ」

「ふふん、まあね」

アルウは誇らしげに鼻を鳴らす。

「転入したばかりなのに、どうしてそんなに奇跡が上手なの？」

「家でたくさん練習してるんだよ。たくさん、たくさんね」

アルウはアルバスとカークのもとで、多くの神秘の知識をつけていた。

アルウの師たるアルバス・アーキントンは禁書庫で古い時代の魔導書を閲覧《えつらん》するなかで、神秘にまつわる多くの知識を、思い出すかたちで取り戻《もど》しつつあった。

例えば、奇跡と魔術が本質的には同じものであるとか。奇跡は白教を修飾《しゅうしょく》するための力だとか。魔術に対抗《たいこう》するかたちで見出《みいだ》された体系であるとか。アルウはハイブリッドだ。物事を２つの側面から見ている。奇跡だけを学び、白神樹《びゃくしんじゅ》の知識だけを吸収するのでは不十分だ。理解しきれない論理的な解釈《かいしゃく》と説明を、魔術的な側面から得ることで、奇跡も魔術も完全なものになる。

（信仰《しんこう》は奇跡を強める。論理は魔術を強める。これらはアプローチする方法が違うだけで、かけ離れた存在なわけじゃない。重ねることで新たに得られるものもあるんだ）

忘れられた神秘の智慧《ちえ》。それを伝えることができる唯一《ゆいいつ》の者のもとで、アルウは学んだ。

結果として彼女ははやくにして奇跡のコツを掴《つか》んでいた。

「余計なことを考える必要はないんだ。理屈《りくつ》で考えるの。基本は。文字に思いをこめることに集中するのは、あとまわし。まずは式を満たすために、文字を書ききることを目指すんだ」

信仰や思いの力は神秘の威力《いりょく》に影響《えいきょう》をおよぼす。覚悟、意志、心。そうしたものが生死を分ける戦いにおいて絶大な効果を放つように、それは確かに存在するのだ。

しかし、そこから入るのは信仰心《しんこうしん》のなんたるかを持たない者にとっては非合理的だ。

「学校は白教のための場所だから、信仰心を重視するって教科書に書いてあるけど」

「書いてあるね」

「無視していい」

アルウはアルバスの言葉をそのままアイズターンに伝えた。

「なんだかアルウって怖《こわ》い物知らずだね……」

アイズターンはドキドキしつつも納得《なっとく》はした。信仰がなんなのかよくわかっていないからだ。

羽根ペンで持ちあげ、紙面に『白い息吹《ホルブルム》』を筆記する。

紙が燃えあがった。アルウは顔を押さえて「あちっ‼」とのけぞる。

「ご、ごめん……っ‼」

アイズターンは燃える紙を手でぐしゃっと丸めて消火する。

「こら、そこ、何をしてるんだ‼」

コルニックは慌《あわ》てた声をだす。教室の後方だろうと、火の手があがればすぐ気づく。

「す、すみません、その、ちょっと間違えてしまいました……」

アイズターンはしょんぼりして謝《あやま》る。コルニックは鼻先にくすぶる煙《けむり》を深く吸いこむ。

「名簿《めいぼ》に火の力について備考があったが……ミス・アイズターン、どうして火を使ったんだい？」

「そ、その……」

アイズターンは今にも泣きそうな顔をして言いよどむ。アルウは周囲を見やる。教室の後方へ注がれる視線は、異端者《いたんしゃ》を見るものだ。さっきまでの奇跡を試《ため》す楽しい時間はなくなっていた。お喋りや笑い声が混ざったような雑多な空気はもうどこにもない。

「コルニック先生、どうしてそんなに恐い顔をするんですか。アイズの炎《ほのお》はこんなに凄《すご》いのに」

「それはね、彼女のものは正しくない力だからさ、ミス・アルウ」

コルニックは諭《さと》すようにアルウへ告げた。

「正しくない力？」

「光を使える者は多くない。この場にいるみんなは白神樹によって選ばれ、その秘《ひ》められた力をバスコ、ひいては星巡《めぐ》りの地の平和を守るために使わなくていけないんだよ」

白教の基本的な教え。力あるものが平和を守る。

「けれど、人というのは間違える。惑《まど》い、迷い、悩む。白神樹こそが私たちにたしかな道を示してくれる。だから、力の使い方には正しいものと、正しくないものがあるんだ。光を正しく解釈したちからを、正解性の奇跡と呼ぶ。正しくない解釈をしたちからは、不正解性の奇跡だ。ミス・アイズターンの、光を火に変えるのは、不正解性の奇跡だ。それは都市を焼き、大切なものを破壊《はかい》する。忌《い》むべき力とすら呼べるだろう。だから、火の奇跡はひとつも存在しない」

コルニックは教室の前方、黒板の前にゆっくり戻りながら、教室全体に声が聞こえるように話した。正しい力と、正しくない力について。

「ここにいるみんなは光を宿している。不正解性の奇跡を、聖ジェリコに来る前に身につけた者もいるだろう。悪いことではない。一度、使い方を見出してしまったものは仕方がないことだ。でも、聖ジェリコでは正解を教えている。君たち才能ある光の使い手は、その責任を感じないといけない。正しい力は、正しい魂《たましい》にしか手に入らない。君たちは体系化されている奇跡を学び、あとに続く者たちの模範《もはん》になるような正しい力を身につけてほしい」

コルニックはそう言って、教室を見渡し、生徒たちからの返事にうなずく。

「ミス・アイズターン、君も正しい力を身につけて、正しい英雄になるんだよ。いいね」

教室の後方、アイズターンはずっとうつむいたままだった。

アルウは口をへの字に曲げ、机に頬杖《ほおづえ》をついて聞いていた。

◆　◆　◆　◆

聖文字の授業以来、アイズターンは落ち込んだ様子だった。

アルウは友達として、彼女を元気づけようといろいろ考えていた。

明るい顔で「アイズの炎はかっこいいよ」「アイズにしか使えない力ってすごい」「先生はアイズの才能に嫉妬《しっと》してるんだよ」などなど、言葉を尽くして頑張《がんば》った。

けれどアイズターンは一時笑顔にはなっても、すぐに暗い雰囲気《ふんいき》に戻ってしまった。

「アイズはね、力を使うとぜんぶが炎に変換《へんかん》されちゃうんだって」

「そうなのですか、それはまた強力な癖《くせ》ですね」

アルウは騎士リドルに相談していた。どうすれば友達を元気にできるだろうか、と。

「アーキントン様やカーク様のような、白神樹に属さない異端《いたん》の神秘使いさまたちなら、きっと肯《こう》定的《てい》にとらえられるのでしょうが……聖ジェリコだと難しいでしょうね」

「ねえ、リドルも炎は恐いと思う？」

「私は白神樹の騎士ですからね。昔から火の恐《おそ》れは両親からも教えられていましたし、白教からも、騎士学校でも奇跡を履修《りしゅう》するときに教えられました」

「リドルもそっち側なんだ」

「ちょ、そ、そんな拗《す》ねた顔しないでください、アルウ様」

頬を膨《ふく》らませるアルウに、リドルは動揺《どうよう》する。

「あまり大きな声では言えませんが、本当に気にしてないです。戦いの場では使えるものは使うのが普通《ふつう》ですし。ウィンダール様同様、現場で実際に戦っている騎士たちは、異端だろうが、それに対して厳しく追及《ついきゅう》することはまずないですよ。形式上のスタンスは取りますが」

アルウはウィンダールが異端を敬遠してないことを思いだす。

アルバスが魔術師を名乗った時も、ウィンダールの騎士隊は拒絶《きょぜつ》反応を示すことはなかった。

「ほら、こういうでしょう、英雄は槍《やり》と弓を選ばないと。本物の英雄は異端でさえ使いこなす。火の力なんて、いくらでも使いでがあるでしょうし、恐ろしいがゆえに強力でしょう」

「たしかに。リドルの言う通りだよね」

アルウは腕を組み、アイズターンを肯定させる手段を模索《もさく》する。

（アイズはいつも自信がなさそうなんだよね。あれは元々の性格以上に、聖ジェリコでみんなからいじめられてることと、不正解性の奇跡しか使えないことに負い目を感じてるせい……なら、友達

のわたしにできることは、そんな彼女の異端さを認めてあげることだ）

アルウはうーんうーん、と唸《うな》りながらその晩は床《とこ》についた。

翌日、アルウは昼下がりの中庭でアイズターンといっしょにお昼を食べていた。温かな白神樹の光がふりそそぐ芝生《しばふ》の上、並んで座りこみ、ふたりだけの時間を過ごす。

アルウはアルバスが作ってくれたパンとベーコン、バター、サラダとスープを持ってきている。

「今日も豪華《ごうか》だね、アルウ」

アイズターンはアルウのお弁当の壮大《そうだい》さにいつも驚かされていた。

「うん。アルバスと一緒《いっしょ》に毎朝つくるんだ。そうだ、これ見て」

「それは……水筒《すいとう》？　うわぁ、温かいや」

「不思議な水筒なの。保温機能っていうんだって」

アルバスがプレゼントしてくれた魔法の道具を、アルウは誇らしげに見せた。

網籠《あみかご》からお椀《わん》を２つ取りだし、アイズターンの分もスープを注ぐ。

「見て、アルウ、あたしもサンドウィッチ作ってきたんだ」

「美味《おい》しそうだね」

穏《おだ》やかなランチライムは言葉数少なく、食に没頭《ぼっとう》して終わるのが常である。

だが、今日は違った。アルウは隣でもぐもぐしているアイズターンの尻尾をパシッと、突然《とつぜん》上から押さえつけたのだ。ビクッとするアイズターン。アルウは顔をずいっと近づける。

「アイズの凄い力、全部見せてほしい」

「きゅ、きゅきゅきゅ、急にどうしたの、アルウ？」

アイズターンは目を丸くしてアルウにたずねた。

「誤魔化《ごまか》さないでほしい」

アルウはさらに顔を近づける。のけぞるアイズターン。

「アイズの炎はすごいんだよ。隠《かく》す必要なんてないんだよ」

「うぅ、顔が近い……」

「アイズは何になりたいの」

「そ、それは……」

アイズターンはアルウにほぼ上に乗っかられ、押し倒される勢いでのけぞった。

竜人の筋力で難なく耐《た》えているが、きつそうな姿勢だ。

「強くなりたいんじゃないの」

「そう、だけど……」

「白教の禁忌《きんき》なんか気にする必要ないよ」

ずいずい。アイズターンはいよいよ芝生に背がつき、横たえられる。

「で、でも、変だとみんなに嫌《きら》われちゃうよ……」

「でも、わたしは嫌わない。アイズのこと好きだもん。みんながどう思おうとアイズの味方」

「うぅ、そ、そんな真面目《まじめ》な顔で言われても……恥《は》ずかしいや……」

動かざること山のごとし。アルウはむーっとしたまま見つめ続ける。

おどおどした煮《に》え切らない態度に、アルウは苛立《いらだ》ちを隠さない。

けれど、こうなるともわかっていた。アイズターンに「前向きになって！」とただ訴《うった》えかけるだけでは効果は薄《うす》い。アルウは効果的な解決策を布団《ふとん》のなかでうなりながら考えたが、結局、この瞬間になるまで良い案は思い浮かばなかった。

そのため考えることをやめた。ありのままの心で接することにした。

「わかった、アイズに凄い秘密を教えてあげる」

「え？　秘密？」

アイズターンは素《す》っ頓狂《とんきよう》な顔をする。

「うん。わたしの秘密。誰にも教えてないやつ」

「あ、あたしだけに教えてくれるの？」

「絶対に秘密を守るって約束してくれたらだけど」

アイズターンはごくりと喉《のど》を鳴らす。生涯《しようがい》、初めてできた友。このちいさなエルフのことを特別に思わない日はなかった。自分だけに構ってくれる心の優しい彼女。もっと仲良くなりたい。もっと知りたい。それが誰も知らない自分だけの秘密だという。甘美《かんび》な響《ひび》きだった。

「ま、守るよ、もちろんだよ。あたしアルウのこと裏切ったりしないよ」

それだけは誓《ちか》う。そう言っているような竜の瞳をアルウは信じることにした。

「うん。それじゃあいうけどね……実はわたしは魔術師なんだ」

「魔術師……え？　そうなの？」

「うん。そうなの」

「聖ジェリコにいて平気なの？」

「よくないとは思う。でも、隠してるからバレないんだ」

「ええと、たいしたことじゃないんだけど、もしかしたらちょっとバレてるかも」

アルウは「へ？」と声を漏《も》らし、冷や汗《あせ》をじんわりとかいた。

「この前ね、マリアンナ先生が『ミス・アルウの奇跡はやや異端的な自然光に染まっています』って、廊下《ろうか》でほかの先生と話してるの聞いちゃったんだ」

申し訳なさそうな竜に、アルウのほうは「なんだそんなこと」と、安心した表情をむけた。

「それならわたしも言われてるよ」

「そうなの？」

「うん。『星と夜空は奇跡使いが使うべきちからではありませんよ』って。でも、そんなの知らないよ。わたしもね、アイズと同じなんだ。魔術師だから、わたしが得意な魔術と奇跡がごっちゃになっちゃって、ついつい奇跡の属性も星と夜空に偏《かたよ》っちゃうんだ」

魔術師カークにより指導された最初の魔術『星空の魔術』は、アルウにとって神秘の探究のプロローグであった。人間が故郷の食べ物の味に愛着をもち、自然と好むようになるのと同じで、アルウは星と冷たい夜の法則こそ、自分の行使する神秘すべての起点になっているのだ。

個性や色は、抑制《よくせい》できるものではない。どうしたって滲《にじ》みでてしまう魂の木漏《こも》れ日なのである。

「でも、わたしの力は奇跡の分野で異端視《いたんし》されているだけ。アイズの炎だってそう」

「あたしの炎……」

「魔術師に言わせれば炎は属性のひとつでしかないんだ。それは忌避《きひ》するべきものでも、蓋《ふた》をして封《ふう》じこめるほど恐れるものでない。だから、わたしはアイズのことちっとも怖くないもん」

アルウはアイズの鼻先まで顔を近づける。

「アイズと一緒なら、きっと禍《わざわい》だって切り抜けられる。力そのものが悪なんてことはない。アイズが何かを傷つけることが恐いのなら、わたしのために使って。わたしを守るためにアイズの炎で、その温かさでわたしを包んで」

「あたしの炎でアルウを守る……」

アイズターーンは芝生に重たい頭をあずけコロンと寝転《ねころ》がる。

硬《かた》い角を指でさする。少女の瞳はかつての記憶を掘《ほ》り起こすように細められる。

「あたしね、村にいた時から炎の力が使えたの。それで一度、森を燃やしてしまったことがあるの。もちろん、みんなすごく怒《おこ》ってね、悪魔の使いだってすごく怖がられて。その時からいじめられて。友達もいないし、誰も話してくれないし……辛《つら》い日々だったや」

寂《さび》しげな瞳はアルウを見て「いまとは比べ物にならないや」と、消え入りそうな声でいった。

「村に旅の僧侶《そうりよ》がやってきたとき、彼は癒《い》やしの奇跡で人々を治療《ちりよう》したの。その時、知ったんだ。世界には優しい力と恐い力があるんだって。だからずっとこの恐い力が疎《うと》ましかった」

アイズはそっと胸の前に手をもってくる。アルウは視線を引き寄せられる。アイズのしなやかな手のなかに真っ赤な炎が生み出された。近づけば焼き尽くされてしまう力だ。

「燃やすことしかできない力だと思ってたけど……」

「違うよ」

炎を握るアイズターーンの手の上から、ちいさな手が被《かぶ》さる。

「だってこんなに温かいもん」

アルウは己《おのれ》の過去とアイズターーンの過去を重ねていた。互いに辛い時間を乗り越《こ》えてきたことに、ある種の仲間意識が芽生え、またひとつ共通項《きょうつうこう》を発見したことが、ちいさな嬉しさとなった。

アイズターンは温かい光で満たされるような気持ちになっていた。

騎士たちに召喚され、導きが自分を変えてくれると言われ、辺境を旅立ちバスコに来た。聖ジェリコで変わろう。そう思ったが少女には変化は訪れなかった。何も変わらない。何も変えられない。いつだって受け身で、こんな体《てい》たらくで何者かになれるわけもない。そう諦《あきら》めていた。

しかし、いま少女は暗闇《くらやみ》のなかで一筋の輝きを握りしめた。

（ようやく見えた気がする。アルウがわたしの導きだったんだ）

この光を手繰《たぐ》り、先へ進めばよい。穏やかな確信がアイズターンの胸に湧《わ》きあがった。

◆ ◆ ◆ ◆

アルウの聖ジェリコ修道学校での日々は、それなりに殺伐《さつばつ》としたものだ。理由は明白である。すべては転入直後の大事件のせいだ。特殊《とくしゅ》な友達もまた要因として数える必要はあるだろう。

校舎を歩いていれば、数日に一回はまあ話しかけられる。

「お前がアルウだな？　奇跡決闘《けっとう》を申し込む！」

たいていは上級生からの決闘の申し出だ。アルウは目をぱちぱちさせ、隣にいるアイズターンと顔を見合わせる。そしていつだってこう返事をするのだ。

「いいよ。わたしが勝ったらシルクちょうだい」

アルウはアルバスが新居を買ったのは、自分のせいだと思っていた。初めて魔術を使った時に、宿屋の壁《かべ》を盛大《せいだい》に破壊してしまったからであると。アルバスがいつもシルクに困っていることを知っていたので、実利を加味しての要求だった。アルバスの役に立とうと思ったのだ。

卑《いや》しいことはない。勝手に決闘を申し込んでくるのだ。それを受けてやる以上、ファイトマネーの要求は正当な対価でもある。と、アルウは自分なりに理屈を持っていた。

「ぐぁあああ！　っ、強すぎる……⁉」

「なんなんだよ、こいつは……‼　なんで第一学生のくせにこんな強いんだよ……⁉」

アルウはどんな決闘だろうと勝ちつづけた。

「聖文字の奇跡で、賞金稼《かせ》ぎのアルウと戦いたいと伝えろ。どっちが強いか試したい」

いつしか変な二つ名がつき、勝手にレギュレーションまで設定されはじめた。

アルウが転入してから、２カ月が経《た》ったあたりで、さまざまなタイトルが独占《どくせん》された。

まずはクラスチャンピオンたちの制覇《せいは》。巨樹《きょじゅ》組、聖槍組、太陽組、月組、星組、大地組を背負う奇跡決闘の実力者をくだすという、クラスチャンピオン制覇記録を達成した。もうひとつは聖水の奇跡、聖文字の奇跡、聖剣《せいけん》の奇跡、聖弓の奇跡、聖鐘の奇跡、聖典の奇跡——それぞれの奇跡の使用のみに条件が統一された階級別の奇跡決闘の連覇である。ただいま5連覇までしている。

アルウが残すは聖文字の奇跡で最強をうたわれる第三学生を倒すだけだ。

もっともアルウのほうは勝手に挑まれるのをさばいているだけなので、別に戦ってタイトルを集めたいなどと微塵《みじん》も思っていない。せめてもの対価としてシルクを受け取っているから我慢《がまん》はできるが、普通に面倒《めんどう》なため挑んでこないでほしいと思っていた。

「平和の守り手になろうという者が、賭博《とばく》決闘などと。恥《はじ》を知りなさい、ミス・アルウ」

「わたしじゃないです。みんなが挑んでくるです」

「嘘をおっしゃい。賞金稼ぎ、と呼ばれているのですよね？　素晴らしい才能があることは、称賛《しょうさん》されるべきことですが、そのちからの使い方は考える必要がありますよ」

マリアンナからはシルクのために暴力濫用《らんよう》するやばいやつとすら思われてしまっていた。

アルバスやリドルに相談することもできたが、アルウはそうしなかった。

（アルバスを頼《たよ》ったら、きっと学校に乗り込んでくる。それだけは防がないと）

リスク管理はばっちりであった。

「アルウ、また挑戦者《ちょうせんしゃ》があらわれたらしいよ。ヒギンズっていう聖文字専攻《せんこう》のひとなんだけど」

アイズターンを通じてアルウのもとに果たし状が送りつけられるのも、まああることだった。アルウはいつもと同じようにガン処理しようと、ガラスペンで奇跡の練習をしておくことにした。

放課後、アルウとアイズターンは学校の奇跡練光場のひとかどで奇跡を練習する。

ふたりの最近のルーティンである。

「今日は聖文字を練習してるんだ。ヒギンズ対策？」

「うん。負けたくないからね」

「ねえ、アルウ。その挑戦さ……その、あたしが受けてもいい？」

アルウは宙に筆記する手をとめて、目を丸くする。まったく想定外の提案だったからだ。

「あたしの力でアルウのこと守ってもいいかな……？」

「うん、もちろんだよ、アイズ」

断る理由がなかった。アルウはついにその時がきたのだと心躍《おど》らせた。

数日後、聖文字使いヒギンズとの決闘が、練光場で行われることになった。

場内にはたくさんの生徒が観戦しようと詰《つ》めかけてきていた。

「舐めたことを。アルウめ、俺のことを侮《あなど》っているのか？」

ヒギンズは愉快な気分ではなかった。挑戦を断られた挙句、異端者との戦いを要求された。

異端者を倒さねばアルウは挑戦を受けるつもりはないという。

今、生徒たちに囲まれる練光場のまんなかで、ヒギンズは竜人の少女と相対している。

「おい、トカゲ女、お前が実力も度胸もない、臆病者《おくびようもの》なのは知ってる。賞金稼ぎのアルウといっしょにいるから自分まで強くなった気でいるのか。調子に乗るな。不愉快だから失《う》せろ」

（うぅ、上級生、めっちゃ恐いや。でも、言葉を交《か》わす必要はないってアルウも言ってたし、気にせずやろう。あたしは証明する。そう決めたじゃん。ビビらずやるんだ）

アイズターンは竜爪《りゆうそう》のペンダントを握りしめ、その鋭利《えいり》な刃先《はさき》を赤く燃えあがらせる。

「はっ、異端者めが。痛みでしつけねばわからないか、よかろう」

ヒギンズは豪奢《ごうしや》な万年筆を取りだす。監督者《かんとくしや》の合図とともに、両者速筆をはじめた。ペン先からあふれる光のインク。輝きの尾《お》をひいて聖なる一節を聖典より引用し、筆記体で完成させた。

「夜と朝の流転《アーター・ダ・モータム》――『約束の日、純白の王は法則を敷いた《クーノル・デ・パティ・オークム・カヌ》』」

ヒギンズは一節に強化節を加えた、攻撃奇跡を完成させ、素早《すばや》くペン先を横にふる。

文字が光の結晶となり、ビュンっと空を裂《さ》いて飛ぶ。

対するアイズターンは握りしめた竜爪で焼けつく『×』を一筆書きで刻みつけ、それだけで発射、
激しい十字火炎《かえん》は結晶を打ち消し貫通《かんつう》し、ヒギンズのもとまで炎を伸ばして届いてしまう。

「ふざけるな、聖節を書いてないじゃないか、こんなのただの——うわあぁ!!」

炸裂《さくれつ》。黒煙《こくえん》と爆発音《ばくはつおん》、目を開けられない熱波。ヒギンズは宙高く吹っ飛んだ。

悲鳴があちこちで聞こえる。当のアイズターンは目をぎゅっと閉じていたようで、自分がヒギンズを倒す瞬間をちゃんと見ていなかった。ぱちっと目を開け、周囲を見やり、自分が勝利したことを知る。

「……アルウにちょっかいだすやつはこんな感じになっちゃうから。気を付けたほうがいい」

アイズターンはおずおずとそう言い放つ。こんな惨劇《さんげき》を見せられて挑戦する者はいない。今回の決闘はアルウを守るためにおこなったものだったので、これで役目は果たしたと言える。

「トカゲ女ってこんな強かったのかよ……」

「これまでいじめてたやつら殺されるんじゃないか？　今のうちに謝っておかないか？」

ざわざわとした声と、まばらな拍手がパチパチと響いた。

アイズターンはぽかんとする。入学以来、否《いな》、生まれて初めてのリアクションだった。

出る杭《くい》は打たれる。だが、出過ぎた杭は打たれない。手が届きそうだから人は嫉妬する。届かないと割り切れば、それは憧《あこが》れと羨望《せんぼう》に変わるものだ。

圧倒的《あっとう》な力により、アイズターンは一気に出過ぎた杭になったのである。

第七章　暗黒の猫《ねこ》

「こんな道をいくのか……」

橋の下に地下水路の入り口はあった。川の横腹にポッカリ空いたその穴。直に河川《かせん》に合流しているその穴の先は、薄暗《うすぐら》く、何が待っているのか想像もつかない。

案内の猫たちが6匹《ぴき》ほどの群れをなして、「にゃーにゃー」いいながら進んでいく。猫たちは街のすべてを知っている。路地裏の先も、堀《ほり》下の薄暗い道も、川沿いに歩けばどこに繋《つな》がっているのかも。こんな水路の先でさえ、彼《かれ》らにとっては踏《ふ》みなれたエリアなのだろう。

「ネコネコネットワークによれば近頃《ちかごろ》起こってる地震《じしん》も『暗黒の猫』が原因だとか」

トーニャは猫を撫《な》でながら猫社会の情報を伝えてくれる。

「また『暗黒の猫』は封印《ふういん》の狭間《はざま》で、覚醒《かくせい》と昏倒《こんとう》を繰《く》りかえしているらしく復活の時は近いと」

「では、本日でもって永遠の眠《ねむ》りを与《あた》えることにしようか」

「や、やっぱり、僕《ぼく》は上で待っていようかな。変な臭《にお》いが服についてもあれだし……」

カークは露骨《ろこつ》に嫌《いや》そうな顔で、俺《おれ》の背中のうしろに避難《ひなん》する。

「おやぁ、超《ちょう》一流の魔術師《まじゅつし》カークともあろうかたが、怖《お》じ気《け》づいているのですかー？」

サクラはにやりと笑《え》みを深めた。あぁもう、また始まったよ。

「そ、そんなわけないだろう。僕は偉大《いだい》な魔術師の弟子《でし》なんだ、こんなところで、引き下がるわけには……ひいいい！　いま奥《おく》で変な鳴き声が……‼」

「街の下水は温かくて、湿《しめ》っていて、暗くて、怪物《かいぶつ》の住処《すみか》として最適」

クララはランタンに灯《あか》りをともしながら、その猛禽類《もうきんるい》のような鋭《するど》い目をカークへ向ける。

「ひぃ……‼」

「冒険者《ぼうけんしゃ》も頻繁《ひんぱん》に駆除《くじょ》活動をしない。すくすくと育った思わぬ大物にでくわすかも」

「はう……‼」

「暗闇《くらやみ》から飛びでて、頭にかじりつく。がぶっ、がぶっ」

「うぁあ‼　やめてくれ、なんでそんな脅《おど》かすようなことを……‼」

カークは涙目《なみだめ》になり、完全に俺の後ろに隠《かく》れた。

「羊学者くん、おかしいよ、この子たち、みんな僕をいじめてくるよぉ……‼」

「そんなに怖《こわ》いなら待ってればいいだろ。俺たちだけで十分だ」

「い、いや、それは……ダメだ！」

何なんだよ。ビビりのくせに。

カークがもごもごしていると、クララはランタンを人数分用意しおえた。

それぞれに回し、全員の手に灯りが行きわたったことを確認《かくにん》、地下水路へ足を踏み入れる。

「みゃーお、みゃお」

「にゃぁ、にゃーん」

「ここを右ですね」

トーニャは先頭で猫たちに報酬《ほうしゅう》のおやつをあげながら会話をし、情報をひきだし道案内してくれる。そのすぐとなりにいるのは斥候《せっこう》クララだ。彼女《かのじょ》の鷹《たか》の目は本来、遠くの敵を正確に射貫《いぬ》くとき威力《いりょく》を発揮するが、こうした暗いなかでも視力が利《き》くという利点もある。生来の感覚と、訓練で身につけた観察力で、隊の前方に潜《ひそ》む危険にいちはやく気づける位置にいるのは当然だ。

最後方にいるのはクレドリス、後ろから2番目がサクラ。ふたりとも警戒《けいかい》を怠《おこた》っていない。

一番安全だと思われる真ん中に俺とカークはいる。

「みゃぁ？　みゃあみゃ〜」

「にゃおーん」

「どうやらこの下ですね」

地下水路を進むことしばらく、もうすっかり昼間の空気感すら感じられなくなった奥地で、俺たちは崩《くず》れている壁《かべ》を発見する。崩れた壁の先は、斜《なな》め下へ道がつづいている。

そんな道が数mつづくと、空間の様相が一変する。暗く湿っていて滑《すべ》りやすかった足元は乾《かわ》き、赤茶けたレンガ造りだった地面も、黒いものに変わった。別の場所という感じだ。先ほどの地下水路とは異なる時代、異なる目的、異なる者がつくったのだろう、そう直観的に感じた。

カークは歩く速度をはやめ、目を輝《かがや》かせて、周囲をキョロキョロする。ノートを取りだし、帽子《ぼうし》がずれるのも気にせず、近くの壁に書かれた古代文字っぽいものを注意深く観察する。

「かなり古い文字だ、2、300年じゃ利かないかもしれない。もしかして巨人《きょじん》戦争以前の？」

興奮しているカークの横、俺もランタンを持ちあげて、なんとなく目を通す。

「完成記念の石碑《せきひ》、だな。ここは巨人戦争以前に、巨人王バスコによって建設された重罪人を閉じ込《こ》めるための地下牢獄《ろうごく》だった……みたいだ」

「へえ、すごい、巨人王の時代か‼　師匠《ししょう》が言ってたとおりだ、ひとつ前のキューブの王は巨人王バスコだったって‼　やっぱり、師匠が言ってたことは正しかったんだ‼」

カークは嬉《うれ》しそうな顔でこちらを見てくる。

「あれ？　でも、羊学者くん、すごいね。これは恐《おそ》らく巨人語だ。読めるの？」

「あ？　あぁ、読めたな」

元々アルバス・アーキントンは巨人語を読めたのだろう。たまにこういうことがある。ごく自然と知識や技術がしみだしてくる現象が。目に入った文章を勝手に脳が認識したのだ。

「たまに、読める」

「どういうこと⁉　この文章量のニュアンスを拾うのは、僕でさえ数時間はかかるのに‼」

「お前が巨人語下手なんだろ」

「いや、そうだけど……‼　もちろん、まったく得意とは言えないけど……‼」

「先を急ごう。アルウの下校時刻までに家に帰りたい」

俺はランタンで先を照らす。クララとトーニャはうなずき、猫たちとともに通路をいく。思えば、この通路、やたらデカい。巨人云々《うんぬん》という話に納得《なっとく》感がある。

牢獄という話は正しかったらしく、そこかしこに鉄格子《てつごうし》のはめられた牢屋があった。

牢屋のなかには朽《く》ちた遺体が転がっている。

「「「にゃー‼」」」

「みゃあ⁉」

「なにかいる」

猫がにゃー、トーニャがみゃあ、クララは冷静に手をあげ、全体を制止させる。

サクラとクレドリスは機敏《きびん》な動作で前へと展開した。

「アルバス様、そこの使えない魔術師をお願いします」

「ちょっと、隊長さん⁉　僕のこといまなんて⁉」

「任せろ、こっちの雑魚《ざこ》魔術師は俺が面倒《めんどう》をみる」

「羊学者くん⁉」

ランタンの灯りが埃《ほこり》っぽい暗闇を照らす。俺は目を凝《こ》らす。黒い鎧《よろい》を着こんだやつがいる。

確かに人の形をしているが、体躯《たいく》がかなりデカい。頭部から大きな角が生えている。背中には翼《つばさ》が生えているが、ちいさく折りたたまれ、棘《とげ》のついた尻尾《しっぽ》は地面をこすっている。

瞳《ひとみ》は赤く、ぎょろっとしていて、血走った眼玉《めだま》が俺たちをどう殺そうか考えているようだ。

黒い。あるいは暗黒。そういう言葉が似つかわしい邪悪《じゃあく》な雰囲気《ふんいき》の鎧剣士《けんし》だ。

黒い騎士《きし》は肩《かた》に担《かつ》いだ大剣を握《にぎ》る手にちからを込めた。

目の前の邪悪な存在に懐《なつ》かしさを覚えていた。古い記憶《きおく》が触発《しょくはつ》され蘇《よみがえ》る。

「上級悪魔……か」

黒い騎士は腰《こし》を少しかがめた。足のバネをためる動作。攻撃《こうげき》の前兆ととらえるには十分だ。

『桜ト血の騎士隊』は前兆を見逃《みのが》さない。

サクラはちいさな声で「トーニャ、光源を」と手短な指示を飛ばす。トーニャはそっと隊服のポケットに手を入れ、縦長のポーション瓶《びん》を握った。そのコルク栓《せん》を抜いて、蓋《ふた》のくぼみにハマっている爪先《つまさき》ほどの小石を瓶のなかへ。再び、コルク栓をする。霊薬《れいやく》だろうか。

駆《か》けだす黒い騎士。手際《てぎわ》よく投擲《とうてき》されるポーション。

「目を閉じて‼」

サクラは叫《さけ》んだ。『桜ト血の騎士隊』メンバーはズバッと顔を伏《ふ》せた。俺はそれを見て、今しがた投じられたあの霊薬のようなものが何なのか察し、すぐに視界を塞《ふさ》いだ。

すぐのち、激しい発光現象が起こった。手で隠した向こう側が凄《すさ》まじく明るくなった。光量のピークを越《こ》えたあたりで薄《うっす》ら目を開ける。遺跡《いせき》内が照らされていた。先ほど投じられたポーションは壁にあたり、地面にぶつかり転がっている。割れていない。衝撃《しょうげき》に強い補強瓶なんだ。

サクラが動きだしていた。彼女の瞳は光で焼かれていないのだろう。ゆえにすぐに動ける。「目がぁあ‼　目がぁあ～‼」と悲鳴をあげて転げまわるカークは放っておく。こいつはもうダメだ。サクラはランタンを放《ほう》り捨て、ダッと駆け、波紋《はもん》刀を両手で握る。複雑怪奇《ふくざつかいき》な溝《みぞ》をもつ刀に、柄《つか》から血が供給され、溝が満ち、血の魔力がその刀身を死兆の鬼刃《きじん》と化した。

黒い騎士は光源ポーションの発光で目をやられていた。目元を手で押《お》さえて悶絶《もんぜつ》し怯《ひる》んでいる。

一閃《いっせん》。赤い斬撃《ざんげき》が黒い騎士の首を断《た》った。

目元を押さえていた腕《うで》ごと断ち斬《き》る破壊力《はかいりょく》。これは防御《ぼうぎょ》という言葉への挑戦《ちょうせん》だ。着込んでいた全身鎧の構造的な弱点を狙《ねら》ったとはいえ、三回りも、四回りもちいさい少女が、この厚い身体《からだ》の騎士の腕と首を、鎧越《ご》しに叩《たた》ききれる。卓越《たくえつ》した剣技《けんぎ》と血の魔剣のなせる離《はな》れ業《わざ》である。

サクラは倒《たお》れる黒い騎士をひょいっと避《よ》ける。デカい図体《ずうたい》はもうピクリとも動かない。油断なく周囲を警戒する。光源ポーションの光が届く範囲《はんい》にはとりあえず脅威《きょうい》はいないようだ。

「いいタイミングです、トーニャ。ひとまずコレだけですかね」

澄《す》ました顔でつぶやくサクラ。素晴《すば》らしい手際だ。これが超一流の冒険者か。

「あう、はう、目がしょぼしょぼするよぉ……」

涙目の可哀想《かわいそう》なやつもちょっとずつ回復してきたみたいだ。

トーニャは俺の隣《となり》に来て「どうでしたか」と聞いてくる。

「私のポーションの功績だと思います。アーキントン先生、上手《うま》くできていましたよね？」

猫耳がひくひくし、尻尾がご機嫌《きげん》にゆらゆら。トーニャは褒《ほ》めてほしいようだ。

俺がなにか教えたという自覚はない——覚えてない——が、この子を喜ばせてやりたい気持ちがある。俺は咳払《せきばら》いをして「よくやったな」と言葉をかけた。

「えへへ、アーキントン先生に褒められてしまいました♪」

「トーニャは猫たちに謝罪を。どうやら発光でパニックになっちゃった子もいるようです」

サクラは不満げな顔で「あなたはあっち」と、トーニャに新しい仕事をふって追いはらう。

「うあぁああ、本当だ、みゃー、みゃーお、みゃあ」

「しゃーっ‼　しゃぁあ‼」「しゃぁあ‼」「にゃーごッ‼」

猫たちが怒《いか》り狂《くる》って、トーニャは壁際に追い詰《つ》められ「おかしいにゃ‼　こんなの聞いてないにゃ！　こんな猫に優《やさ》しくないことを続けるなら、報酬のお魚の上乗せを求めるにゃ！」と、厄介《やっかい》なクレーマー集団に声を荒《あら》らげられ、囲まれているみたいであった。

「みんな落ち着いてくださいみゃあ〜‼」

ネゴシエーターは大変な仕事である。

「アルバス様、いまのはトーニャだけではなく、私も良かったと思うんですが、どうでしょうか」

「こほん。うん、よくやったな、サクラ」

「ふふん、ありがとうございます。嬉しいです。嫁《よめ》として」

文脈的に不要な末尾《まつび》をつけつつ、サクラは涙で顔がぐしょぐしょになっているやつを見た。

「それと、イキリ魔術師さん」

「ふえ？　僕のこと⁉」

「わかりましたか、これがプロです。これ見てください。これは発行数の極《きわ》めて少ない海蛇等級《シーサーペントランク》のメダリオンなのです。鷲獅子等級《グリフオンランク》より上の海蛇等級です。わかりましたか？　私たちは超プロです。わかったのなら、二度と偉《えら》そうな口利かないでください。あと逆らわないでくださいね」

「ふええ、おかしいよ、羊学者くん、君の嫁、恐《こわ》い！　僕のことを牽制《けんせい》してくる……‼」

「サクラ、その辺にしておいてやれ。こいつは見栄《みえ》っ張《ぱ》りで、嘘《うそ》つきで、口調はなぜか常に上から目線だが、でも、たぶん、おそらく、きっと、悪い人間じゃない。そして、お前のライバルでもない」

「アルバス様がそういうのでしたら」

サクラはすこし不満そうだったが、ひとまずはあふれでる敵意をひっこめた。

死体検分をしているクララとクレドリスのもとにやってきた。首を断たれた黒い騎士。その身体はおおきく、この場のだれよりも身長が高いし肉体は分厚い。ウィンダール級の体格だ。

改めて思うが、よくこれを一刀でぶっ倒したものだ。

「巻き角に、翼、棘の付いた尻尾。これらは悪魔族のなかでも上位種、竜人族《りゆうじん》が悪魔に堕《お》ちたとされる姿だとか。いわゆる上級悪魔に見られる特徴《とくちよう》です」

「詳《くわ》しいな、クレドリス」

「アルバス様に教えていただきました」

かつて弟子に授《さず》けた知恵《ちえ》を、その本人がすっかり忘れてしまっている。ただ、俺には挽回《ばんかい》のチャンスがある。なぜなら、俺の記憶は認知機能の低下によって失われたものではないからだ。

知識に触《ふ》れたりすることで、かつての記憶が触発されて蘇ってくるのだ。眼前の悪魔族の姿、クレドリスの言葉、俺のなかに眠る古い記憶がわずかに鮮《あざ》やかになる。

「そういえば……バスコに封印したんだった」

俺は膝《ひざ》を折り、悪魔の死体に触れた。邪悪なちから。これも懐かしく思う。

「先生、なにか思い出したことでも」

同じくしゃがんで死体検分していたクララは同じ目線の高さで問うてきた。

脳裏《のうり》によぎる、か細い記憶の糸をたぐる。

「いや、たいしたことじゃない。この都市は敵の勢力下にあった……というか、敵の本陣《ほんじん》だったというべきか。……巨人王バスコ、彼の都市だったんだ。巨人族のもとで、人間族は壁を築き、水路を引いて、畑を耕《せ》した。そこを俺たちは攻め落とした」

瞼《まぶた》を閉じれば、激しい戦火がみえる。無数に飛び交う矢、投石器の雨が壁と巨人たちを襲《おそ》う。突《とっ》撃《げき》してくる黒い獣《けもの》たちは、人間族も獣人族《じゅうじん》もエルフもドワーフも、みんな食い殺していく。

「この地下遺跡は崩落《ほうらく》させたんだ。一網打尽《いちもうだじん》にするために。まさかこれだけの時間が経《た》っても地面の下で悪魔たちの生き残りがいたなんて」

「これがアルバス様の言っていた悪魔族、ですか」

「この遺跡、まだ周囲に移動した痕跡《こんせき》がけっこうある。もうすこしいそう」

クララは光源ポーションの照らす地面を指差す。

「どれくらいだ、クララ」

「多くて10匹か、それくらい。おおきな所帯じゃないです、先生」

余計な戦いに首をつっこむのはポリシーに反するので変なのと戦いたくはないのだが……どのみち大悪魔を排除《はいじょ》するついでか。悪魔族の残党も消し去ってやればいい。幸い、俺には最強の『桜ト血の騎士隊』がついている。自称《じしょう》・超一流の魔術師もいる。何とかなるだろう。

遺跡を進むことしばらく、クララが推測したとおり、悪魔族たちの集団に遭遇《そうぐう》した。

光源ポーションの発光からのピンク速攻《そっこう》という、例のコンボで数匹を瞬殺《しゅんさつ》することに成功したが、元々の数がこちらより多いこともあいまって、すぐに混戦にもつれこんでしまった。

「アルバス先生、すみません、そっちに1匹抜《ぬ》けました！」

「ええい、ちゃんと戦わないか、お前たち、俺が死んだらどうするんだ」

「アルバス様がすごいクズみたいな発言しているのですが⁉」

「くっ、これが悪魔の騎士……っ、力がめっちゃ、つよ、みゃぁぁあ――⁉」

「トーニャ‼」

体格で劣《おと》るトーニャは波紋刀で攻撃を受け止められず、おおきく吹《ふ》っ飛ばされてしまう。

やつらが振《ふ》りまわすのは長大な大剣だ。受け止めれば刃にダメージが入るし、下手をすれば剣ごとぶった斬られる。攻撃のすべてが重たく、強い。

おおきく重たい武器にはデメリットもたくさんあるが、この悪魔という種族は、全員が全員、膂《りょ》力《りょく》が凄まじいもので、大剣を片手で易々《やすやす》と振り回せてしまうらしい。悪魔的な戦い方である。

悪魔の騎士が両足と片手で地面を駆けながら、低空姿勢のまま片手で大剣をぶんまわしてくる。足首——というか膝くらいの高さを狙ってきているなんとも避けづらい軌道《きどう》と高さだ。

「うぁあぁぁあ‼ 羊学者くん、助けてくれぇえ‼」

「ええい、お前は何しに来たんだ、いいからさっさと後ろにいっとけ」

邪魔《じやま》くさいカークを後ろへ押しやって、俺は手を叩きあわせ、地面をはたく。符号《ふごう》は成った。

『銀霜《ぎんしも》の魔法《まほう》』が作用した。地面から引き抜くように氷の刃を抜剣《ばつけん》する。こいつで迎《むか》え撃《う》つ。

俺は氷剣を肩にあてながら、斜めに構え、下段方向から逆袈裟《けさ》懸《が》けに斬りあげられる黒い大剣を受け流し、俺の頭上の壁へと案内して叩かせておいた。

「舐《な》めやがって、悪魔風情《ふぜい》が」

まだ作用が残っている『銀霜の魔法』を継続《けいぞく》発動し、先ほど氷剣をひきぬいた地面から、氷柱を展開、無数の先端《せんたん》が黒き鎧を穿《うが》ち、悪魔を凍結《とうけつ》処理し絶命させた。

奥の壁が破裂《はれつ》した。ひと際デカい悪魔が出てきた。もう人間サイズとかじゃない。

オーガあたりがベースの上級悪魔だ。鉄塊《てつかい》を握っている。あれで壁をぶち破ってきたか。

「どけ、そいつは俺がやる」

あのデカさだと、流石《さすが》に魔法で殺したほうがリスク・リターンの収支が良さそうだ。

オーガは鉄塊をふりあげ、威嚇《いかく》するように目の前の地面をたたいた。足元が崩れだし、ふわっと浮《ふ》遊《ゆう》感が襲ってくる。やば。崩れやがった。俺はとっさに近くにいたカークを掴《つか》んで引きよせた。

落下距離《きより》はたいしたことはなかった。足首をひねることなく無事に着地する。

バラバラと瓦礫《がれき》が落ちてくるなか、悪魔族たちとデカブツも降りてくる。

「けっこう数がいやがるな……」

忌々《いまいま》しく思いながら、落ちてくる悪魔を待ち伏《ぶ》せし氷剣で頭を斬り飛ばす。

「わあ、すごいね、羊学者くん、片手で剣をふってるのにあんなに綺麗《きれい》に首を断てるのかい！」

俺は片手で抱《だ》っこしていたカークを放り捨てる。「いだいッ!?」泣き声が響《ひび》く。

見たところ、サクラやクレドリスは悪魔どもと互角《ごかく》以上に渡《わた》り合い、クララも上手いことといなしている。トーニャも何とか頑張《がんば》れている。流石は超一流の冒険者。なんとかなりそうだ。

一番のデカブツたる悪魔のオーガが「グオ、オォオ‼」と叫んだので、再び『銀霜の魔法』を発動し、分厚い脂肪《しぼう》をたくわえた腹を氷柱で穿ち、瞬間《しゅんかん》凍結させ命を奪《うば》った。

戦いが終わった。「みんな無事か？」と周囲に確認をとる。

トーニャは猫たちに囲まれながら四つん這《ば》いになっている。クララは死体から矢を引き抜いて回収しており、サクラとクレドリスはこちらを見てうなずいてくる。

「大丈夫《だいじょうぶ》です、誰《だれ》も欠けてないです」

「アルバス様、その、すみません、手を煩《わずら》わせてしまいました」

サクラはひどく申し訳なさそうに、氷のオブジェと化した悪魔を見上げる。その時だった。

「ブ、ニァァァアァアァア――‼」

恐ろしい咆哮《ほうこう》が響き渡った。地下空間を震《ふる》わせるような低いうなり声だ。

崩落してたどり着いたここは……なるほど、どうやら我々は目的地にたどり着いたみたいだ。

◆　◆　◆　◆

この先にいる。すぐそこに感じる。強大なちからを。

猫たちは脱兎《だっと》のごとく走りさっている。振りかえらず、すべてを投げうっての逃走《とうそう》だ。

「あ、猫たちが……こら、まだ契約《けいやく》は終わっていないですよ、ちゃんと案内するって言ったじゃないですか、みんな戻《もど》ってきなさい、みゃーお、みゃーお、みゃぁお！」

「トーニャ、彼らは見事に仕事をやり遂《と》げたようです」

俺たちの視線の先、門のようなものがあり、それは固く閉《と》ざされている。この門の先に、恐るべき怪物がいることは疑いようがない。俺は門の前に立ってそっと手を触れた。

古ぼけた石門には、古代の文字が刻まれていた。俺は手で埃とカビまみれの門を払って、刻まれた文字とそこに残っているわずかな魔法の力を感じる。

古い魔法だ。封印は綻《ほころ》び、まもなく完全に破られる。この門の先の存在によって。俺は魔法を指で削《けず》り、朽ちかけた法則を完全に終わらせた。魔法使いが残した仕事。俺の手で終わらせる。

閉ざされた門は解き放たれた。サクラはランタンを放り投げる。門の先は広い空間になっていた。その空間へランタンが落ち、カランコロンと転がっていく。コロコロコロコロ――ぶちっ。踏みつぶされる光源。暗闇で光るのは縦長の赤い瞳孔《どうこう》である。

トーニャの光源ポーションが次に投げ込まれたとき、その姿がパッと照らしだされた。

「ブニャ、アァ」

巨大な顔があらわれた。長いひげ、ピンと立った耳。三日月のように横におおきく裂《さ》けた口は笑みを浮《う》かべる。パチパチ、パチパチパチ、パチパチパチパチパチ。最初は2つだった瞳がどんどん開かれ増えていく。顔の半分からうえの無数の瞳は、ぎょろっと侵入者《しんにゅうしゃ》——俺たちを見つめた。

俺は瞼を閉じる。この怪《あや》しげな討伐《とうばつ》に出かける前に『歪《ひず》みの時計』は確認してきた。歪み時間はたしか7時程度を差していたはず。『銀霜の魔法』を2回、いや、3回使ったか？　でも、ちいさな使用に抑《おさ》えた。たぶんフルで3回分は消耗《しょうもう》していないから、2時間程度での消耗になってる気がする。残りは多めに見積もっても3時間といったところか。3時間あればどんな化け物も殺せる。

「チョウドイイ、本当ニ、素晴ラシイタイミング、ブニャァア、寝覚《ねざ》メガヨイニャ、貴様ラデ、久方ブリノ、腹ゴシラエヲ、シテヤルニャァア」

「お前たち下がっていろ、デカブツは俺が担当だ」

「アルバス様、この化け猫をわからせてやってください!!」

「羊学者くん、みせてやれー!!」

「アーキントン先生、猫だからって遠慮《えんりょ》する必要はないです、私のことはお気になさらず!!」

声援《せいえん》を受けながら、俺は一歩前に出て……すると、暗黒の猫はズサッと背後へ飛びのいた。全身のバネをためている四足獣特有の構え、耳はロケットのように後ろへ絞《しぼ》られている。

「ソノ顔ッ!!　アルバス・アーキントンッ!!」

こいつも俺のことを知っている感じか。すぐ思い出している分、羊より察しがいいみたいだ。

「忘レモシナイ、ソノ顔ダッ!!　ブニャァ、ァァアア!!　ナゼ生キテイルッ!!」

「俺たち知り合いなのか」

「トボケタコトヲ‼　数百年ノ恨《うら》ミ、ココデ晴ラサデオクベキカッ‼」

暗黒の猫はすべての瞳孔を点になるほど見開く。目力だけで穴を穿てそうだ。巨体が凄まじい速さで動きだす。左右に身をふり、獣の俊敏《しゅんびん》さで近づいてきた。10トントラックみたいな巨獣《きょじゅう》が、これほどの速さで動く。風が舞《ま》いおこり、遺跡が揺《ゆ》れて、壁と地面に亀裂《きれつ》が広がる。

「やかましいぞ、キモ猫」

激しく動いているのは攻撃の的を絞らせないためだろうか。でも、俺の『銀霜の魔法』は速い対象もとらえることができる。これくらいの速度なら攻撃をあてることは難しくない。

遠慮なく手を叩き合わせ、程《ほど》よいタイミングで氷柱の山を展開しようとし……ふと、暗黒の羊のことが頭をよぎった。初めて自分の死を明確に感じたあの時。こいつも同じ『暗黒の七獣』なら似たような呪《のろ》いを使ってくるかもしれない。こいつ相当俺のこと恨んでいるみたいだし。

直接攻撃したらダメージが跳《は》ねかえってくる。なら、間接的な攻撃にすれば回避《かいひ》できたりしないだろうか。俺はそう考え、暗黒の猫の突進《とっしん》と噛《か》みつきを寸前のところで回避し、袖《そで》をバサッと払ってまくり、右手の爪《つめ》をたてて左前腕《ぜんわん》を深くひっかいた。手首のあたりから肘《ひじ》へかけてざっくりと。

符号は成った。『死霊《しりょう》の魔法』が作用する。

ドロドロとした血は出血量以上の血だまりをつくり、そこからおぞましい戦士があらわれる。

肉も皮も腐《くさ》り落ちた鉄兜《てつかぶと》のなかに、空虚《くうきょ》な穴がふたつ。大人の男が子供に見えるほどおおきな身体は腐りかけた黒いマントを羽織っている。四本の太腕があり、右後ろには血に錆《さ》びた大剣を、右前の手には片刃《かたは》の潰《つぶ》れた戦斧《せんぷ》を、ふたつの左手には大きな盾《たて》を備えている。

淀《よど》みの血池から、もうひとつの死影《しえい》が湧《わ》きあがる。

それは異形《いぎょう》だ。半身が馬、半身が人間。いわゆるケンタウロスという怪物に近い。暗く濡《ぬ》れたマントはすべてを覆《おお》い隠そうとしているが、ひとたび布地がなびけば、目を覆いたくなるような様相が見る者を震えあがらせる。この怪物は５つの足で大地を踏みしめている。６本目の足は歪《いびつ》に後ろ足の付け根から生えてあらぬ方向を向き、足としての役割は果たしていない。人間部位の上半身も崩れ、右半身だけ異常発達している。太い腕は分厚い大剣を握っている。

「エクサニマトゥス・ホリフィクス、エクサニマトゥス・テネブローサス」

「死サエ操《あやつ》ラネバ気ガスマヌカ」

「死ぬがいい、キモ猫」

俺は血にまみれた腕を横にふりぬく。

悍《おぞ》ましい死体と陰鬱《いんうつ》なる死体。２体の召喚獣《しょうかん》はともに起動した。

強靭《きょうじん》なアンデッドたちは身の毛もよだつ咆哮をあげ、遺跡を揺らし、黒い風となった。

「ブニャア、アァア‼」

暗黒の猫にアンデッドたちの死臭《ししゅう》に満ちた刃は突き刺《つさ》さる。その黒い毛皮に奥深くまで。巨獣は悲鳴をあげ、暴れまわり、アンデッドを振りほどこうとする。

アンデッドどもはなかなか引きはがせず、それどころか腕力で巨獣を押さえこみ、その顔面に大剣をふりおろし、無数にある赤い瞳をブチブチブチッとイクラをすり潰すみたいに破裂させた。聞くに堪《た》えない鳴き声があがった。今度は暗黒の猫の前脚《まえあし》が千切れて飛んだ。

勝利は目の前だ。俺は笑みを深める。巨大な力をふるうというのは気持ちがいい。

「ん？」

俺は手のひらを見やる。ゆっくりと裂けていく。こっちは右腕《みぎうで》だ。『死霊の魔法』のために傷をつけた腕ではない。俺は嫌な予感を覚え、腹をくくった。直後、傷口が勢いよく広がった。

「ぐぅぅぁ、ぁああ‼　クソがぁッ‼」

次に左目の光が失われた。前が見えなくなる。アンデッドたちは俺の異常を察して動きを完全に停止させてしまう。傷が広がっていく。俺は膝をつき、血塗《ちまみ》れになるローブの上から血が流れでるのを必死に押さえる。ダメだ、全然、とまらん。これは死ぬな。

やられた。ダメだった。直接攻撃、間接攻撃、関係なかった。黒い汚濁《おだく》のようなドロドロとしたものを感じる。魔力だ。暗い、暗い魔力。底冷えするような、指先を触れただけで、皮膚《ひふ》をやぶり、肉を喰《く》いちぎって、骨の芯《しん》まで染《し》みてくる。

邪悪な力が影となる。暗い声が耳元に聞こえる。

『返報の魔法。これは愛するあなたへのほんのお返しよ、アルバス』

傷が走る。身体がこのまま裂けてしまいそうだ。果てしない痛みと死の予感。

なんと恐ろしい力なのだ、この力には、俺でさえとても抗《あらが》えない。

◆　◆　◆　◆

2体の身の毛もよだつ恐怖《きょうふ》のアンデッドが召喚され、サクラは色めき立っていた。

「うおおっ‼　あれほどに強大な怪物を召喚し、使役《しえき》するなんてすごいです‼」

「そんな……あのアンデッドたち、暗黒の猫を圧倒《あっとう》してる……」

カークは言葉を失っていた。超一流の魔術師を自称するカークも召喚と使役はおこなう。だからこそ、アルバス・アーキントンが放った2体の化け物が、常軌《じょうき》を逸《いっ》した存在であると理解が及《およ》んだ。冷や汗《あせ》が頬《ほお》をつたう。喉《のど》が渇《かわ》く。舌を湿らせ、呼吸を忘れていたことを思い出し生唾《なまつば》を飲みこむ。

四つ腕の戦士のアンデッドは、その剛腕《ごうわん》で暗黒の猫と膂力で張り合い、手にした盾で猫の突進を押しかえす。邪悪な刃が振られれば、猫の体毛と肉がえぐれ、血が大量に飛散する。

半人半馬の異形《いぎょう》アンデッドは、細い腕をかかげ、宙にある果実を掴み、ぎゅーっと握り絞るように力をこめる。すると、暗黒の猫の足元から亡者《もうじゃ》たちが折り重なった腕が生え、猫の身体を拘束《こうそく》する。腕は一本だけではなく、それ自体から無数の下級アンデッドが生えており、各々《おのおの》朽ちた武器をふるって猫へ攻撃をしかけ、痛みを与えていた。

「流石はアルバス様です、圧倒的ではないですか‼」

「アーキントン先生……っ‼」

「先生なら当然」

サクラは頬を染め、敬愛する師であり愛する夫の活躍《かつやく》を喜び、トーニャはどうにか捕《つか》まえた猫を撫でながら師の偉大さを再認識し、クララは腕を組み「私は疑ったことはない」と澄ます。

まもなく決着だろう。そう思われた。

召喚獣たちの動きがとまる。暗黒の猫は隙《すき》を見逃さず、召喚獣たちを張り倒す。

「なっ、どうしたのですか、頑張ってください‼」

サクラは応援席《おうえんせき》からやじを飛ばす観客のように手に汗を握り、倒れた召喚獣を鼓舞《こぶ》した。

「違《ちが》います、お嬢様《じょうさま》、アルバス様が……‼」

クレドリスは顔に焦燥《しょうそう》を宿し、指をさす。皆《みな》が異変に気がついた。アルバスが膝をついているのだ。口から血を吐《は》き、苦しそうにうめいている。暗い足元には血だまりができていた。

「羊学者くん⁉　なんで、いつ攻撃されたんだい⁉」

カークは自分の能天気さを呪った。心のなかでは自分が活躍しなくても、この強力でプロフェッショナルな冒険者たちと、恐ろしい実力をもつ魔術師がどうとでもしてくれると思っていた。かつて破滅《はめつ》をふりまいた大悪魔を前に何を腑抜《ふぬ》けているのか。カークはすぐさま駆けよった。

「……俺は、もういい……にげ、ろ」

アルバスは絞り出す声でつげる。それが精一杯《せいいっぱい》だった。

暗黒の猫はアルバスの召喚獣を踏みつけ、その巨大な口で四つ腕の戦士にかみつき、上半身を喰《く》いちぎって、ぺっと放り捨てる。召喚獣の片割れは、暗い地面の上で動かなくなった。

サクラたちは動揺《どうよう》する顔を向き合わせる。

隊のメンバーは、隊長の顔にかつての窮地《きゅうち》で見たものと同じ覚悟《かくご》を感じ取った。

「カーク‼　アルバス様をできるだけ入り口のほうへ‼」

サクラはポーチから最高級の治癒《ちゆ》霊薬を取りだし、カークに放り投げる。

「あっ、ぼ、僕は……うんん、わ、わかった、任せたまえよ！」

赤と黒の隊服に身をつつんだ騎士たちが、ザッと展開し、大いなる悪魔に挑《いど》む。

カークは今にも泣きそうな顔をしながら、受け取った瓶を開け、アルバスに飲むように勧《すす》める。

「羊学者くん、さあ、霊薬を」

アルバスは蒼白《そうはく》の表情で首を横にふり、血で濡れた手で霊薬瓶を払いのけた。

「あいつらを、とめろ……これは罠《わな》だった……ここに来るべき、じゃなかった……」

「何を言っているんだい、羊学者くん‼　はやく飲んでよっ‼」

「どうせ助からん……俺があいつを、道連れにする……」

アルバスは息を整え、己《おのれ》の足で立ち上がろうとする。口から血の塊を吐きながら。

「うわぁあ、血が、血が出てるって‼　動いちゃダメだ、本当に死んじゃうよ⁉」

カークはアルバスの背後から膝カックンするように姿勢を崩し、抱きとめながら優しく横たえる。血で服が赤く汚《よご》れることを構わず、アルバスの口に最高級の治癒霊薬を流しこんだ。口から多少こぼれたが、アルバスは「うが、あがが‼」ともがきながらもいくらか飲みくだす。

「ごほっ、ごへえっ、やめろ、殺す気か……っ」

「生かすつもりなんだよ、君はこんなところで死ぬべきじゃない」

「ええい、わからず屋め」

アルバスは恨めしい顔をする。

「攻撃、したらダメだ……みんな死ぬ、死ぬのは俺だけで、いい……」

「どういう意味かわからないよ！　良いから、少しでも離れるんだ‼」

カークはいうことを聞かない老人を強引《ごういん》に連れていくように、アルバスをひきずる。もはや抵抗《ていこう》する力も気力もないアルバスは、虚《うつ》ろな目で連れていかれる。

あたりがカッと光ったかと思うと、強烈《きょうれつ》な炸裂《さくれつ》音が響いた。真っ赤な火炎《かえん》がまき散らされ、暗黒の猫が燃えあがっていた。アルバスは口を半開きにし、目を見開いた。

「超級《ちょうきゅう》入りました‼」

トーニャが叫ぶ。一言で、騎士隊は自分たちがもつ武装の数を共有する。

『桜ト血の騎士隊』がもつもっとも効果的な戦況《せんきょう》打開策こそ、錬金術師《れんきんじゅつし》トーニャの超級の火炎霊薬をもちいた手投げ爆弾《ばくだん》だ。使う機会はほとんど訪《おとず》れない虎《とら》の子である。

サクラは燃えさかる暗黒の猫を見つめ、ここまでの攻防《こうぼう》で得た情報を整理する。

（背中は血纏《ちまと》いで斬ってようやく傷がつくレベル。狙うとしたらやはりお腹《なか》しかない）

「ブニャァ、アア‼　コザカシイ、貴様ラ雑魚ニ用ハナイブニャア‼」

炎《ほのお》に苦しむ暗黒の猫は、ゴロゴロ転げまわり、急いで火を消した。

サクラは波紋刀に血を纏い、顔面に斬りかかった。おおきく裂けた口が開いて、近づいてくるサクラをかみ砕《くだ》かんとする。サクラは攻撃を中断し、後方へ距離をとる。

サクラへ意識をそらした瞬間、クレドリスが飛びこみ、折りたたまれていた波紋槍《そう》を機構により展開させ、身の丈《たけ》以上のリーチをもつ長槍《ながやり》にし、血を纏う穂先《ほさき》で柔《やわ》らかそうな腹部を穿った。

「ブニャァアア――――‼」

暗黒の猫は後ろ脚で空をかくように暴れ、クレドリスは槍から手を離し、一旦離脱《いったんりだつ》する。

無数の赤い目がギロッと槍使いをとらえる。ヘイトがクレドリスへ向きそうになると、矢が飛んできて、瞳をひとつ潰した。今度の怒りの先は、距離をとっているちょこざいな弓手だ。

『桜ト血の騎士隊』がひとつの生き物のように、互《たが》いに互いをカバーしあう。高度に訓練されたこの騎士たちを崩すためには、突破口《とっぱこう》をつくりだす必要がある。そう考えた猫は暗黒の王に与えられた暴力という名の絶対で、小賢《こざか》しい工夫《くふう》も、連携《れんけい》も、戦術も、すべてを薙《な》ぎ払うことにした。

召喚獣に斬り飛ばされた前脚に切断面から黒い液体をあふれさせ、疑似的な前脚をかたどって補う。その黒く邪悪な前脚を地面に突き刺した。黒いみみず腫《ば》れの亀裂が全方位へひろがっていく。

「避けてッ」

誰かが叫び、個々人が回避に専念する。陣形《じんけい》が崩れた。猫の狙い通りだ。混乱のなかで動きの起点になっている桜色の髪《かみ》をした女から殺すことにした。黒い結晶《けっしょう》を発生させ、サクラを包囲する。

「隊長‼」

クララは黒い結晶を転がるように避けながら、動きのなかで弓を引き絞り、狙いをつける。

血を纏った矢は命中地点で炸裂する。赤い輝線《きせん》がビュンッと飛び、狙い通りに黒い地面ではぜた。猫が操る結晶は脚元から流れ出るタール状の黒い液を凝固《ぎょうこ》させた物質のようで、タールから結晶への凝固を邪魔すれば攻撃を抑制《よくせい》できる。クララは短い観察のなかでそのことを察していた。

「ニャアアア‼」

暗黒の猫は執念《しゅうねん》でもって、サクラを黒い結晶で追い詰め、何としてでも殺そうとする。どろどろのタール状の物質が、軍隊アリのごとく大地をかけて、サクラを取り囲もうとする。

クレドリスはすぐさま攻撃をしかけ、暗黒の猫の注意をそらそうとする。猫の腹に刺さっている血槍を押し込んだ。しかし、猫はクレドリスの攻撃にまったく怯まない。

暗黒の猫がぶるりと身体を震わせると、それだけでクレドリスは弾《はじ》き飛ばされてしまった。

（これが巨人戦争で猛威《もうい》を振るった悪魔……血の武器でさえ暗黒の猫を殺せない……‼）

大抵《たいてい》の怪物は、魔法使いが鍛《きた》えた魔剣『波紋刀・結』の敵ではない。大悪魔『暗黒の猫』は血の騎士たちがもつ最高級の武器でさえ、力不足に感じさせる極僅《ごくわず》かな例外であった。

暗黒の猫は決めたのだ。勇者たちの実力を認めると。だから、怪物の強靭《きょうじん》な肉体と体力で彼女たちの攻撃を受けきる代わりに勝利を得る。肉を切らせて骨を断つとはこのことである。

暗黒の猫の采配《さいはい》ひとつで状況《じょうきょう》は悪化した。ここからの一手一手が隊の命運を分けることになる。

（猫を止めないといけない）

クララは暗黒の猫へ矢を放つ、巨獣の顔面に矢が刺さる。だが、お構いなしだ。暗黒の猫は、目が2、3コ潰されようと、構わなかった。勇者相手にならそれくらいくれてやる。

包囲が二重三重に固められ、あらゆる方向からサクラを串刺《くしざ》しにしようと結晶が伸《の》びた。

（こんなところで——っ）

サクラはひどい死の予感に苛《さいな》まれていたが、最後の瞬間まで生存を諦《あきら》めていなかった。

もっとも彼女にこの状況をどうにかできるわけではない。なので、具体的には、仲間が何か起こしてくれる、そのアドリブに応《こた》えられるように心構えをしていた。

それは期待に応えてやってきた。サクラの身体がフワッと持ちあげられる。黒い結晶は、彼女ではなく、その足元の化け物を串刺しにする。アルバスの召喚獣・半人半馬の異形アンデッドが異常発達した右腕でサクラを持ちあげ、天への捧《ささ》げもののように高い位置に避難させた。先ほど暗黒の猫に顔を潰され、もはや死んだと思われたそれは、アルバスの命によって再び動いたのである。

サクラはハッとして背後をチラッと見やる。死ぬほど不機嫌《ふきげん》そうな顔のアルバスがいる。

そこで皆、気づいた。アルバスのすぐ隣で蒼《あお》いちからの渦《うず》のなかにいる少女に。

「法則を司《つかさど》る星空、最大の贈《おく》り物、結ばれる線の力、愚《おろ》か者は拾い集め、完全な形を描《えが》きだす」

カークは魔導書を片手に開きながら、ステッキの頭を暗黒の猫へ向けていた。

うねり声をあげる蒼い魔力は煙《けむり》のように、周囲に星空を漂流《ひょうりゅう》させている。膨大《ぼうだい》な魔力が編みこまれていく。それは暗黒の猫にとっては都合が悪く、サクラたちにとっては切り札になりえる。

暗黒の猫は咆哮をあげ、タール状の液体による攻撃目標をカークへ変更《へんこう》した。

再び、炸裂する爆薬。暗黒の猫の顔へ、トーニャから執拗《しつよう》なプレゼントが押し付けられた。

暗黒の猫は怯みながらも構わず結晶を射出した。地面を這《は》わせて足元から襲う攻撃ではない。結晶をそのまま飛ばして、直接狙い撃つ遠隔《えんかく》攻撃だ。詠唱《えいしょう》していたカークは思わず「ひっ」と身構える。半人半馬の召喚獣が間に入った。射線は遮《さえぎ》られ、飛翔物《ひしょうぶつ》はカークまで届かなかった。

サクラは召喚獣の手から飛び降り、果敢《かかん》に暗黒の猫へと突撃する。『桜ト血の騎士隊』に囲まれ、攻撃を加えられ、物理的にも心理的にも、行動の選択《せんたく》をせまられ、暗黒の猫はとまどい、迷い、どうにかしようと暴れて――そこで最後の時は訪れた。

「右手に集中と最大の攻撃、左手に三重化《フォルカス・マキシマヌス・トリスメギストス》――攻撃魔術の十三『壊滅の流星《ハイ・シュラインゲスタール》』」

カークは指揮棒のように、ステッキを横にふりぬく。編みこんだ魔術がいまかいまかと待ちわびた解放命令を受け、現象を起こした。蒼い魔力はそこに満天の星空を顕現《けんげん》させた。怪しげな星々の輝きのなか、星が点と点で繋ぎ合わさり、夜空の一部を切り取って槍を成した。

流星のごとく降り注ぐ暴威《ぼうい》。暗黒の猫は自身のまわりをタールで固めて守ろうとする。

計9本もの巨槍が暗黒の猫へ降りそそぎ、天井《てんじょう》も壁も砕き、盛大《せいだい》に粉塵《ふんじん》を巻きあげた。

「最大詠唱と3つの追加術式だ‼　見たか、これが魔術師カークの本気だぞっ‼」

カークは滲《にじ》む汗をぬぐい、威勢《いせい》よく腰に手をあてて胸を張った。すべてが収まったあと、そこには魔力の巨槍に貫《つらぬ》かれ、地面に縫《ぬ》いとめられた暗黒の猫の姿があった。

肉体はバラバラになっている。手足は千切れ、見るも無残な姿である。

「やったぁ!? 倒したっ!! 大悪魔を倒したぞ!! ぼ、僕が倒したってことで良い!?」

「……いや、まだだ」

歓喜《かんき》の声をあげる少女のとなり、アルバスは虚ろな眼差《まなざ》しで現実を見ていた。

暗黒の力は消えていない。バラバラになった体が再びひとつになろうとしている。それぞれの部位が意思をもってうごめき、地面を這ったり、転がったりして集合しはじめている。

「うわ、ダメだ、死んでない……」

震えた声がこぼれた。カークは膝から崩れ落ちる。

暗黒の猫は一時、活動停止しただけだ。やがて復活する。それが1分後か、10分後か、あるいは1時間後か、もっと先かはわからない。じきに活動を再開することは想像にかたくない。

「カーク、立ち上がれ、トドメを刺せ、お前の攻撃は確実にダメージを与えてる……」

「さっきので魔力はほとんど使ってて……だから、さっきの攻撃はもう……」

「……そうか」

「僕は本当にダメだね……大事なところで失敗する。暗黒の羊の時もそうだったんだ、あの羊を前に恐ろしくなって動けなかった。ウィンダール様や、羊学者くんが来てくれなかったら、風のニンギルは滅《ほろ》んでた。僕は昔から大事な時にいつもこうなんだ。本当にごめんよ……」

懺悔《ざんげ》と謝罪をくりかえす少女の横で、アルバスは客観的に状況を判断する。

(カークの最大火力は喪失《そうしつ》、重傷の俺、攻撃力《こうげきりょく》が足りない『桜ト血の騎士隊』。だが、方向は間違《まちが》えていない。俺には感じとれる。サクラたちの攻撃も、カークの攻撃も効いてはいる。効果的にダメージを与えている。ただ、足りない。魔力の攻撃能力が)

例えばそれは、広大な森を破壊《はかい》する作業だ。魔力を伴《ともな》わない攻撃は、斧《おの》で一本一本の木を伐《き》り倒すようなものだ。ダメージは与えられるが効率はよくない。血の刃や魔術での攻撃は、森に火をつけることに似ている。火は燃え移り、森は急速に焼け、破壊は進むだろう。効果的だ。

しかし、その森が果てしなく広大だとしたらどうだろう。確かに森は燃え、効率的にダメージを与えられるが、それでも時間はかかる。巨大すぎるというのは正義なのだ。

「逃《に》げよう、今なら大丈夫だ……」

『壊滅の流星《ハイ・シュラインクスタール》』で射止められている今ならば、背を向けて走りだしても大丈夫だろう。

サクラはアルバスのもとに駆けより「撤退《てったい》っ‼」と叫んだ。騎士隊はいっせいにさがりだす。サクラは血塗れのアルバスを抱きかかえ、クレドリスはへろへろのカークを脇《わき》に抱《かか》えた。

暗黒の猫討伐隊は、命からがら遺跡を抜けて、地上まで戻ってくることに成功する。

「はぁ、はぁ、ここまで来ればひとまずは安全といったところでしょうか」

「アルバス様！　アルバス様‼」

サクラは地下水路の横で、アルバスを横たえ、懸命《けんめい》に声をかけた。

逃走中に服用させた治癒霊薬はすでに2本。高位冒険者である彼女たちが使っているのはどれも最高級の治癒霊薬だ。服用後、効果はすぐに表れ、あらゆる外傷を治癒してくれる。

だというのにアルバスの傷はまだ赤々としている。

「最高級2本分の回復量じゃないですね」

「アルバス様ならすぐに傷から立ち直れるはずなのに。普通《ふつう》の傷ではないということでしょうか。トーニャ、あなたは錬金術師なのでしょ、なんとかならないの、このままじゃアルバス様が……‼」

「お、落ち着いてください、アーキントン先生は助かりますから。もう出血は止まっていますし、傷口もほとんど塞がってますよ!!」

ググラグラと大地が揺れはじめる。その場の全員が嫌な予感を言葉にださずとも共有できた。

「どうやら逃《のが》してはくれないらしいな……」

アルバスは深くため息をついた。

忘れ去られた地の底から悪魔の呼び声が蘇る。

大悪魔はついに封印を逃れ、数百年ぶりの地上へと戻ろうとしていた。

第八章　導きの英雄《えいゆう》

その朝、アルウはあの目つきの悪い猫《ねこ》に見送られ、騎士団《きしだん》本部へ足を運んでいた。

英雄の器《うつわ》が英雄になっているのか、ホッセ主導ではじまった手合わせ会に参加するのだ。

本日もまたアルウは新技をもって参戦した。ホッセとフリックは対応できずに、どちらもアルウに敗北を喫《きっ》する結果となった。今週もまた好成績でアルウのひとり勝ちで終わりそうだ。

ボコされる2名を観客席から眺《なが》めるのは、竜人《りゅうじん》の少女アイズターンと、ドワーフの戦士ドン・エゾフィルである。このふたりは手合わせ会に顔はだすが戦いはしない。やじを飛ばすのが仕事だ。

「わしは悲しいわい。わしの傑作《けっさく》たちを振《ふ》るっているというのにのう。野良犬《のらいぬ》ホッセ、狼《おおかみ》フリック、おぬしらは恥《は》ずかしいと思わんのか。エルフのこんな少女にいいように負かされて」

「なぁ、頼《たの》むぜぇ、すこし静かにしてくれよぉ。あんた、自分の剣《けん》で死にたくねえだろぉ？」

ホッセは不機嫌《ふきげん》だ。アルウにひどく負け越《こ》しているからである。通算成績は1勝7敗である。

「そんなにいうのならお前がやってみろ、エゾフィル。言っておくが、アルウは強いぞ」

フリックはアイズターンに包帯を巻いてもらいながら半眼を睨《にら》む。通算成績は2勝5敗だ。

「わしは生産職として地位を固めつつある。騎士団からも『斧《おの》を振りまわすのもいいが、ドワーフ製の武器をもっと鍛《きた》えてくれると助かる』と、なかば戦士として見られておらんのじゃ」

皆《みな》がわいわいしている横で、アルウは展開中の魔術《まじゅつ》をすべて解除する。周囲に漂《ただよ》っていた結晶《けっしょう》の群星がほつれて粉になって消えていく。本日の手合わせはこれですべて終了《しゅうりょう》だ。

「どれ、アルウ、おぬしも武器はいらんか？　導きの英雄のよしみで、割引価格で鍛えてやるぞ」

アルウはしばし悩《なや》んだのち「これがあるからいいや」と、杖《つえ》を持ちあげ、先端《せんたん》の猫を揺《ゆ》らした。

「そうか、まあ、おぬしは神秘使いだしのう。無理にとは言わんわい」

「エゾフィル、神秘使いに剣なんざ使えるわけねぇだろぉがぁ。それより今日このあと鍛冶場《かじば》にいるかぁ？　結晶盾《たて》を叩《たた》いちまったせいでサーベルが歪《ゆが》んじまったんだけどよぉ」

「たしかに盛大《せいだい》に打ちつけてたのう。武器使いの荒《あら》いガキじゃ。直してやるからもってこい」

このあと男衆は皆、エゾフィルの鍛冶場へ行くらしかった。アルウは何か言いかけながらも、言葉を呑《の》みこみ「アイズ、いこ」と、友の手をひっぱった。

手合わせ会が終わったあと、いつもアルウはアイズターンを家に招くことにしていた。

運動したあとはのんびり過ごすのが最近のふたりのトレンドだ。キッチンでお菓子《かし》を焼いてみたり、地下室で魔術や奇跡《きせき》の練習をしたり。今日は一緒《いっしょ》に勉強をすることにしたようだ。

アルウはぼーっとしながら、アイズターンに聞かれた箇所《かしょ》を教えてあげていた。自分の課題にはほとんど手がついていない。時間ばかりが過ぎていく。

心奪《うば》われているのは手合わせ会でエゾフィルに提案されたドワーフ製の武器のことだった。

あの場では「武器はいらない」と言ったが、その実、彼女《かのじょ》には剣というものに未練があった。

すでに魔術と奇跡を手に入れている。でも、剣が欲《ほ》しいと思うのには理由がある。

アルバスの存在である。より具体的にいえば、剣をふりまわし怪物《かいぶつ》を屠《ほふ》るアルバスの勇姿だ。アルウはいつだって英雄の姿を想像する。英雄になった自分がみんなを守る光景を夢想する。アルバスは理想の英雄そのものだ。アルウのイメージにおける最高到達点《とうたつてん》だ。

（アルバスは魔法剣を使って暗黒の王を討《う》った。アルバスは魔法もすごいけど、剣だって世界一。ホッセは何もわかってない。ド素人《しろうと》。最強の英雄は、剣も魔法も使えるんだもん）

「魔法は無理だけど、やっぱり、剣、欲しいかも……」

「え？　アルウ、剣欲しいの？」

「うん。欲しくなっちゃった。ホッセとフリックだけずるいよね。ドワーフ製を使っちゃってさ」

アルウは拗《す》ねた風にふたりの姿を思いだす。勇猛果敢《ゆうもうかかん》な戦い方と、特別な武器。ずるい。

「そっか、ふたりは良い武器持ってるもんね。アルウはどんな剣がほしいの？」

「自分だけの剣。特別な剣がいい！　固有の名前がある魔剣がいい！」

アイズターンがアルウに気持ちよく話させるものだから、妄想《もうそう》と設定はどんどん膨《ふく》らんだ。

「巨人《きょじん》の霊峰《れいほう》にしかない特別な鉱石でできてて、特別な鍛冶師の手で鍛えられるんだ。選ばれし者にしか扱《あつか》えない剣で、資格のない者には重たくて持てない。あと闇《やみ》を祓《はら》う力があるんだよ」

「それはかっこいいね。でも、巨人の霊峰はちょっと遠すぎるよ」

「遠いから価値があるんだよ。滅多《めった》に手に入らないんだもん」

想像しだしたらうずうずが止まらなくなった。

アルウは課題を放《ほう》りだし、アイズターンの手とお小遣《こづか》いの袋《ふくろ》を掴《つか》むなり屋敷《やしき》を飛びだした。

◆　◆　◆　◆

昼下がり、バスコの白き街並みに、黒い怪物があらわれた。

怪物は降り注ぐ光に目を細め、白神樹《びゃくしんじゅ》を煩《わずら》わしそうに見上げる。地面下から黒いタールとともに湧《わ》きでて、悲鳴をあびて、凶悪《きょうあく》な笑《え》みを浮《う》かべる。無数の目はギロギロと周りをうかがう。

「ドコニ居ルニャ？　アルバス・アーキントンッ‼　我ヲ止メラレルノハ、貴様ダケダニャ‼」

恐《おそ》るべき怪物の標的はただのひとり。魔法使い族の生き残りだ。暗黒の猫にとって、それ以外はどうでもいい。魔法使い族以外の敵対者など吹《ふ》けば飛ぶような雑兵に過ぎない。

戦場でもそうだった。脅威《きょうい》なのは魔法使い族やその高弟《こうてい》たちだけ。最強の力をもつ者にとって、戦いとは、同等かそれに近しいレベルの実力を持っていなければ、ただの処理にしかならない。

（王ノ加護ガ我ヲ守ル今、ヤツヲ葬《ほうむ》ル絶好ノ機会ダニャ）

人々が逃《に》げ惑《まど》うなか、暗黒の猫はぐるりと見渡《みわた》す。アルバスが出てくる様子はない。

勝負に応じるつもりはないらしい。ならば引っ張りだすまでだ。

「コノ街ヲ破壊《はかい》シ尽《つ》クシテヤルニャ」

タール状の液体が大地を這《は》い進み、地を割り、建物を沈《しず》め、道路を黒く染めあげる。

天が暗く陰《かげ》る。周囲にタールが形を変えた黒い茨《いばら》が侵食《しんしょく》し、地形を変化させていく。

太古の邪悪《じゃあく》な力が、戦争を忘れた純白の地に、凄惨《せいさん》な死をあふれさせんとする。

「おい、そこの猫ッ‼　だれの店のまえで暴れておる‼　迷惑《めいわく》じゃろうが‼」

叫《さけ》んだのはドワーフだった。大きな斧を携《たずさ》えたドワーフだ。

編み込《こ》んだもじゃもじゃの髭《ひげ》と筋骨隆々《きんこつりゅうりゅう》の肉体、どうやら戦士のようだ。

暗黒の猫の返事はタールを凝固《ぎょうこ》させた結晶弾《だん》だった。ドワーフは間一髪《かんいっぱつ》で結晶弾を回避《かいひ》して、地面に転がり、青ざめた顔をする。すぐに怒《いか》りの形相に変わり、斧の柄《え》を両手で握《にぎ》りしめた。

「わが名はドン・エゾフィル‼　父祖ドン・グラドの末裔《まつえい》にして、黒鉄鋼のドン・レックスの息子《むすこ》‼

怪物め、わしの工房《こうぼう》をめちゃくちゃにしてくれおってッ‼　目に物みせてくれるわ‼」

ドワーフ――エゾフィルは咆哮《ほうこう》をあげた。彼《かれ》の怒りはすでに天元突破《とっぱ》を果たしていたらしい。

立ち向かっていくエゾフィルに対し、暗黒の猫は脅威をまるで感じていなかった。

這い寄るタール状の茨が、駆《か》けるエゾフィルを足元から貫《つらぬ》こうとする。

「馬鹿《ばか》じじいが‼　避《よ》けろッ‼」

エゾフィルの横から突進《とっしん》したのは、蒼《あお》い髪《かみ》の青年――ホッセだ。

「頭に血が上りすぎだなぁ。工房に寄ろうと思って正解だったぜぇ」

「クソガキ、どけい‼　あいつはわしの可愛《かわい》い作品たちごと工房を踏《ふ》み潰《つぶ》しやがったんだ‼」

「見りゃわかるぜ、んなもん。でもよ、あんたひとりじゃ話にならねぇだろ、コイツぁよ」

ホッセは暗黒の猫を見上げて、冷や汗《あせ》をかく。このサイズの怪物には、何にでも噛《か》みついてきたホッセでさえ挑《いど》んだ記憶《きおく》がない。強いことが偉《えら》いようにデカいことは強いのだ。

「でけぇなぁ。でもよぉ～怪物相手にこいつを試《ため》すいい機会なんじゃあねえかぁ？」

ホッセは臆病《おくびょう》になる自分を奮い立たせ、二振りの剣を取りだす。剣身に白い鉱石が埋《う》め込まれた2本のサーベルは、鍛冶師エゾフィルに鍛えられたばかりの新しい武器だ。

ホッセは地を蹴《け》って、軽快な足運びで暗黒の猫へせまった。

形状がいかようにも変化するタールと黒い茨が襲《おそ》い掛《か》かってくる。手数なんてなんのその、暗黒の猫にホッセの迅速《じんそく》はとめられない。彼は容易に猫の懐《ふところ》に到達《とうたつ》して、白刃《はくじん》で強く斬《き》りつける。同じ場所には一呼吸とてとどまらず、そのまま猫の背後へと駆けぬけた。

暗黒の猫は立ち位置を変え、ホッセへ向きなおる。

その頃《ころ》にはホッセの次の移動がはじまっている。崩《くず》れた建物の壁《かべ》を3歩も歩き、立体的な軌道《きどう》から、怪物の背を双剣《そうけん》で乱舞《らんぶ》し「ぶち死ねぇクソ猫ォ‼」と叫びながら、尻尾《しっぽ》のほうへ抜《ぬ》けていく。

と、その時、ホッセが頭で思い描《えが》いていた着地地点に尻尾が割りこんできた。暗黒の猫の意地悪だ。ホッセは身軽であった。尻尾を踏んで、軽い調子で跳躍《ちょうやく》し、一回息をいれる。

攻撃《こうげき》箇所を俯瞰《ふかん》して眺め、あまりダメージが通ってなさそうなことを確認《かくにん》する。

(硬《か》ってぇなぁ？　最初の一撃でようやく出血かぁ？　腰《こし》入れて斬れてない乱舞は意味ねぇわ)

相手を観察すること。有効な手段を考えること。どちらもウィンダールから学んだことだ。

ホッセは考える。これはひとりで狩《か》るのはけっこう難しんじゃないか、と。

「また飛ばしてきやがった、あぶねえ猫だ‼」

結晶を避け、ホッセは悪態をつく。暗黒の猫はゴミ掃除《そうじ》を楽しんでいるようだ。

「うぁあ‼　このクソ猫めぇ‼　またわしの工房が一部消し飛んだぞッ‼　絶対許さんッ‼」

暗黒の猫は挑戦者《ちょうせんしゃ》たちに休む暇《ひま》をあたえず、茨や結晶弾で追撃の手を緩《ゆる》めない。たまに尻尾を器用に使って、広範囲《こうはんい》を一気に薙《な》ぎ払《はら》う。とても危険な攻撃だ。不定期に開催《かいさい》される大縄跳《なわと》び大会で足をひっかけようものなら、人間の身体《からだ》などたちまち砕《くだ》けてしまうだろう。

茨に結晶に尻尾。ホッセとエゾフィルはまともに近づくことすらできなくなってしまった。

暗黒の猫は思う、「すばしこいあいつも所詮《しょせん》は脅威ではない」と。

その時だった。猫の背後、背の高い屋根の上から、影《かげ》がバッと飛びだした。

導きの英雄がひとり、獣人《じゅうじん》フリックだ。剣と呼ぶにはあまりに大きすぎるその分厚い鉄塊《てっかい》を落下とともに叩きおろした。不意打ちで喰《く》らうには痛すぎる大剣が、暗黒の猫の尻尾を根元から思いきり断《た》ち斬った。暗黒の猫は苦痛によって聞くに堪《た》えない咆哮をあげた。

「行儀《ぎょうぎ》の悪い尻尾だ」

「ブニャァァ‼　殺シテヤルゾ、貴様アッ‼」

暗黒の猫はタールをまとった前脚《まえあし》で着地直後のフリックを狙《ねら》う。獣人は大剣を持ちながらも力強い跳躍で、回避行動をとる。十分に攻撃を避けた。だが、フリックは黒い疑似《ぎじ》前脚が爆発《ばくはつ》することを予測していなかった。彼の回避距離《きょり》は十分ではなく、吹っ飛ばされ、炸裂《さくれつ》した礫《つぶて》に貫かれた。

「ぐっ‼　なんだあの脚は……っ」

黒い結晶が突《つ》き刺《さ》さり、怪我《けが》をしながら、フリックはホッセの隣《となり》まで逃げてくる。

「これは何事だ？」

「知らねえよぉ、俺《おれ》はアルウに壊《こわ》された武器を修理しにきただけなんだからよぉ」

「それじゃあ、エゾフィル、あんたは知っているのか」

「わしも知らんわッ‼　誰《だれ》があのクソ猫を連れてきたんじゃ‼　だいたいどこから湧いた⁉」

「ってなわけだ。でもよぉ、フリック、あいつすげえ悪そうな化け物じゃねえかぁ？　俺たちゃ英雄のふるまいを期待されてんだぁ。だったら悪いやつぁ、ぶっ殺せばいいんじゃねえのかぁ？」

馬鹿っぽいホッセ理論に、フリックは呆《あき》れながらも、間違《まちが》えてはいないと感じていた。目の前の黒き巨獣《きょじゅう》が放つオーラは根源的な恐怖《きょうふ》を抱《いだ》かせるものだ。その邪悪さは目で見ても、タールの醜悪《しゅうあく》な臭《にお》いからも、肌《はだ》の産毛《うぶげ》から伝わる空気感からすら、完全で純然な悪であると判別可能だ。

「ブニャァァ‼」

茨が石畳《いしだたみ》を削《けず》って蛇行《だこう》してせまる。ホッセとフリックは軽《かろ》やかに回避し、エゾフィルは「わしを置いていくな!! 守ってくれないのか!?」と、ふたりへ文句を垂れながら逃げ惑う。

フリックの逃げた先、切断された尻尾が巨大なミミズのようにうごめき襲い掛かってきた。

「気色の悪い化け物め!!」

大剣で狙いをつけるが、尻尾は捉《とら》えがたいうねうねした動きをしているため攻撃が当たらない。逆に尻尾の攻撃はフリックに当たる。尻尾全体の重さはかなりあるようで、叩かれれば全身をたやすく宙に浮かせるほどの衝撃力《しょうげきりょく》があった。フリックは壁に背中から叩きつけられた。追撃はどうにかかわす。先ほどまで背中を預けていた壁は砕け、無惨《むざん》な瓦礫《がれき》となり果てている。

回避に失敗した未来の結果を、まじまじと見せられている気分であった。

(俺が力で押《お》し負けるなんて。この化け物、尻尾だけで海蛇等級《シーサーペントランク》はありそうだな)

フリックは深い恐怖を感じはじめていた。暗黒の猫の尻尾は単体で、邪悪なタールを動かせるらしく、茨や結晶弾などの神秘攻撃も多用してくる。戦いを続けるごとに、フリックはダメージの蓄《ちく》積《せき》で足腰《あしこし》が重たくなっていった。このままではジリ貧《ひん》だ。

戦況《せんきょう》の転換《てんかん》はふいに訪《おとず》れた。フリックの背後からぬっと紫髪《むらさきがみ》の女があらわれたのだ。獣人は横目で、なびく綺麗《きれい》な髪と凛々《りり》しい横顔をとらえる。美しい。目が釘付《くぎづ》けにされてしまった。

紫髪の美女は手にした波紋《はもん》刀に血を纏《まと》う。「はぁあああッ!!」凄《すさ》まじい覇気《はき》の掛け声、美女の踏みこんだ足元がべきべきと割れる。彼女は両手で刀をしっかり握りしめ、尻尾を思いきり斬りつけた。完全に切断にはいたらなかったが、肉質の7割を断《た》つことに成功した。尻尾自身が痛みにあばれたせいでギリギリ繋《つな》がっていた3割は千切れてしまう。

尻尾は2m分ほど短くなり、千切れたほうは動かなくなった。

「刻んでいけば倒《たお》せそうです。あなたまだ動けますか？　あっちの尻尾はまだ動くみたいですよ」

「え？　ぁ、あぁ、俺は、いけるぞ、全然余裕《よゆう》だ」

フリックはキリッとして胸を張り、大剣を担《かつ》ぎなおす。美女に格好《かつこう》悪い姿はみせたくない。限界を迎《むか》えていたはずの肉体は元気をとり戻《もど》しつつあった。男とは単純な生き物なのである。

「では、意識をそらすのを手伝ってくださいますか」

「あぁ任せろ、ところで名前はなんていう」

「いまそれを聞くのですか？　クレドリス・オーディですが……」

「クレドリス……美しい名だ……」

フリックと紫髪の美女――クレドリスは共同戦線を張り、驚異《きようい》的な尻尾の対応をはじめた。

一方その頃、もっと厄介《やつかい》な本体はホッセとエゾフィルが対応していた。

有効打を与《あた》えられないが、持ち前の身軽さと反応速度の良さで暗黒の猫の攻撃をかいくぐるホッセ。どんくさく有効打も与えられないが、なんか生き残っているエゾフィル。

「役立たねえドワーフだなぁ！　すこしはダメージ与えてくれよぉ～!!」

「ええい、この斧さえ届けば、その首を叩き落としてくれるのにッ!!　お前のな、ホッセ!!」

猛《たけ》るエゾフィルへ猫パンチが振り下ろされそうになる。その時、赤い矢が飛んできて、右方向から暗黒の猫の目に突き刺さった。すぐのち炸裂、怪物の顔が一部はじけ飛ぶ。

「ブニャァァ!!　コノ攻撃ハッ」

暗黒の猫は地下での痛みを覚えていた。傷口から侵入《しんにゆう》し、傷口を広げ、重症《じゆうしよう》化させる血の攻撃《こうげき》力《りょく》の痛みを。忘れるはずもない。暗黒の猫の目のひとつが、陸橋の上で矢をつがえている白髪《はくはつ》の少女をとらえた。その猛禽類《もうきんるい》のような目と暗黒の猫の淀《よど》んだ瞳《ひとみ》が交錯《こうさく》する。

その時だった。血刃《けつじん》が暗黒の猫の意識の外から襲いかかる。猫の後頭部を斬りつけ、うなじから側頭部をかっさばき、血が噴《ふ》きでた。猫耳がひとつ千切れて落ちた。怪物は悲鳴をあげる。

「ブニャァァアアア――――!?」

悲鳴と血潮のなかで、桜髪の少女は地面に着地する。

サクラ・ベルクは機会をうかがっていた。アルバス＋謎《なぞ》のへんな魔術師（一応、使える）＋『桜ト血の騎士隊』で倒しきれなかった怪物相手に、『桜ト血の騎士隊』だけで挑むことはリスクがおおきすぎる。だからといって大悪魔を放置などできない。

ゆえにアルバスとへんな魔術師を安全な場所に避難《ひなん》させたのち、バスコのなんらかの戦力と暗黒の猫がぶつかる時を待っていたのだ。

サクラはホッセとエゾフィルをチラッと見やる。

（騎士団と猫が衝突《しょうとつ》したところを助太刀《すけだち》する算段でしたけど……この方たちは冒険者《ぼうけんしゃ》かな？　予定とは違いますが……まあ、騎士より腕《うで》が立ちそうだから細かいことはいいのです）

大事なことはひとつだけ。この邪悪で強大な怪物に挑み、街や人々を守る勇気があること。

それだけあれば今この瞬間《しゅんかん》、ともに戦うことができる。

「おふたかた、ともにあの悪魔を討ちましょう」

「おうおう、なんか可愛いお嬢《じょう》ちゃんが出てきたなぁ、ドワーフより使えそうじゃねぇかぁ」

赤い瞳がサクラを睨みつける。さんざん血刃で斬られたせいで少女への殺意が高まっていた。憎《にく》き勇者を惨殺《ざんさつ》してやろうと前脚をふりあげる。その時、何かが顔前に放られた。

「あなたの鳴き声は全然可愛くありません！」

阿吽《あうん》の呼吸で投擲《とうてき》されたそれは、トーニャ謹製《きんせい》手投げ爆弾《ばくだん》だった。暗黒の猫は瞬発力を発揮し、疑似前脚で猫パンチを繰《く》りだし、爆弾をはたき落とし、地面とサンドウィッチする。爆発。火炎《かえん》と衝撃がふくれあがり、タール状の黒い液で補強していた前脚が吹き飛んだ。

顔を爆破されるよりは良いか。暗黒の猫がそう思ったのも束《つか》の間、波状攻撃は展開される。

サクラとホッセ、緊急《きんきゅう》結成されたコンビは、とても強力だった。攻撃力&すばやさのサクラ、すばやさ&すばやさのホッセ。陽動と連撃が猫に襲いかかり、トーニャはタイミングよく霊薬《れいやく》で火力支援《しえん》をおこなった。遠隔《えんかく》から狙っているスナイパーも忘れてはいけない。クララが放つ高威力の炸裂矢が定期的に無視できない衝撃と被害《ひがい》をあたえてくる。

「モウイイ。遊ビハ終ワリダ」

今、暗黒の猫はキレていた。この大悪魔はちんけな人間すら処理できないほど衰《おとろ》えた自分への怒りを原動力に、未《いま》だ戻らぬ力を強制的に呼び起こしたのだ。

結果、猫の背中から、4本の人腕が生え、口は裂《さ》け、針山のような牙《きば》は外を向いて突き出した。無数の赤い目玉は膨らんで破裂《はれつ》し、目玉のなかから、ちいさな赤い目玉がポツポツと膨らんで生成される。暗黒の王にあたえられし悪魔の諸相が顕現《けんげん》したのだ。

「だったらこれが有効です‼」

投じられたのは光源ポーションだった。

激しい光を放つそれは暗黒の猫の見えすぎる無数の目を見事に焼き尽《つ》くした。

トーニャの作った素晴《すば》らしきチャンスをサクラは見逃《みのが》さなかった。暴れ乱れる攻撃の嵐《あらし》を抜け、間隙《かんげき》を縫《ぬ》って、決死の一撃を猫の眉間《みけん》へ刺しこんだ。波紋刀の血刃が深々と突き刺さった。

「うぅうう、死になさい、この悪魔……ぁ‼」

刺しこみ、ねじ込み、グイッグイッとひねる。

「ダカラドウシタ、小娘《こむすめ》ッ‼　貴様ハモウ殺スト決メテイルッ‼」

波紋刀がおでこに深く刺さったまま、悪魔の猫は茨でサクラをとらえた。

ホッセは助けに入ろうとするが、魚卵のように密集した赤い瞳たちがホッセに向いていた。サクラを意識であやつれる黒い茨で殺し、本体の視覚と攻撃力はホッセにさかれているのだ。背中から生えた人腕がホッセを摑《つか》まえようと、無造作に伸《の》びてくる。

「ちょ待てよ、こいつぁ、まずいぜぇ」

「わしに任せろ、うぉおおぉぉ、このドン・エゾフィル、足手まといでは終わらんぞッ‼」

フラストレーションを溜《た》めたエゾフィルの戦斧《せんぷ》の一撃が炸裂した。暗黒の猫の死角から、後ろ脚を断った。デカい脚は吹っ飛び、猫はバランスを崩した。サクラの拘束《こうそく》がゆるむ。

「おぉ‼　やる時はやるじぇねかぁよぉ、エゾフィルのおっさんよぉ‼」

「当たり前じゃッ‼　わが名はドン・エゾフィルッ‼　父祖ドン・グラドの末裔にして――」

横から黒い茨がエゾフィルを搦《から》め捕《と》る。

「うぁああ――‼　助けてくれぇえええ――‼」

暗黒の猫は四肢《しし》や尻尾を切断されようと、黒い液体で補うことでダメージを実質的に無効化することができた。崩れた体勢はすぐに持ちなおされ、手放しかけたサクラは再び黒茨で縛《しば》られ、いまやエゾフィルまでもが茨によって、ずんぐりむっくりした身体を宙に浮かせられている。

「馬鹿ドワーフがよぉ～‼　クッソ、やっべぇなぁ……」

ホッセは自分のことで精一杯《せいいっぱい》だ。その間もサクラとエゾフィルは苦痛に叫ぶ。茨がきつく締《し》まっていく。鋭《するど》い棘《とげ》が体に食いこむ。じきにあの茨はふたりの身体をねじ切ってしまうだろう。

（真空斬りが届くか？　無理だ、距離も精度も足りてねえ、てか俺も捕《つか》まりそうなんだがぁ？）

それでも、やるしかなかった。黒い腕を回避した直後、ホッセは覚悟《かくご》を決め、サーベル二振りを下段に構える。狙い定めるはエゾフィルとサクラを縛る別々の茨だ。２つの目標へ、同時に魔力の刃を飛ばしたことなんてない。でも、いま彼らを救えるのはホッセだけだ。

剣が振られる。空を飛ぶ刃が放たれた。ホッセが無法地帯で身につけた自然魔力は、ドワーフ製の魔剣により特性を強化され、白き斬撃《ざんげき》となってエゾフィルの茨を断ち斬った。だが、サクラのほうの茨は断てなかった。距離がありすぎて威力が足らなかったのだ。

（クソッ、悪ぃ‼）

ホッセは己《おのれ》の未熟さを呪う。――窮地《きゅうち》を救ったのは輝《かがや》く結晶たちであった。それらはどこからともなく飛んできて、サクラをとらえている茨を撃《う》ち抜き、死に至る拘束から解放してくれた。

ホッセは輝く結晶が飛んできた方向を見やる。

魔術師がいた。猫モチーフの可愛らしいステッキで、周囲に大量の群星を漂わせている。

そのエルフは決意の表情で大いなる悪魔の前に立っていた。

◆　◆　◆　◆

アルウは戦慄《せんりつ》していた。エゾフィルに会いに来ただけなのに、街は崩壊《ほうかい》して、地面は割れて、ギザギザの奈落《ならく》がそこら中にあるではないか。

「ふぇえ、アルウ、ねえ、アルウ、逃げないと、こんなところにいたら死んじゃうよ……!!」

アイズターンはアルウの服の裾《すそ》をちからなく引っ張る。瞳には涙《なみだ》があふれ、奥歯《おくば》はガタガタ鳴っている。恐怖で腰が抜けており、足腰はすでに立てないほど根をあげている。

（あそこにいるのは嘘《うそ》つきピンクと仲間たちだ。ホッセやフリック、エゾフィルもいる。状況《じょうきょう》はわからないけど、みんなボロボロだ。あの悪そうな猫がやったのは疑う必要ないよね）

「アイズ、わたしは一緒に逃げられない」

「ええ……嘘でしょ、まさか、あれに挑むつもり……!?」

アルウは頭を縦にふる。アイズターンは蒼白《そうはく》になり、今にも吐《は》きそうな顔で口元を押さえる。

「あ、あ、ぁあ、ぁあ、あたしも、たた、たたかう……」

アイズターンはともに戦う意志をみせるが、足は震《ふる》えてしまってまったく動かなそうだ。

アルウは健気《けなげ》な勇気に微笑《ほほえ》みかけ「大丈夫《だいじょうぶ》だよ、待ってて」と言って飛びだした。

「左手に三重化《トリスメギストス》を——攻撃魔術の四『おおきな結晶《バイク・クリスト》』」

アルウの周囲に結晶体《けっしょうたい》が生みだされる。光を吸収し、七色に分解して輝くそれらは、ちいさな身体ほどもサイズがある。鋭利《えいり》な結晶は回転力を増していき、連続して九発、発射された。

結晶はサクラを拘束していた茨を破り、その背後の暗黒の猫に突き刺さった。

「ブニャァア」

暗黒の猫の意識が動いた。無数の赤い目玉に存在を認識されてしまった途端《とたん》、アルウの心臓は跳《は》ねあがった。強さが決定的に違う。生物としてのレベルに差がありすぎる。あれに敵意を向けられれば最後、次の瞬間には自分は死んでしまうだろう。そんな予感がした。

「くっ、防御魔術《ぼうぎょ》の四『結晶の盾《ブライデ・クリスト》』……‼　防御魔術の三『衛星結晶体《サテライル・クリスト》』‼」

アルウは呼吸を思いだし、深く息を吸い、巨大な結晶塊をつくりだす。それを周囲に漂わせたまま、無数の結晶を漂流《ひょうりゅう》させ、何物も自分に接近できないような防御構造をつくりだした。

(トーニャがピンクを避難させてくれる、それまで時間を稼《かせ》げればいい……っ)

「アルウ‼　良い所にきやがった‼　お前のちからが必……ちょ、待て、この…うぁああ⁉」

暗黒の猫はまっさきにアルウへ猛《もう》突進した。猫には攻撃の優先順位がある。大原則として脅威があるやつから潰す。現状の最大の脅威であるサクラが無力化された以上、今度はアルウがもつ奇跡のちからを組みこんだ魔術が脅威となっていた。

危険はちゃんと排除《はいじょ》する。これが何百年も生き続け、戦場を荒《あ》らしまわる秘訣《ひけつ》だ。

ほかにも敵がいるだろうに、まっさきに自分のところに向かってくるとは、アルウは思っていなかった。もっと魔術を展開して、準備をしたかった。でも、もうそんな時間はない。

アルウは喉《のど》の奥《おく》からひきつった悲鳴をあげ、結晶の群星を前方へかためて展開した。

暗黒の猫と衝突する。足の生えた家がぶつかって来たような衝撃力だった。結晶は砕け散り、防御は崩壊した。暗黒の猫は地面をえぐりながら、すくうように頭を突きあげる。アルウの華奢《きゃしゃ》な身体が宙を舞《ま》って、高く打ちあげられ――ベチャッと地面に落下した。

「あぁ、ぁぁ……うぅぅ……い、だ、ぃ……」

痛すぎて涙があふれだす。訳がわからない。あまりに強すぎる。これまで培《つちか》ってきた魔術、とりわけ積極的に開発してきた防御系が、本当の暴力の前ではなんの意味もなさなかった。

（痛い、うぅぅ、痛ぃ……わたし、弱すぎ……ぅぅ、なにこれ、なに、これ……）

呼吸をするだけで傷ついた気管が痛む。アルウは歯をくいしばり生にしがみつく。

「クソ猫が、こっちを見やがれ‼」

叫ぶホッセが攻撃をしかけるが、暗黒の猫は気にした風でもない。邪悪な赤い眼差《まなざ》したちはボロ雑巾《ぞうきん》のように横たわるアルウを見つけ、その口をパカっと大きく開けた。

デカい口に燃え盛《さか》る炎《ほのお》が放りこまれた。たちまち暗黒の猫は大炎上《えんじょう》し、食事どころではなくなり、のたうちまわった。火の手は一気に広がり、怪物を包みこんだ。

「アルウは、あたしが守るんだ……っ」

立ちはだかったのはアイズターンだった。猛火《もうか》に悶《もだ》える巨獣を睨みつける。

彼女は目元を真っ赤に腫《は》らしながら、竜爪《りゅうそう》のペンダントを握りしめ、火炎の球体をつくりだし、化け物へ再び投げつけた。火炎が足され、猫はさらに苦しみの声をあげる。

「あい、ず……」

アルウは短い呼吸を何度も繰りかえし、どうにか身体を起きあがらせる。

「アルウ……うぁぁ、アルウ、ごめんね、わたしが戦わなかったから……っ」

アルウの無惨な姿に大粒《おおつぶ》の涙があふれる。当のアルウは薄《うす》く笑み、掠《かす》れた声で願う。

「焼き尽くして……『アイズの炎』で……」

アイズターンは深くうなずいて応《こた》えた。復讐《ふくしゅう》の意志を燃料に火炎はさらに燃えあがる。

どんな怪物であろうと、生きている限り、火の恐怖から逃《のが》れることはできない。『アイズの炎』ほど破壊においてふさわしいものはない。たとえ大悪魔だろうとその威力からは逃れられない。

しかし、猫は賢《かしこ》かった。猫が操《あやつ》るタール状の液体は、膨大《ぼうだい》な生物たちの原型のない血肉であり、燃えやすい弱点があるが、弱点ゆえの対策も猫のなかにできているのだ。

どれだけ激しい炎で引火しようとも、燃えるのは液体の表面だけだ。ゆえに暗黒の猫が自分自身をタール状の液体で分厚く覆《おお》ってしまえば、燃えるのは分厚く重なった液体の表面だけで、暗黒の猫自身にダメージがほとんど通らなくなるのである。

「待って、アルウ、ダメかも……炎じゃ殺しきれない、かも……!!」

アイズターンは炎が十分なダメージを与えられていないことにすぐに気がついた。

「殺シテヤルゾ、貴様ァ」

対火炎防御を固め、焼ける痛みに慣れた巨獣は、アイズターンへ反撃をはじめる。タール状の液体を使った攻撃はすぐさま燃え尽きるので、自分自身の巨体で踏みつぶすことにしたらしい。

「ひい……っ!?」

アイズターンは絶望する。せまってくる巨大な影に自分の死を幻視《げんし》する。

「右手に集中を、左手に三重化を《ファルカス・トリスメギストス》——拘束魔術の四『流星を繋ぎとめる《チェイル・ダ・シュライングスタール》』」

地面と空間の裂け目から鎖《くさり》が出現した。夜空をくりぬいて鍛えられた頑強《がんきょう》な神秘の鎖たちが、アイズターンへ突貫《とっかん》する巨獣を、間一髪のところでとらえた。

「悪いけど、その子たちに手出しはさせないよ……‼」

崩れかけた建物の上、魔術師カークは険しい顔でそう告げた。

「か、カーク……来てくれたんだ……っ」

アルウは目を輝かせる。情けなさの権化《ごんげ》みたいな師が、今だけはとても頼もしくみえた。

「アルウくん、はやく逃げるんだ‼　君だけは死なせるわけにはいかない‼」

カークの放った神秘の鎖たちはピンッと張っていて、ググッと軋《きし》む音をたてていた。暗黒の猫の強大なちからと魔術師のあいだで一進一退の綱引《つなひ》きをしているのがわかる。

アルウは涙をぬぐい、暗黒の猫をみる。憎しみに満ちた瞳が見返してくる。

（わたしが逃げたら、みんな死ぬ。こいつは誰も許してくれない）

カークが時間を稼いでくれるいま逃げればアルウとアイズターンだけは助かるかもしれない。でも、逃がしてくれたカークは絶対に助からない。瀕死《ひんし》のサクラも死ぬ。トーニャだって逃げないだろう。ホッセもだ。エゾフィルも逃げられない。みんな死んでしまう。

誰も死なせたくない。でも解決策は見いだせない。絶望に染まりそうになる。

（アルバス、どこ？　ダメだ、わたしの力じゃ、やっぱりダメ、アルバスがいないと……）

彼はここにはいない。自分でなんとかしないといけない。いまこそ試練の時だ。アルウは首をふり、涙を呑みこむ。どれだけの困難が立ち塞《ふさ》がろうと諦《あきら》めるわけにはいかない。

アルウはその手に暗黒の猫を殺すための手段を想像する。普通《ふつう》の魔術では歯が立たない。ありったけだ。すべてを使うのだ。それでようやく九死に一生を得られるかどうか。

アルウはすべての魔力を注ぎ、次の一撃に託《たく》す。放つのだ、『星空と奇跡の魔術』を最大威力で。

しかし、体力は限界だ。激しい痛みで、集中力が途切《とぎ》れる。

懸命《けんめい》に意識をそそぎ、魔力を編み、すべての力をそこに集めようとする。

水底《みなそこ》へ引きずりこまれるような寒さと虚無《きょむ》が襲ってきた。視界が暗くなる。

気がつけばアルウは星空の海にいた。湖面の上でアルウはひとりぼっちだ。

道もない湖のただ中に、これ見よがしに岩がある。岩には重厚《じゅうこう》な剣が刺さっている。美しい剣である。穢《けが》れを知らない白銀の刃、錆《さび》や刃こぼれの類は一切《いっさい》ない。

アルウはそれを見たことがあった。あの小屋の地下室で。

魔法使いアルバス・アーキントンの剣――魔法剣フガル・アルバスだとすぐわかった。

「どうしてこんなところに？」

アルウは疑問に思いつつも、フガルへ手を伸ばした。すると周囲に白い影たちがあらわれた。

影は8名いる。男女どちらもいる。皆、黙《もく》したままアルウを見守っている。

嫌《いや》な視線ではなかった。温かい視線だ。見守る者の眼差したちだ。

こんな寒々とした夜の湖のなかなのにちっとも心細くない。

柄《つか》を握りしめる。ちいさな手の上からおおきくて硬い手がかぶさった。背後を見上げればアルバスがいた。不愛想な顔でアルウにうなずきかけてくる。アルウはその期待に応えるように満たされる心地《ここち》好《よ》さのままに魔法剣を岩から引きぬいた。

「アルウくん、それはなんだい⁉」

カークの叫び声で、アルウは目をパチパチさせる。夢見心地なまま、己の手元を見下ろす。魔力を凝縮《ぎょうしゅく》させ、最大の魔術をつくりだそうとしていたそこにフガル・アルバスがあった。

鏡のように輝く刃にはとろけた自分の顔が映っている。あまりに情けないのでアルウはハッと我にかえった。どうして魔法剣を自分が握っているのか。理由はわからない。

アルウは無我夢中でそれを持ちあげる。驚《おどろ》くほどに軽かった。記憶が正しければ非力なアルウでは持ちあげるのも苦労する代物《しろもの》だったはずなのに。

「アイズ、援護《えんご》をお願い」

「アルウ？　あっ、うん、任せて‼」

アルウは高揚感《こうようかん》に包まれていた。身体を貫いていた激しい痛みもやわらいでいる。動ける。身体が軽い。アルウは使命感にかられ、フガルをその手に走りだした。

「馬鹿ナ、何故《なぜ》ココニ、アレガアル」

暗黒の猫は魔法剣を目にした途端、対火炎防御を解除した。凝縮させていたタール状の液体を分《ぶん》離《り》させたため、防御壁《ぼうぎょへき》がなくなり『アイズの炎』が直に怪物の肉体を焼きつくす。

だが、どれほど苦しもうと即死《そくし》はしない。猫は選んだ。全身火傷《やけど》くらいなら買ってやろう。その代わりその攻撃だけは、フガル・アルバスによる攻撃だけは絶対に阻止《そし》する、と。

「邪魔《じゃま》だよ！」

アルウはちいさな身体でフガルを振りまわし、迫《せま》りくる茨を斬りはらう。白銀の刃で断たれた茨は、白い雷《かみなり》が流れ、雷は茨を伝って、タール状の液体に流れ、暗黒の猫にまで届いた。

「ブニャァアァァァァア――――!?」

巨獣は痛みで理解する。あれは本物の魔法剣であると。威力も当時と変わらない。茨を斬られただけで甚大《じんだい》なダメージ。直接攻撃を喰らえばどうなってしまうのか。想像することすら恐ろしい。

アルウの行く手にタール状の液体が池のように広がり、進路を完全にふさいだ。

これ以上近づけさせない。暗黒の猫の意志は『アイズの炎』が後方から池に投げ込まれたせいでくじかれる。黒い液体はたちまち燃えあがり、蒸発し、アルウに道が開かれてしまう。

「なんでかわかんねえけど、あの剣が恐《こわ》いみてえだなぁ⁉　猫ちゃんよぉ⁉」

アルウに襲いかかる攻撃は、並走するホッセが斬りはらい、道をつくった。相手の嫌がることを見抜《みぬ》いて実行する天才は、たとえ怪物相手だろうとその才能を遺憾《いかん》なく発揮した。

アルウはついに猫の顔の前にたどり着く。カークの神秘鎖がその肉体を完全に拘束しているため、目と鼻の先にいるアルウに対して猫は何もすることができない。

「止《よ》セ、ヤメロッ‼　ソレヲ使ッタラ、殺シテヤルゾ‼」

アルウは醜《みにく》く変容した大悪魔の頭へフガル・アルバスを突き刺した。途端、白雷《はくらい》がかけぬけた。暗黒の猫の巨大な身体が激しく痙攣《けいれん》しはじめた。刺しこむ力が足りないアルウ。

サクラが隣にやってくる。彼女は笑みを浮かべながら魔法剣を押し込むのを手伝った。

暗黒の力を幾度《いくど》となく葬ってきたフガル・アルバスは、暗黒の猫がこれまで蓄《たくわ》えてきたすべての不浄《ふじょう》な生命力を、魔法の雷で焼き尽くし、毎秒ごとに膨大な破壊をおこなった。

暗黒の猫の身体が危機に拒絶《きょぜつ》反応を示して16秒後、不浄の肉体はついに動かなくなった。

動かなくなったあともしばらくアルウとサクラは剣の柄を離《はな》さなかった。

否《いな》、離せなかった。恐ろしき大悪魔が死んでいないかもしれないと思うと気が気でなかった。

「お嬢様、アルウちゃん、もう大丈夫そうですよ」

「隊長、すぐに手当てを……っ」

仲間たちの言葉でサクラとアルウはようやく魔法剣から手を離すことができた。

アルウはまわりを見渡す。荒れ果てた街並みのなか、ボロボロの者たちが疲《つか》れ切った顔をしていた。アイズターンは離れたところでへたりこみ、泣きながらアルウを見あげていた。

アルウは思い出したように呼吸をし、ろうそくの灯《ともしび》が潰《つい》えるように意識をうしなった。

◆　◆　◆　◆

星々が空で狂《くる》い、流星が降る夜。俺は隆起《りゅうき》したあの丘《おか》で、彼女を追い詰《つ》めた。

フガルを握りしめ、すべてに決着をつけるため、全霊《ぜんれい》で挑んだ。

愛が失われても、すっかり変わってしまっても、確かに本物の時間はあった。あれが、あの聖杯《せいはい》が、なんで彼女は、あんなものを、どこで見つけてきたのか、未《いま》だわからず。

最後の時、俺は暗黒の王と呼ばれた悪意を滅《ほろ》ぼした。

「────」

瞼《まぶた》を開ける。知らない天井《てんじょう》が見えた。変な臭いがする。薬の香《かお》りか？

「むにゃむにゃ……アルバス様、いけません、そんな、たくさん……んんっ」

桜髪の少女が俺の胸を枕《まくら》にして、気持ちよさそうに眠《ねむ》っている。

周囲を見やる。サイドテーブルに治癒《ちゆ》霊薬の空の瓶《びん》がいくつかある。まだ中身が入っているものが2本ほど。なんだか薬の香りで満ちているのはこれのせいか。

俺はベッドに横たえられた身体を起こそうとし、ビリっと走った痛みに、動きを止める。

「おい、起きろ、サクラ」

「むにゃむにゃ、アルバス様、そんなにしたら、また子どもできちゃいます……」

「ええい、このエロガキピンクが、起きないか」

ぺちぺちと頭を叩くと、サクラは不機嫌そうな顔で見上げてきて、俺をぼんやり見つめたのち、ぱあっと顔を明るくした。身をよじって脇《わき》に手をいれて強く抱きしめてくる。

「いッ……だ、い」

「あっ、アルバス様、申し訳ありません……‼　つい嬉《うれ》しくて」

サクラは締め付けを弱める。でも、密着姿勢から離れない。

「怪我人《けがにん》には優《やさ》しくしろ、殺す気か」

「アルバス様を独占《どくせん》できるのなら♪」

彼女は唇《くちびる》に指をあて、ニヤリと妖美《ようび》な笑みを浮かべる。背筋が凍《こお》る。

「ふふ、冗談《じょうだん》ですよ」

「そうであることを願う」

戦々恐々《せんせんきょうきょう》するやつだ。俺は身をよじって離れたい意思をあらわす。

サクラはちょっとよじ登ってくる。吐息《といき》が耳にあたるほどの距離だ。

「こうしているとあの夜のことを思い出しますね」

「あの夜？」

「巨人の霊峰で、アルバス様は刀を鍛えてくださいました。ドワーフ族の古い火をあなたがあつかう様に、ずんぐりむっくりしたおじ様たちはみんな驚いていて……アルバス様は、その逞《たくま》しい上半身を汗《あせ》だくにして、炉《ろ》の前でひたすらに槌《つち》をふりおろしていらっしゃいました」

「フガルを鍛え直した時か」

日記にあったな。魔法剣フガル・アルバスを使って、淀みの聖杯なるものを破壊した。

それで剣が壊れたから直しにドワーフ族たちの里へいったのだった。

「疲れたアルバス様を癒《い》やそうと、私はベッドに潜《もぐ》りこんだのです」

「なんでだよ」

そうだ、これはあの話か、魔法力を失うことになったあの事件の話。

「アルバス様、さあ、良いのですよ、このサクラは嫁《よめ》なのですから、どうぞお使いください。サクラがアルバス様のことをたくさん癒やして差しあげます」

「待て、俺は前回、お前のせいで絶不調になって転落死しかけてだな……どこ触《さわ》ってんだ……」

布団《ふとん》のなかでサクラの手がまさぐってくる。彼女は妖《あや》しげな笑みを浮かべる。

「あの夜、ようやくひとりの女として扱ってくださいました。アーティハイムでは相手にしてくれなかったのに。あれからもう3年。どうですか、私も洗練されてきたでしょう？」

「覚えてないな。手でさするな、本当にまずい」

くっ、これが偉大《いだい》な魔法使いアルバス・アーキントンでさえ断りきれなかった襲撃《しゅうげき》か。

「……本当をいうと、すこし戸惑《とまど》っていました」

サクラは不安そうな表情を浮かべる。

「グランホーで再会した時、あなたはすべてを忘れていました。私たちとの思い出の一切合切を。記憶がなくなったその人は、果たしてそれ以前と同じ人間と言えるのかどうか……アルバス様でさえ、その答えを教えてはくださりませんでした」

「……」

「でも、あなたは確かにアルバス様です。その所作、振《ふ》る舞《ま》い、言葉の端々《はしばし》から、アルバス様を感じます。すべてを教えてくれて、どんな危険からも守ってくれる。悩みには心を砕いてくださり、深い思慮《しりよ》で助言をくださり、その目で見守っていてくださる」

心のどこかにある、まるで騙《だま》しているかのような罪悪感。

俺はアルバス・アーキントンの抜け殻《がら》にすぎない。

「交われば、きっとあの夜のことも思い出してくださいますよね。愛し合ったあの夜を」

ドガンッと扉《とびら》が乱雑に開け放たれる音が聞こえた。

クレドリスがハッとした顔で「こら、お嬢様っ‼」と叫んだ。

さーっと駆け寄ってきて、後ろからサクラの両脇に手をまわし、俺から引き離す。

「ちょ、ちょっと、クレー‼　やめてください、これは大事な男女の情事ですよ‼　このサクラ・ベルクは、奮闘《ふんとう》してくださったアルバス様を癒やそうと……‼」

「何をバカなことをおっしゃっているのですか、お嬢様。怪我人は安静に。基本です」

「英雄色《えいゆういろ》を好むといいます。勇猛《ゆうもう》な英雄は、乙女《おとめ》を抱いて、英気を養うのですよ‼」

「都合の良い解釈《かいしやく》はやめてください、さっさとベッドから降りてください。あと重症患者《かんじや》はアルバス様だけでなくお嬢様もです。そんなボロボロの身体でなにをなさるおつもりですか」

強制的におろされそうになるサクラ。だが、俺にしがみついてきて離れない。

「いだだだ、いだい、痛いっ」

「この邪悪なピンク、アルバスから離れて！」

気がつけばアルウの姿もあった。サクラのことをぺしぺし叩いて確実にダメージを与えている。

はぁ、なんだか、気が抜けてしまった。こんな賑《にぎ》やかになるとは。

「クレドリス、あれからどれだけ経《た》った。暗黒の猫を倒してから」

「丸2日は経ちました」

クレドリスはサクラを小脇にかかえるように持ちながら答えてくれる。

「発情ピンク、まったく油断も隙《すき》もない……っ」

アルウはぷくーっと頬《ほお》を膨らませ、サクラを睨みつけた。

「アルウちゃんじゃないですか、どうしてこんなところに」

「それはこっちのセリフ。なんでピンクがここに」

いがみ合うふたり。サクラは腕を組んで、ふんと嘆息《たんそく》し、肩《かた》をすくめた。

「これは大人の会話です。子供は外で待っていてください。大好きなべっこう飴《あめ》あげますから」

「べっこう飴はもらう」

「ふふん、所詮はおこちゃま。チョロいですね」

「でも、外には出ていかない」

「あっ、こら、飴だけもらって約束を守らないつもりなのですか⁉　アルウちゃん、いつからそんな悪い子になっちゃったのですか‼」

アルウはべっこう飴をポケットにしまうと、べーっとサクラへ舌をだし、俺のほうへさーっと駆け寄ってきた。ベッドに上半身を投げだし、抱き着いてくる。

「アルバスは渡《わた》さない」

「そう来ましたか、それじゃあ、私も抵抗《ていこう》させていただきます」

サクラも同じように、俺に覆いかぶさってこようとしたが、クレドリスがそれを制止した。

騒《さわ》がしいなか俺は暗黒の猫のことをたずねた。クレドリスはすべてを話してくれた。

まず暗黒の猫は滅んだこと。アルウがフガルを召喚《しょうかん》したこと。そして大活躍《かつやく》したこと。

俺は地上に出てすぐに意識を失って、戦場の外に寝かされていたこと。

幸運にもかの事件で死者はいないこと。怪我人はずいぶんいるらしいこと。

俺に対して必要な治療《ちりょう》はすでに行われており、あとは回復を待つだけということ。

ここは治癒院の療養室《りょうようしつ》であること。サクラが別の療養室に隔離《かくり》されているのになぜかいること。

俺の最後の記憶と時系列が繋がり、状況の諸々《もろもろ》を受け入れられるようになる。

「そうか、誰も死んでないんだな……よかった」

ふかふかの枕に鉛《なまり》のように重たい頭を沈めて、薄暗《うすぐら》くなっていく窓の外を見やる。もっとも白神樹の光が煌々《こうこう》と降りそそいでいるので、いわゆる普通の夜の暗さではないのだが。

「アルバスは最強なのに、無敵なのに……どうして怪我をしちゃったの？」

アルウが悲しそうな声でつぶやいた。クレドリスは「我々もなんとも」と首を横にふる。

「アルバス様、あなたは確実に優勢でした。なのに一体なにが起こったのですか」

俺は暗黒の猫を追い詰めた。しかし『返報の魔法』を受けたのだ。それはすべての攻撃を攻撃者《こうげきしゃ》へとそっくりそのままお返しする死に属する魔法だ。いまはそこまでしか思い出せない。

「……。わからない、本当のところは、まだな。なにも」

まだ頭で考えがまとまっていないのでそう答えた。考える時間がたくさん必要だ。

「俺にアレは殺せなかった。だが、お前たちは討つことに成功した」

俺は心のどこかで思っていた。俺の力ですべてをねじ伏《ふ》せて守ってやりたいと。アルウだけじゃない。サクラやクレドリス、クララやトーニャ、それにあの臆病な魔術師カークも。

この気持ちはアルバス・アーキントンとしての側面が強いように思う。なぜなら俺は冷徹《れいてつ》な合理主義者で、他人を守ることなどに興味をまるで抱かないはずだからである。

でも、本気をだしても守ることはできなかった。

アルウがあの邪悪な獣《けもの》を仕留めたと聞いた時、俺はどこかで寂《さび》しさを感じた。

自立した子どもたちが、初めてプレゼントを用意してくれたような気分だった。俺に子供はいないのだが、なんでかそういう気持ちを抱いた。不思議だ。

「すこし、ゆっくりしたい。ひとりにしてくれるか。喋《しゃべ》ると傷が痛む」

みんなはいうことを聞いてくれた。血の騎士たちは一礼して静かに退室していく。

アルウだけは残り、我慢《がまん》できないという風に口を開いた。

「アルバス……わたしね、フガルを召喚したんだよ」

フガル・アルバス。俺が森の小屋においてきた魔法剣。すべての戦いを終わらせた剣でもある。

俺には思い出している記憶がある。あの魔法剣に関する真実だ。

「どうだった、なにか見えたか」

「うん、人がいたよ。８人くらい」

「そうか。なんか言ってたか？」

「うんん、なにも」

「そうか」

「ねえ、アルバス、どうしてあの剣はあらわれたの？　わたし、剣を召喚する魔術なんて使えないよ？」

俺はアルウのちいさな手を上から被《かぶ》せるように握る。

「魔法剣は呼び出せるという話をしたことがあったな。あれは真なる魔法使いの弟子《でし》が呼びだすことができる剣《つるぎ》なんだ。高潔な魂《たましい》、邪悪を破ろうとする意志があれば応えてくれる。アルウがフガルを呼び出せたということは、アルウには資格が備わっているってことだろうさ」

「そうなの？　わたし、全然ダメだったのに。心がくじけそうになったもん」

「でも、諦めなかった。最後までな。フガルはふさわしい者のもとにしかあらわれない」

アルウの柔《やわ》らかい緑の髪を撫《な》でる。表情は自信なさげだ。

「ねえ、アルバス、わたし、もっとお話ししたい」

「あぁそれも、また明日、ゆっくり聞くさ」

「うん、わかった！　明日もお見舞《みま》いにくるね！」

アルウは元気にうなずき、手を振って療養室を出ていった。

誰もいなくなった部屋で、俺は深いため息をつく。

ベッドの傍《かたわ》ら、俺のバッグがある。血に濡《ぬ》れて汚れたそれをまさぐり、一冊の日記をどうにかゲットして、一番楽な姿勢にもどった。ちょっと動いただけなのに全身がきしむように痛い。

何度読みかえしたかわからないアルバス・アーキントンの日記を開いた。

『魔法使い族の戦いは終わった。諸族はすでに魔法使い族の庇護《ひご》を必要としていない。なによりアルバスキューブがいる。時代は移り変わる。だが、心残りはある。そんな予感がするのだ。』

『案ずることはない。次の世界は、次の者たちが守っていくだろう。俺はそこにいないが、だとしてもきっと大丈夫だ。新しい英雄は育っている。きっと困難を打ち払うことができる。』

古い紙面から視線を外した。彼も俺と同じ気持ちだったのだろうか。

いや、逆か。俺はいま彼と同じ気持ちを抱いているのだろう。

足のすくむ危険と恐怖、それをアルウやサクラたちが乗り越えるのを予見したのだろう。

彼らは練りあげた力で、大悪魔をしりぞけた。

彼らこそが新しい英雄なのだ。

エピローグ

その夜、ルガーランドはひとり、興奮した様子でいた。

机の上に置かれているのは魔法剣《まほうけん》フガル・アルバスである。

騒動《そうどう》の現場にて、白神樹《びゃくしんじゅ》の騎士《きし》たちが事件の当事者たちに事情聴取《ちょうしゅ》したり事後処理をしてる最中、巨大《きょだい》な遺骸《いがい》から押収《おうしゅう》されたものである。

ルガーランドは笑《え》みをこぼしながら、剣へ手を伸《の》ばそうとし、ひっこめる。その柄《つか》を握《にぎ》ってみようと思ってのことだが、あまりに畏《おそ》れ多いので思いとどまったのだ。

手をかざす。触《ふ》れたら火傷《やけど》でもする剣の温度を確かめるかのようにゆっくり動かす。

偉大《いだい》な力を感じた。白銀の刃《は》は透《す》き通っていて、話しかければ答えを返してくれそうだ。

この剣には意志があるとわかる。そして惹《ひ》きつける魅力《みりょく》も。

「魔法王のつるぎ。どうして君がこんなところにいるんだい。いや、理由はひとつだけか」

ルガーランドは異端者《いたんしゃ》だ。魔術に深く傾倒《けいとう》していくなかで、昔から禁書庫にたびたび足を運んでは、魔法使いについて調べたりしていた。ゆえにすぐに分かった。魔法剣が本物だと。

「さて、結局、本物だったわけだ。嘘《うそ》なんかついちゃって。あのお方はなにを考えておられるのか。魔法王アルバス・アーキントンの思考が、ぼくに推《お》し量れると思うことは傲慢《ごうまん》かな？」

虚空《こくう》へ向かってつぶやくのは喋《しゃべ》り相手のいない彼《かれ》の癖《くせ》だ。

ぶるるるる。机を振動《しんどう》させる鈍《にぶ》い音。魔法剣が震《ふる》えているのかと思ったがそうではない。

振動していたのは、机の端《はし》に寄せていた復元した水晶玉《すいしょうだま》のほうだった。ルガーランドは予言の復元作業を終えて、使い終わったそれを可能なかぎり原形を再現してまとめておいたのだ。

これ以上、情報を抜《ぬ》きだすことはできないので、せめてもの思い出の品として質《たち》の悪い置物に役割を変えていたものであるが……それが今になって反応をみせた。

ルガーランドはひび割れた歪《いびつ》な水晶玉に顔を近づけた。割れ濁《にご》ったなかに、景色がみえた。水晶玉は長い沈黙《ちんもく》を経て、その最後の記憶《きおく》をたどりはじめたのだ。

「これは、ビバルニアの最後の予言？」

食い入るように凝視《ぎょうし》する。様々な景色が流れ、時に乱れ、ほつれては縒《よ》りあわさる。

そのなかに黒と赤を基調とした騎士服をきた少女たちの姿が映る。桜色の髪《かみ》の少女や、紫《むらさき》髪の背の高い美女、猛禽類《もうきんるい》のような凶悪《きょうあく》な目つきをした少女や、猫《ねこ》の耳と尻尾《しっぽ》をもつ少女。

そして、もうひとりはルガーランドも知っている中折れ帽子《ぼうし》をかぶった白い髪の少女だ。

「彼女《かのじょ》たちも導きの英雄《えいゆう》だったのか……ん？」

人物が映ったあと、水晶玉はまっ黒に濁った。邪悪《じゃあく》な気配の満ちる景色だった。夜より暗いその世界には、おおきな傷のついた巨大な黒い立方体が鎮座《ちんざ》しており、周囲にはボロボロだが、ありし日の偉大な繁栄《はんえい》を感じさせるいにしえの暗黒都市が広がっていた。

あとがき

こんにちは、作者のムサシノ・F・エナガです。

WEB小説ではファンタスティック小説家を名乗り活動をしております。

この本をご購入《こうにゅう》いただきありがとうございます。そして最後まで読んでいただき誠《まこと》にありがとうございます。WEBから作品を追ってくれている読者の方々には、「あの時の続きをようやく世にだせたよ」と、喜びを共有させてください。

『俺《おれ》だけが魔法使《まほうつか》い族の異世界』第2巻、これにて終幕です。ご期待にそえる作品になっていたでしょうか？　楽しんでいただけたのならこれに勝《まさ》る喜びはありません。


さて、というわけで前回に引き続き、私は真実を知るノンフィクション作家として、今回も編集部より与《あた》えられたこのわずかな余白にて、読者の皆様《みなさま》に世界の秘密をひとつお伝えしましょう。

【猫《ねこ》は人類の監視《かんし》者である】

聡明《そうめい》な読者の皆様はすでにお気づきの通り、猫はその可愛《かわい》さで人類文明圏《けん》のあらゆる場所へ忍《しの》びこみ、我々の情報を日夜収集し、怪《あや》しげな企《くわだ》てをしています。作中にも彼《かれ》らの恐《おそ》るべき情報網《じょうほうもう》が登場しましたね。ふとした時、街中で野良猫《のらねこ》を見かけたら警戒《けいかい》を。なぜなら、彼らは秘密結社NNN（ネコネコネットワーク）の工作員である可能性が高いのですから。

余白も残りわずかとなりました。最後に関係者の皆様へ謝辞を述べさせてください。

編集の江野本様、締《し》め切りに間に合わずご迷惑《めいわく》をおかけしたのに、丁寧《ていねい》に対応してくださり感謝の言葉もありません。また本作をより良い形に導いてくださり、とても助かりました。

絵師のａｚｕタロウ様、素晴《すば》らしいイラストの数々を描《か》いてくださり感謝を申しあげます。カークのイキリホワイト具合はあなたにしか描けなかった。

最後に読者の皆様、第1巻に引き続き、第2巻まで手に取ってくださり心からお礼をさせてください。皆様のおかげでこの作品は世にでることができました。

第3巻が出たら良いなぁと星に願いつつ、今回はこのあたりで筆を擱《お》くこととします。

雪降る夜、温かい紅茶をかたわらに、埼玉県《さいたまけん》辺境にて。

二〇二四年二月　ムサシノ・Ｆ・エナガ

本書は、２０２２年にカクヨムで実施された第4回ドラゴンノベルス小説コンテストで大賞を受賞した「俺だけが魔法使い族の異世界」を加筆修正したものです。

DRAGON NOVELS
ドラゴンノベルス

俺だけが魔法使い族の異世界2
遺された予言と魔法使いの弟子

2024年4月5日　初版発行

著　者　ムサシノ・F・エナガ

発行者　山下直久

発　行　株式会社 KADOKAWA
〒102-8177　東京都千代田区富士見 2-13-3
電話 0570-002-301（ナビダイヤル）

編　集　ゲーム・企画書籍編集部

装　丁　AFTERGLOW

D T P　株式会社スタジオ205 プラス

印刷所　大日本印刷株式会社

製本所　大日本印刷株式会社

DRAGON NOVELS ロゴデザイン　久留一郎デザイン室+YAZIRI

ISBN978-4-04-075387-4　C0093